Knaur.

Über die Autorin:
Nicolet Steemers hat in den Niederlanden bereits zwei psychologische Spannungsromane veröffentlicht und wird mit den erfolgreichsten Autorinnen ihres Genres verglichen. Sie lebt mit ihrer Familie in Groenlo.

Nicolet Steemers

Vertrau mir blind

Psychothriller

Aus dem Niederländischen von
Isabel Hessel

Knaur Taschenbuch Verlag

Die niederländische Originalausgabe erschien 2007 unter dem Titel
Zachte heelmeesters
bei Uitgeverij L. J. Veen, Amsterdam.

Besuchen Sie uns im Internet:
www.knaur.de

Deutsche Erstausgabe Januar 2010
Copyright © 2007 by Nicolet Steemers
Copyright © 2010 für die deutschsprachige Ausgabe by
Knaur Taschenbuch.
Ein Unternehmen der Droemerschen Verlagsanstalt
Th. Knaur Nachf. GmbH & Co. KG, München.
Alle Rechte vorbehalten. Das Werk darf – auch teilweise – nur mit
Genehmigung des Verlags wiedergegeben werden.
Redaktion: Kerstin Kubitz
Umschlaggestaltung: ZERO Werbeagentur, München
Umschlagabbildung: plainpicture / René Wolf
Satz: Adobe InDesign im Verlag
Druck und Bindung: CPI – Clausen & Bosse, Leck
Printed in Germany
ISBN 978-3-426-50390-4

2 4 5 3

*Für meine beiden Söhne
Rik und Bas*

1

Ich wollte einer jungen Patientin gerade eine Spirale in die Gebärmutter einsetzen, als das Telefon klingelte. Das Geräusch drang in mein Ohr wie sämtliche Sinneswahrnehmungen in den letzten Monaten: nebulös, als kämen sie aus einer anderen Galaxie. Langsam zog ich die Hand zurück, in der ich den Entenschnabel hielt.

»Entschuldigen Sie«, sagte ich zu dem Mädchen auf dem Behandlungsstuhl. »Es könnte ein Notfall sein. Ich bin gleich wieder da.«

Auf dem Weg ins Sprechzimmer streifte ich mir die Gummihandschuhe ab.

»Heleen?«, rief Friso, noch bevor ich meinen Namen nennen konnte. »Egal, was du gerade machst, setz dich bitte kurz hin.«

Das war es also, nun kam der Bericht, der allem ein Ende bereiten würde: der Unsicherheit ebenso wie der Hoffnung. Ich tastete nach den Armlehnen des Bürostuhls und ließ mich hineinsacken.

Mein Ex-Mann hörte sich an, als drücke ihm jemand die Gurgel zu.

»Sie haben Mila gefunden.«

Sekunden vergingen.

»Heleen? Bist du noch dran? Hast du mich verstanden?«

Gefunden. Mila gefunden. Mein Kind. Jetzt würde der

Satz kommen, in dem der Name meiner Tochter im Zusammenhang mit dem Ausdruck sterbliche Überreste fallen würde.
»Sie lebt, Heleen!« Frisos Stimme kippte. »Unsere Tochter lebt! Nun sag doch was!«
In meinem Behandlungszimmer rührte sich etwas. Die Patientin richtete sich halb auf und betrachtete die Falttafeln vom menschlichen Körper, die den Wänden des kleinen Raumes eine freundliche Note gaben. Ihre gebräunten Beine baumelten nervös unter der Liege hin und her.
Ich machte den Mund auf. Aus meiner zugeschnürten Kehle kam ein Laut. Wie ein ungeöltes Scharnier.
»Ich hole dich ab«, hörte ich Frisos Stimme von fern. »Rühr dich nicht von der Stelle! Du solltest jetzt besser nicht selbst Auto fahren.«
Saß er in einem Flugzeug? Woher kam nur das Rauschen in meinen Ohren? Ich legte auf. Das Rauschen blieb. Es war mein eigenes Blut.
Ich schlug mir die Hände vors Gesicht, um sie gleich darauf wieder auf den Schreibtisch sinken zu lassen. Abrupt stand ich auf. Dabei stieß ich mir die Hüfte an der Tischkante. Der Bildschirm geriet ins Wanken, und das davorstehende Foto, das eine lachende Mila zeigte, ihre Gitarre in inniger Umarmung, kippte um. Beinah wäre ich über meinen Arztkoffer gestolpert, als ich am Zimmer, in dem die Patientin wartete, vorbeieilte. Ich riss die Tür auf und hastete durch das Wartezimmer. Drei Frauen blickten aus ihren Zeitschriften auf, und Wilma, meine Sprechstundenhilfe, beugte sich über den Empfangstisch.
»Frau Doktor Mendels! Was ist denn los? Wo gehen Sie hin, Heleen?«, rief sie mir hinterher.

Ich gab keine Antwort. Krachend ließ ich die Tür zur Praxis hinter mir ins Schloss fallen.

Vor dem Schuhladen durchsuchte ein Junge den Kasten mit Sportschuhen, und eine übergewichtige Frau betrachtete sich im Schaufenster des Modegeschäfts, das gegenüber meiner Praxis lag, während sie etliche Kleidungsstücke aus dem Regal nahm und sich unter das Kinn hielt. Trotz der Hitze, die das öffentliche Leben schon seit fast einer Woche lahmlegte, hatte ich am ganzen Körper Gänsehaut. »Mila«, sagte ich laut, »Mila, du lebst.«
Ich schlang die Arme um mich und balancierte auf dem Gehsteigrand – Hacke auf Spitze. Sechs Autos fuhren durch die Straße. Ich sah zu meinem eigenen Wagen hinüber, der das grelle Sonnenlicht reflektierte. Und wenn ich den Peugeot doch nähme? Dann wäre ich in fünf Minuten dort, während Friso erst mehrere Kilometer zurücklegen musste. Allerdings müsste ich ihn dann anrufen, und ich hatte nichts bei mir, weder ein Handy, noch Geld, noch meine Handtasche, gar nichts. Alles lag noch in der Praxis, und bevor ich meine Sachen zusammengesucht hätte, wäre Friso wahrscheinlich schon da. Er hatte schon recht. Ich sollte besser nicht selbst fahren.
»Heleen?« Wilma stand plötzlich mit meiner Tasche neben mir. Ruckartig drehte ich mich um. Aus dem Augenwinkel sah ich, wie das Mädchen, bei dem ich gerade eine Spirale hätte einsetzen sollen, ihr Fahrrad nahm und davonfuhr.
»Was ist denn passiert?«, erkundigte sich Wilma behutsam. »Jemand hat Sie angerufen.« Ihr Gesicht kam näher. »Gibt es etwas Neues von Mila?«

»Ja«, nickte ich und versuchte über den Kopf meiner Sprechstundenhilfe hinweg zu erkennen, ob Frisos silberfarbener Renault schon in der Straße zu sehen war.
»… Heleen?«
Eine Taube ließ sich auf dem Bushäuschen vor der Praxis nieder und gurrte.
»Mila ist wieder da! Sie lebt!«, sagte ich und fing sofort an zu weinen.
Wilma stieß einen Seufzer der Erleichterung aus. »Gott sei Dank!«, stammelte sie und trat einen Schritt nach vorn. »Ach, Gott sei Dank!« Wilma umarmte mich, wobei mich ihre widerspenstigen Korkenzieherlocken am Hals kitzelten. Sie versicherte mir, ich müsse mir keine Sorgen machen, alles käme in Ordnung. Sie würde Teun Gord fragen, ob er meinen Dienst übernehmen wolle, was er sicher tun würde. Ich bräuchte mir wirklich keine Sorgen zu machen.
»Hören Sie, Heleen? Ich kümmere mich um eine Vertretung.«
Ich machte mich los. Meine Patienten! Die hatte ich völlig vergessen. Für den Bruchteil einer Sekunde schämte ich mich, dann kreisten meine Gedanken schon wieder um meine Tochter.

Endlich bog Friso um die Ecke. Ich spurtete über die Straße und riss die Wagentür auf, noch bevor das Auto ganz zum Stillstand gekommen war. Ohne ein Wort setzte ich mich neben ihn. Wir berührten uns nicht. Er manövrierte den Wagen wieder in den Verkehr, was zu entrüstetem Hupen hinter uns führte.
»Ich habe es die ganze Zeit gewusst!«, rief Friso dem Au-

ßenspiegel zu. »Hab ich's nicht gesagt? Siehst du, man sollte nie den Mut verlieren.«
Mit einem Zeigefinger löste er den Krawattenknoten, so dass das Ding nun wie eine abgeworfene Schlangenhaut um seinen Hals hing.
»Was ist passiert? Wo ist sie?«, fragte ich.
»Auf dem Polizeirevier. Bitte erschrick nicht, sie sagen, sie sei stark abgemagert. Aber sie wirkt gesund.«
»Hast du sie schon gesprochen?«
»Nein. Hör zu, Leen. Es ist wichtig, dass wir jetzt voll und ganz für sie da sind. Dass sie nichts mitkriegt von unseren … Meinungsverschiedenheiten. Was zwischen uns …«
»Wo hat sie die ganze Zeit gesteckt?«
Er zuckte die Schultern. »Das wissen sie nicht. Die Polizei hat sie im Saturnuspark gefunden, und die Personenbeschreibung passt auf sie, sagt man dort. Aber Mila macht einen ziemlich verwirrten Eindruck. Anscheinend leidet sie unter Gedächtnisverlust.«
Ich versuchte, nicht zu viel Luft auf einmal einzuatmen, es war schon so stickig im Auto. Mit einer Hand knöpfte ich meinen Kittel auf, mit der anderen drückte ich auf den Knopf der Klimaanlage.
Ein Mädchen im Saturnuspark, auf das Milas Beschreibung passte. Bleib ruhig, mein jubelndes Herz, ganz ruhig. Es gab so viele Siebzehnjährige, auf die Milas Beschreibung zutraf. Vor weniger als zehn Minuten hatte eine auf meinem Behandlungstisch gelegen, mit ebenso langem Haar wie meine Tochter.
»Gedächtnisverlust? Ich verstehe nicht.«
»Ich weiß ja auch nicht. Die Polizei behauptet, sie wisse

nicht, wie sie dort auf die Bank gekommen sei. Und dass sie einen verwirrten Eindruck machte.«
»Verwirrt.«
»Ja.«
»Aber sie ist sich sicher, dass sie Mila Theunissen heißt?«
»Ja.«
»Und? Hat sie etwas über die Monate gesagt, die sie fort war?«
»Wissink – du weißt schon – der dicke Kripobeamte hat mit ihr gesprochen. Anscheinend ist das Letzte, woran sie sich erinnert, dass du ihr an dem Abend, als sie zu mir kommen sollte, am Gartentor hinterhergewunken hast.«
Ich wischte mir mit dem Unterarm den Schweiß von der Stirn und drückte noch einmal auf den Knopf der Klimaanlage.
»Kaputt«, murmelte Friso, »ich muss dringend damit in die Werkstatt.«
Er brachte den Wagen vor der roten Ampel zum Stehen, legte eine Hand auf meine Schulter und wandte mir sein Gesicht zu. Seine postkartenblauen Augen bohrten sich in meine.
»Wer weiß, was ihr alles zugestoßen ist. Wir müssen mit dem Schlimmsten rechnen, Leen. Notfalls ziehe ich vorläufig auch wieder bei euch ein.«
Ich schluckte. Meine Augen brannten.
»Um Himmels willen«, antwortete ich, »was ist nur mit der Ampel los? Wird's heute noch einmal grün?«
Ein Junge schlängelte sich auf seinem Rad zwischen den Autos hindurch, wobei er mit dem Lenker gegen den linken Außenspiegel stieß und der Plastikrahmen eine Delle bekam. In jedem anderen Moment wäre Friso aus seinem

Renault gesprungen, um den Kerl am Schlafittchen zu packen, nun starrten wir ihm bloß geistesabwesend hinterher, als er, ohne sich umzusehen, bei Rot davonfuhr.

Die Schalterbeamtin händigte Friso eine Einlasskarte aus. »Inspektor Wissink holt Sie gleich ab. Bitte vergessen Sie nicht, an den Glastüren die Karte zu benutzen, sonst wird überall Alarm ausgelöst. Sie können hier kurz Platz nehmen.« Sie deutete auf eine kreisförmige Sitzgelegenheit vor einer Wand, die voller Ratgeberposter hing: mit den Nummern, die man in Notfällen anrufen musste, oder zu Sicherheitssystemen im Haus, die unerwünschte Besucher fernhalten sollten.
Friso setzte sich hin, ich blieb stehen.
Wir brauchten uns Herman Wissink nicht vorzustellen. Er hatte von Anfang an die Ermittlung nach der vermissten Mila geleitet. Er war auch derjenige gewesen, der vor eineinhalb Monaten das Fahndungsteam halbierte, weil alle Spuren im Sand verlaufen waren und er seine Leute an anderer Stelle benötigte. So, wie mir verzweifelte Eltern eines im Sterben liegenden Kindes schon manchmal auftragen, das ganze Krankenhaus zu mobilisieren und ein Wunder geschehen zu lassen, hätte ich Wissink gern gezwungen, alle anderen Fälle hintanzustellen. Aber ihm blieb natürlich nichts anderes übrig, er musste Prioritäten setzen. Wenn ein Fall verloren schien, investierte man auch keine Zeit mehr. Es bedrücke ihn, trotzdem hätte er keine andere Wahl, hatte er sich entschuldigt.
Mit ernster Miene schüttelte uns der dicke Kriminalbeamte die Hand. Man merkte, dass er keine voreilige Feierstimmung aufkommen lassen wollte.

»Ich hoffe, dass wir Ihre Tochter gefunden haben«, sagte er, das Wort »hoffe« betonend, während wir die zwei Stockwerke zum Jugend- und Sittendezernat hinaufgingen. »Sie wirkt ziemlich durcheinander. Anscheinend erinnert sie sich an gar nichts, was die letzten Monate betrifft.«
Wir gingen den langen Flur bis zum Ende, wo sich eine Tür mit einer matten Glasscheibe befand. Ich war hier noch nie gewesen.
»Der gemütlichste Raum im ganzen Revier«, sagte Wissink.
Hinter der Scheibe bemerkte ich einen dunklen Schatten. Nur etwa zwei Meter trennten mich von meiner Tochter. Ich griff nach der Klinke.
»Einen Augenblick noch!« Der Kripobeamte berührte mich am Unterarm. »Vielleicht sollten Sie sich ihr nicht allzu direkt nähern. Geben Sie Mila ein wenig Zeit … ich meine, falls es tatsächlich Mila ist.«
Friso streckte sich. Ich holte einmal tief Luft, drückte die Tür auf und ging ihm voran.
Eine fröhliche Ikea-Einrichtung. Mitten in den blau-gelb karierten Kissen eines Sofas saß ein in sich zusammengekauertes Mädchen. Langes, stumpfes Haar hing wie ein Vorhang um ihr Gesicht. Wo war der glänzende Zopf? Mein Herz sank schwer auf mein Zwerchfell. Eine schwarze Winterjacke und ein ältlich wirkender grauer Rock. Spitze, nackte Knie und blitzblanke Sportschuhe ohne Socken. Gesenkter Kopf. Die nach oben geöffneten Handflächen in ihrem Schoß hatten etwas Meditatives.
Ich machte zwei Schritte, drei, vier. Das Mädchen blickte nicht auf. Am gläsernen Couchtisch blieb ich stehen.

Wenn ich mich jetzt vorbeugen würde, könnte ich sie berühren. Ich starrte auf den rosa Scheitel in ihrem dunkelbraunen Haar und kratzte mich am Hals.
»Mila?«
Langsam hob sie den Kopf. Graue Augen in einem schmalen, dreieckigen Gesicht. Unnatürlich bleich und vollkommen ausdruckslos. Einen kurzen absurden Moment lang dachte ich: Das ist nicht meine Tochter. Dann war es, als könnten meine Beine mich nicht mehr tragen. Ich sank auf die Knie und streckte die Arme nach ihr aus.
Mila duckte sich und schaute an mir vorbei.
Keiner rührte sich. Nutzlos hingen meine Arme in der Luft. Ich ließ sie wieder herabsinken.
Friso gelang es als Erstem, sich aus der Erstarrung zu befreien. War ihm – so wie mir – unheimlich vor diesem sonderbaren, fast durchsichtigen Wesen? Er setzte sich neben unsere Tochter aufs Sofa.
»Mila«, sagte er mit rauher Stimme, »das ist der schönste Tag in meinem Leben.« Dann nahm er sie ganz einfach in die Arme.
Mit abgewandtem Gesicht ließ sie es mit sich geschehen, als ginge sie das gar nichts an.
Wie ein Sandsack blieb ich auf den Knien.
Der Kripobeamte tat einen Schritt von der Wand auf uns zu.
»Ich glaube, ich werde hier gerade nicht gebraucht«, sagte er leise. »Soll ich Ihnen einen Kaffee holen?«
Ich nickte auf die Frage, ob ich ihn mit Milch und Zucker wolle, obwohl ich meinen Kaffee seit einem halben Jahr ohne Zucker trank.
Behutsam richtete ich mich auf und setzte mich auf die

andere Seite neben unsere Tochter. Ich nahm die knochigen Finger meines Kindes. Ihre Hand blieb wie ein angespülter Krebs in meiner liegen, während ich mir auf die Lippen biss, um nicht laut aufzuschreien: Wo bist du gewesen? Was ist bloß passiert? Warum bist du so mager? Wo sind die Sommersprossen um deine Nase? Und deine Piercings im Ohr? Und von wem hast du diese hässlichen Winterklamotten?
Stattdessen schluckte ich einmal und fragte: »Wie geht es dir?«
Langsam, als fürchte sie, ich würde fester zugreifen, zog Mila ihre Hand zurück, um an einer Kruste auf ihrem Knie herumzupulen. Ein vages Lächeln spielte um ihre Lippen. Dann blickte sie mir geradewegs in die Augen.
»Ganz gut, glaube ich.«

2

Friso bog den Seitenspiegel seines Wagens wieder gerade, Mila setzte sich auf die Rückbank. Automatisch rutschte sie auf den Platz, wo sie immer saß. Ob das ein gutes Zeichen war? Während der ganzen Heimfahrt sprach keiner ein Wort. Innerlich zerriss es mich fast, aber ich beherrschte mich. Wissinks Warnung, man dürfe jemanden, der unter Schock steht, nicht mit Fragen überhäufen, war überflüssig. In dem Moment nahm ich mir vor, dass Mila das Tempo bestimmen würde, und wenn es Monate dauerte. Wie würde sie auf ihre Umgebung reagieren? Auf die knorrigen Laubbäume oder die altmodischen Straßenlaternen oder den Platz vor unserem Haus mit den Spielgeräten und den Gummiplatten, die ihre Stürze so oft abgemildert hatten; wenn ihr irgendwo wieder ein Licht aufgehen sollte, dann wohl in ihrem eigenen Umfeld. Auf vertrautem Terrain. Stundenlang konnte sie früher kopfüber in dem Brückenbogen hängen.

Wir fuhren in Richtung Bahnhof, wo wir an eine Umleitung kamen, weil der Prinzessinnentunnel anscheinend wieder einmal dringend saniert werden musste. Friso bog rechts ab in den Parkweg. Während der Fahrt beobachtete ich Mila im Rückspiegel. Hatte sie den Blick gesenkt, um die Welt fernzuhalten? Erinnerte sie sich wirklich an nichts, oder wollte sie sich nicht erinnern?

Friso parkte vor der Tür des Hauses, dessen Schlüssel er mir vor gut einem Jahr mit düsterer Miene in die Hand gedrückt hatte. Er ließ nicht nur mich, sondern auch den großen viereckigen Kasten zurück, der noch mehr von einem Bunker gehabt hätte, hätte der Architekt nicht ein paar gute Ideen, wie eine Loggia mit diagonalen Akzenten, hinzugefügt. Wir waren ihm beide vor achtzehn Jahren erlegen. Er vor allem wegen der Robustheit des Hauses, ich wegen des Gartens, den ich sofort von den Buchsbaumhecken und den Koniferen befreite, um ein einziges großes Blumenmeer daraus zu machen. In den letzten Monaten hatte ich mich nicht darum gekümmert: Die hochgeschossenen Helianthen waren von den unablässig wuchernden Bambusrohren mit herabgezogen worden, und auch der Rittersporn hatte den Kampf gegen die Schwerkraft aufgegeben. Der Efeu breitete sich in alle Richtungen aus.

Friso ging um den Wagen herum, legte unserer Tochter eine Hand unter den Ellenbogen und führte sie über die moosigen Natursteinplatten zur Haustür. Es verschlug mir den Atem, als mein Blick auf die dünnen Fußknöchel in den Sportschuhen fiel.

»Sieh mal«, sagte ich rasch, »das hast du damals in der Grundschule gemacht.«

Ich zeigte auf das hölzerne Schildchen mit der orangefarbenen Sonne, das neben der Tür hing, und verkniff mir zu fragen: Weißt du noch?

»Ja.« Mit neutralem Gesichtsausdruck blieb Mila stehen.

»Friso, Heleen und Mila«, las sie laut vor. Sie spitzte die Lippen. »Ihr seid doch geschieden«, bemerkte sie.

»Ja.«

»Sollte das Ding dann nicht mal weg?«
Wie angewurzelt blieb ich stehen – den Schlüssel halb im Schloss.
»Deine Mutter wollte es nicht abnehmen«, sagte Friso. »Und meinen Namen auslöschen ist natürlich auch keine Lösung. Du könntest ja bald einmal ein anderes Schild machen, Mila. Oder besser gesagt: zwei. Eins mit den Namen Heleen und Mila und noch eins mit Friso und Mila.«
Ein Schimmer der früheren Mila war jetzt in ihrem Gesicht zu sehen. »Ja, klar …«, antwortete sie und ging in die Diele.

Weder das Haus mit seinem ureigenen Geruch noch das Mobiliar oder das Klavier hatten den gewünschten Effekt. Sie beachtete noch nicht einmal ihre Gitarre, die ich gut sichtbar neben das Seitenfenster gestellt hatte. Insgeheim hatte ich erwartet, meine Tochter würde nach und nach wieder zu sich kommen, sobald sie in ihrer vertrauten Umgebung war.
Aber wie sollte das auch gehen? Vor eineinhalb Stunden saß sie noch völlig geistesabwesend im Saturnuspark. Sie musste erst ein wenig zur Ruhe kommen.
»Fürsorge, Fürsorge und noch einmal Fürsorge«, hatte Wissink gesagt. Als wäre ich auf den Rat dieses molligen Kripobeamten angewiesen! Am liebsten würde ich mein abgemagertes Kind an mein Herz drücken und nie wieder loslassen, aber solange sie selbst auf Abstand blieb, mussten wir uns auch zurückhalten. Was kann es Schmerzhafteres geben, als wenn dein eigenes Kind eine Berührung von dir als unerwünschte Intimität empfindet? Mir blieb

nichts anderes übrig, als mich darauf zu beschränken, Teewasser aufzusetzen und ideale Umstände zu schaffen, in denen meine verstörte Tochter wieder zu sich kommen konnte. Ich holte eine Packung Erdnusskekse aus dem Schrank und öffnete sie.
»Schau mal, ich habe deine Lieblingskekse im Haus.«
Brav nahm Mila einen Keks aus der Schachtel und legte ihn auf den Tisch.
Friso, der sich aufs Sofa gesetzt hatte, versuchte auf rührende Weise ein Gefühl der Häuslichkeit herzustellen, indem er die Schuhe von sich warf und die Füße auf den Couchtisch legte. Von Erinnerungen übermannt, starrte ich auf seine blöden Homer-Simpson-Socken, die Mila gar nicht beachtete. Sie sah sich hier um, als käme sie hospitieren. Unter ihrer bleichen Haut konnte man deutlich die Konturen ihrer Augenhöhlen erkennen.
»Zieh doch die dicke Jacke aus, Liebes! Ist dir nicht zu warm?«, fragte ich.
Sie schüttelte den Kopf. Es entstand eine Stille, die nur von Mila unterbrochen wurde, die in ihrer Tasse rührte. Mein Ex-Mann lag derart lässig auf der Couch, als wäre es einstudiert – mit einem Arm über der Rückenlehne. Er kaute auf seiner Unterlippe herum. Fieberhaft dachte ich nach. Alles, was ich in den letzten Monaten im Geiste zu Mila gesagt hatte, wurde zu einem unzusammenhängenden Wörterbrei, wenn ich es in Sätze zu bringen versuchte. Bedeutungslos. Dein eigen Fleisch und Blut. Kaum vorstellbar, dass man sich daneben so unwohl fühlen konnte. Verzweifelt schaute ich mich um, Friso ebenfalls. Die Schwarzweiß-Zeichnung über dem Klavier – gleichzeitig fielen unsere Blicke darauf: drei Reptilien, die ein-

ander in den Schwanz bissen und so eine Art Teufelskreis bildeten.
»Weißt du, was ich toll fände?«, meinte Friso, indem er auf die eingerahmte Zeichnung wies.
Mila sah ihn an.
»Wenn du wieder mit dem Malen anfangen würdest oder mit dem Zeichnen. Ich habe es dir ja schon oft gesagt: Du hast Talent.«
Sie zuckte mit den Schultern und murmelte etwas Unverständliches.
»Es sieht aus wie ein echter Escher.«
Mila biss auf ihren Daumennagel.
»M. C. Escher. Gefällt dir sein Werk immer noch so gut?«
Ein kaum wahrnehmbarer Seufzer. »Doch, schon.«
Eigentlich wollte Friso etwas sagen, überlegte es sich aber wieder. Ruhig angehen lassen. Schritt für Schritt. Vielleicht wäre es eine gute Idee, Mila einfach Papier und Bleistift zu geben, sie zeichnen statt reden zu lassen. Andererseits – sie könnte den Eindruck bekommen, dass man sie einem Psychotest unterzieht. Schließlich hatte sie ihr Gedächtnis und nicht den Verstand verloren.
Ich strich mit den feuchten Händen über den Stoff meines Rockes. »Möchtest du dein Zimmer sehen?«
Erleichterung zeichnete sich auf ihrem Gesicht ab, als sie die leere Tasse auf den Tisch zurückstellte.
»Okay.«

Ihr gehörte das größte Schlafzimmer des ganzen Hauses. Wir hatten gehofft, sie würde den Mangel an Geschwistern kompensieren, indem sie viele Freundinnen zu sich einlud. Aber leider waren die Kontakte zu ihren Freundinnen eingeschlafen, seit sie mit Stan zusammen war. Wie weit sein Einfluss reichte, konnte man an ihrer Zimmereinrichtung ablesen: Alles war schwarz. Schwarz gestrichene Wände, ein schwarzer Schreibtisch, Poster von Rockbands, deren schwarz gekleidete Musiker T-Shirts trugen, auf denen Totenschädel oder Friedhöfe abgebildet waren. Da, wo sie früher kleine Tomaten- und Paprikapflanzen auf der Fensterbank züchtete, standen nun drei magere Hanfpflanzen, von einer schwarzen Badeente mit roten Teufelshörnern flankiert. Sogar ihr Moskitonetz war schwarz. Nur die Ernie-und-Bert-Tasse auf ihrem Nachttisch schien nicht recht ins Bild zu passen. Bis man näher hinsah: Die Sesamstraßenbewohner bleckten die Zähne eines schwarzen Vampirgebisses.

An der Art, wie Freunde und Bekannte uns zu beruhigen versuchten, nachdem wir Mila als vermisst gemeldet hatten, merkte man deutlich, dass ihr Verschwinden als Versuch abgetan wurde, unsere elterliche Autorität auf die Probe zu stellen. Mein Vater nahm allerdings kein Blatt vor den Mund. »Du bist auch immer mit allem einverstanden«, hatte er gesagt. »Wie sie sich anzieht, diese ganzen Piercings in ihrem Ohr, und dann noch dieser Freund, der wie Dracula aussieht. Das musste doch irgendwann einmal schiefgehen.«

Dabei hatte er sich ausgiebig hinter seinen abstehenden Ohren gekratzt, was er immer dann tat, wenn er etwas sagen wollte, worüber er schon lange brütete. »Ich weiß ja, dass du alle Hände voll zu tun hast, Heleen. Und dass dir die Scheidung zu schaffen macht. Vielleicht achtest du ja deswegen nicht so sehr auf die Probleme deiner Tochter? Wenn sie heute oder morgen beschließt, wieder auf-

zutauchen, solltest du sie ein Weilchen bei mir auf dem Bauernhof wohnen lassen. Sie kann mir bei der Obsternte helfen. Und vielleicht hast du ja selbst auch Lust mitzuhelfen. Denk an die frische Landluft, das würde dir sicher gut tun, Kind. Denk mal darüber nach ...«
»Ich achte zur Zeit auf nichts anderes als auf die Probleme meiner Tochter«, hatte ich seine Predigt abgewürgt. »Sie ist verschwunden, Papa. Und egal, wie sie sich anzieht oder wie viele Piercings sie sich stechen lässt, eins vergisst sie nie: nämlich uns anzurufen, wenn sie über Nacht wegbleibt. Das kann man nicht mit Teenagerverhalten abtun. Gestern Abend sollte sie zu Friso gehen und dort übernachten. Falls sie etwas anderes vorgehabt hätte, hätte sie uns darüber informiert.«
»Etwas anderes vorgehabt? Was soll das heißen?«
»Na, wenn sie zum Beispiel bei ihrem Freund übernachten wollte.«
Fassungslos hatte er mich über den Brillenrand hinweg angeschaut. »Soll das etwa heißen, du findest es in Ordnung, wenn sie mit diesem Kerl ins Bett geht?«
»Sie ist immerhin siebzehn. Ich sage ja nicht, dass ich darüber begeistert bin, wen sie sich ausgesucht hat, aber in ein paar Monaten sind Parlamentswahlen. Dann darf sie ihre Stimme abgeben. Ich musste mir früher immer Ausflüchte oder irgendwelche heimlichen Aktionen einfallen lassen, wenn ich eurer Aufsicht mal entkommen wollte. Das wollte ich Mila ersparen. Hör zu, Papa, die Zeiten haben sich geändert.«
»Schon, aber nicht verbessert«, murmelte er, »ich bin froh, dass deine Mutter das nicht mehr miterleben muss.«
Darüber war ich, ehrlich gesagt, auch froh. Im Übrigen

schien es weniger eine Generationsfrage zu sein, als ich zunächst dachte, denn die meisten Leute reagierten ähnlich, wenn auch nicht so heftig wie mein Vater. Zwischen den Zeilen ließen sie mich spüren, dass ich – ihrer Ansicht nach – die erzieherischen Zügel nicht so hätte schleifen lassen sollen. Und wie dachte Friso eigentlich darüber? Konnte er damit leben, dass seine Ex-Frau ihrer Tochter mir nichts, dir nichts erlaubte, in den eigenen vier Wänden mit jemandem zu schlafen? Früher ließ ich mich schon mal mit Leuten auf Diskussionen ein, die, sobald jemand die Worte Haschisch oder Marihuana in den Mund nahm, nervöse Flecken bekamen. Ich erklärte ihnen, mir sei es lieber, dass meine Tochter ab und zu einen Joint rauchte, als dass sie in aufreizender Kleidung an der Bar einer Diskothek Breezer hinunterspülte und sich von Typen betatschen ließ, die Wetten darüber abschlossen, wer die größte Menge Bier runterkippen könnte. Ich machte mir gewiss keine Freunde mit meiner Ansicht, die Subkultur der Haschischraucher sei wesentlich intelligenter als die der Säufer. Der Osten der Niederlande war noch nicht soweit.
Friso und mein Vater eingeschlossen.

Auf der Türschwelle blieb Mila kurz stehen. Ich beobachtete sie, aber sie zeigte keine Regung. Langsam durchquerte sie das Zimmer, blieb mit dem Rücken zu mir vor dem Fenster stehen. Die Staubpartikelchen, die um ihren Kopf herum tanzten, glitzerten im späten Sonnenlicht. Ich wartete darauf, dass sie sich umdrehen würde. Als das nicht der Fall war, trat ich ein paar Schritte ins Zimmer und sagte: »Wenn es etwas gibt, das du mir erzählen

möchtest, Liebes, bin ich für dich da.« Sachte lehnte ich die Tür ein wenig an. »Vielleicht fällt es dir ja leichter, allein mit mir zu reden. Oder gerade umgekehrt, mit deinem Vater oder jemand anderem, dem du vertraust. Ich könnte es mir nie verzeihen, wenn du die ganze Zeit scheußliche Sachen mit dir herumschleppen würdest.«
Sie zuckte mit den Schultern. Ihre Hände suchten nach Taschen, in denen sie verschwinden konnten, die Mila aber in dem Rock nicht fand. Sie war schon immer ein Hosentyp gewesen.
»Das wollte ich dir nur eben sagen«, fuhr ich in ruhigem Ton fort. »Ansonsten werde ich dich in Ruhe lassen. Du sollst nur wissen, dass wir dich sehr, sehr lieb haben und ich mir ganz sicher bin, dass alles wieder gut wird.«
Ihre Finger berührten leicht die Fensterbank. Gerade als ich nicht mehr mit einer Reaktion rechnete, drehte sie sich um und lächelte wie eine Erwachsene, die versucht, ein Kleinkind zu beruhigen: »Ja, ja. Natürlich. Alles wird gut.«

»Was hat sie gesagt?«, erkundigte sich Friso, sofort nachdem er die Zimmertür hinter sich geschlossen hatte. Wie früher waren wir in die Küche umgezogen, weil die offene Treppe mitten im Raum jedes Geräusch absorbierte und verstärkt im ganzen Haus verteilte. Ein Siebzigerjahre-Haus mit vertiefter Sitzecke und Wendeltreppe hatte zwar viel Charme, war aber nicht gerade förderlich für die Privatsphäre. Friso setzte sich an den Küchentisch. Ich holte eine Flasche Wein aus dem Regal, das neben der Tür zur Waschküche stand, und fummelte an der Umhüllung herum, die den Korken umschloss. Meine Finger zitterten.

»Heleen? War es so schlimm? Hat sie so extrem reagiert?«
»Nein«, antwortete ich, heftig mit den Augen zwinkernd, »wenn das mal wahr wäre! Dann hätte sie wenigstens Gefühle gezeigt …« Ich öffnete die Flasche, nahm zwei Gläser aus der Vitrine und füllte sie. Der Wein funkelte im Sonnenlicht, das durch das Küchenfenster hereinfiel.
»Aber vielleicht«, sagte ich, »sollten wir nicht gleich irgendein Wunder erwarten.« Ich stieß mein Glas gegen seines. »Châteauneuf-du-Pape, zu einem feierlichen Anlass gehört ein festlicher Wein. Prost!«
»Prost! Du bist völlig durcheinander, habe ich recht?«
»Das nenne ich den Euphemismus des Jahres«, sagte ich. »Du etwa nicht?«
Er nickte.
Wir tranken schweigend, beide in Gedanken vertieft.
»Wie hat sie denn nun genau reagiert, als sie ihr Zimmer wiedergesehen hat?«, fragte er nach einer Weile.
»Gar nicht, Mila hat gar nicht reagiert. Sie ging hinein, lief zum Fenster und blieb dort stehen. Genau wie sie sich unten umgesehen hat, hat sie auch ihre eigenen Sachen in Augenschein genommen: als hätte man ihr woanders etwas Besseres angeboten. Was ich mir persönlich bei der Einrichtung auch lebhaft vorstellen kann …«
Friso verschluckte sich an seinem Wein. Wir mussten beide gleichzeitig loslachen. Er griff sich ein Küchenhandtuch vom Ständer, tupfte sich den Mund ab, und als sei es die normalste Sache der Welt, fielen wir uns in die Arme. Kaum stieg mir Frisos vertrauter Geruch in die Nase, ein Geruch, den ich nun bereits seit über einem Jahr missen musste, weinte ich auch schon los.
Ich presste mein Gesicht in sein Hemd und weinte wegen

allem, was ich während der letzten Monate mit Hilfe von Medikamenten unterdrückt hatte. Es schien kein Ende zu nehmen, und es dauerte eine ganze Weile, bis ich mich wieder beruhigt hatte.
»Tut mir leid«, sagte ich schließlich, indem ich mich von ihm löste, »das war keine Absicht.« Ich schneuzte mir die Nase.
Er machte eine relativierende Geste. »Das geht bei der nächsten Wäsche wieder raus.«
Halb weinend, halb lachend riss ich einen Streifen Papier von der Küchenrolle, den ich auf den nassen Flecken auf seiner Brust drückte. Danach schenkte ich unsere Gläser noch einmal voll und stellte mich ans Küchenfenster, von dem aus man auf den Garten hinterm Haus sehen konnte. Daran, wie Friso hinter mir atmete, konnte ich hören, dass er ein paar Mal fast etwas gesagt hätte, es sich aber im letzten Moment anders überlegte. Ich warf einen Blick auf die grüne Wildnis. Der Garten hinter dem Haus sah nicht viel besser aus als der kleine Vorgarten. Es wurde Zeit, dass ich mich auch dort wieder für das Recht des Schwächeren einsetzte. Alles würde gut werden, redete ich mir zum wiederholten Male ein. Auch wenn die Rosen Läuse hatten und fleckig waren oder die Anemonen verwelkten.
»Hör mal, Heleen«, fasste Friso seine Sorgen schließlich doch noch in Worte, »ich weiß nicht, was du davon hältst, aber ich möchte, dass Mila so schnell wie möglich medizinisch untersucht wird.«
Ich drehte mich zu ihm um und nickte. »Ja. Morgen früh mache ich einen Termin mit Gord aus.«
»Das meine ich nicht. Ich möchte, dass du sie unter-

suchst.« Er fuhr sich mit der Hand durch das dünner werdende Haar. »Am liebsten jetzt gleich.«
»Moment mal!« Ich verschränkte die Arme vor der Brust. »Wir finden beide, dass sie schlecht aussieht und deshalb besser morgen als übermorgen untersucht werden sollte. Aber nicht von mir. Es scheint mir keine gute Idee, wenn ihre eigene Mutter ...«
Mein Handy piepste. Ich fischte das Gerät aus der Tasche meines Jacketts und sah mir die Nummer an: mein Vater. Der musste auch noch benachrichtigt werden, aber nicht gerade jetzt. Ich ließ das kleine Telefon wieder in die Tasche gleiten.
»Warum liegt dir so viel daran, dass ich sie untersuche?«
»Weil du weißt, worauf du achten musst. Gord ist wirklich ein guter Mann, aber er geht bald in Rente und kennt das Wort Heroin nur in der englischen Bedeutung. Und wenn es eine Umschreibung gibt, die nicht auf Mila zutrifft, dann die der Heldin.«
»Ich bitte dich, Friso! Heroin ... Jetzt übertreibst du aber! Sie hat ganz schön herumexperimentiert, stimmt. Das macht sie aber noch lange nicht zur Heroinabhängigen. Findest du denn nicht, dass sie das Recht hat, sich erst einmal zu erholen? Zuerst möchte ich wissen, was ihr eigentlich genau fehlt, bevor ich sie übereilt selbst untersuche.«
Er nahm einen Bierdeckel vom Tisch und rollte ihn unter seiner flachen Hand hin und her.
»Was ihr fehlt, hängt natürlich mit ihrer körperlichen Verfassung zusammen. Das sollte dir als Ärztin doch klar sein. Ich würde schon gerne einen Blick auf die Innenseite ihrer Arme werfen. Gerade fandest du doch auch, dass sie diese Jacke ausziehen sollte, oder?«

Ich seufzte. »Süchtige können die Nadel auch an anderen Stellen ansetzen. Mal angenommen, Mila würde tatsächlich Drogen nehmen, dann fände ich es besser, wenn das ein anderer Arzt feststellt. Wir sollten uns heute einfach freuen, dass sie wieder da ist, und versuchen, Kontakt mit ihr zu bekommen. Wenn sich die Mühle der Medizin ab morgen dreht, ist es früh genug. Und falls sie so in sich gekehrt bleibt, werde ich Robert Lindeman fragen, ob er glaubt, sie behandeln zu können.«
Ein dunkler Schatten huschte über Frisos Gesicht. »Etwa Lindeman, den Psychiater?«
»Ja.«
»Was für ein Zufall, dass du den erwähnst. Ich habe ungute Geschichten über ihn gehört.«
Meine Hand blieb über meinem Weinglas in der Luft schweben. »Oh, ja? Was denn?«
Er schaute mich an. Dann wandte er den Blick ab. »Ach, nichts.«
»Sag schon!« Ich spürte, wie mir das Blut in die Wangen stieg. »Erzähl, was für ungute Geschichten hast du gehört?«
»Es tut nichts zur Sache«, antwortete er und fing an, nervös mit dem Bierdeckel auf dem Tisch herumzuklopfen.
»Ach nein? Da bin ich aber anderer Meinung. Wenn meine Tochter einen Arzt aufsucht, will ich hundertprozentig davon überzeugt sein, dass man ihm vertrauen kann.«
»Na dann? Was hindert dich daran? Du vertraust ihm doch?«
»Friso! Nun sag endlich, was hast du für ungute Dinge gehört?«
»Lindeman wurde in einem Theater gesehen. Mit dir ...«

Ohne dass ich etwas dagegen tun konnte, errötete ich noch mehr.
»Ja ... und?«
Er brach den Deckel entzwei. »Also, das war es eigentlich auch schon.«
Perplex starrte ich ihn an.
»Du kapierst es anscheinend nicht! Das nennt man Interessenkonflikt«, rief er. »Wenn du schon Bedenken hast, deine eigene Tochter medizinisch zu untersuchen, wieso sollte man sie dann ausgerechnet mit einem Mann psychiatrische Gespräche führen lassen, der demnächst vielleicht ihr Stiefvater wird?«
Bestürzt schüttelte ich den Kopf. »Es wäre ja fast zu schön, um wahr zu sein: so viele Stunden beieinander ohne einen Krach! Dir sollte doch klar sein, dass du der Letzte bist, vor dem ich mich rechtfertigen müsste. Ist dir das bewusst?« Vor lauter Frust trommelte ich mit den Fingern auf dem Tisch. »Schaffen wir es wirklich nicht, unsere Probleme wenigstens so lange hintanzustellen, bis es Mila bessergeht? Heute Mittag hast du noch gesagt, du würdest notfalls bei uns wohnen ...«
Jetzt begann er, kleine Stückchen aus den Bierdeckelhälften zu brechen.
»Das gilt immer noch. Du entscheidest, Heleen. Möchtest du, dass ich bleibe?«
»Nein!« Fast hätte ich es herausgeschrien, doch ich mahnte mich zur Ruhe. »Besser nicht, glaube ich. Es sei denn, du willst alles noch komplizierter machen.«
»Aber ich möchte Mila sehen können.«
»Das kannst du, Friso. Jederzeit. Du brauchst nur anzurufen.«

Die Küchentür ging auf. »Störe ich?«, fragte Mila.
Wie zwei Ertappte schauten wir auf.
Was so ein bisschen Make-up bewirken kann. Sie sah schon wesentlich besser aus. Das Haar gekämmt, Mascara auf den blassen Wimpern und ein Hauch Rouge auf den Wangen. Trotzdem immer noch unheimlich zerbrechlich. Außerdem trug sie noch diese schmuddelige Kleidung, in der man sie im Park angetroffen hatte.
»Natürlich störst du nicht, Liebes«, sagte Friso. Ein paar Stückchen des zerrupften Deckels trudelten auf den Boden, als er aufstand und auf einen freien Hocker zeigte. »Setz dich doch zu uns. Möchtest du auch etwas trinken?«
Mila schüttelte den Kopf und blieb in der Tür stehen. Aus einem Ärmel der schwarzen Jacke hing ein ausgefranster Faden.
Plötzlich fiel mir ein, dass die Kleider für die Untersuchung eigentlich auf der Polizeiinspektion hätten bleiben müssen. Vielleicht befanden sich ja Spuren darauf. Wieso hatte Wissink nicht selbst daran gedacht?
»Warum setzen wir uns nicht nach draußen?«, fragte ich. »Die Sonne scheint genau auf die Terrasse. Hast du übrigens schon in deinen Schrank geschaut? Da hängen noch all deine Kleider. Vielleicht möchtest du dir ja etwas Luftigeres anziehen?«
Ihr Gesicht verfinsterte sich. Es schien, als wolle sie etwas sagen, aber sie biss sich auf die Lippen.
»Nein, danke. Ich wollte euch etwas fragen.«
Friso und ich nickten gleichzeitig.
»Die Poster in meinem Zimmer ... dürfen die weg?«
»Na klar!« Mein Herz schlug jetzt schneller. Ich lächelte.

»Es ist schließlich dein Zimmer. Und wenn du magst, helfe ich dir sogar, es neu einzurichten oder zu tapezieren.«
Sie machte eine abwehrende Geste. »Nein, ich wollte bloß wissen, ob die Poster runter dürfen. Sonst nichts.«
Unsere Tochter drehte sich um und verließ die Küche.
Mit gemischten Gefühlen sah ich ihr hinterher.
Friso nickte. »Das ist ein gutes Zeichen«, murmelte er, »das ist schon wieder ein gutes Zeichen.«
»Meinst du wirklich?«, fragte ich.

3

»Leider muss ich unser Treffen absagen, Robert.« Es knackte in der Leitung. Ich lächelte Wilma entschuldigend an, dann schloss ich die Tür zwischen Sprech- und Wartezimmer. Selbst wenn meine Sprechstundenhilfe gerade ein Telefonat führte, war sie ein Ass darin, Informationen aufzuschnappen, die nicht für ihre Ohren bestimmt waren.
»Was sagst du da?«
»Meine Tochter ist wieder da. Ich kann heute Abend nicht kommen. Mila ist wieder da!«, wiederholte ich.
Am anderen Ende der Leitung blieb es zunächst still, dann stotterte Robert. »Aber das ... das sind ja großartige Neuigkeiten, Heleen! Das ... das heißt, Mila lebt! Und – geht es ihr gut?«
In wenigen Sätzen berichtete ich ihm von dem Zustand, in dem wir sie auf dem Polizeiamt vorgefunden hatten. »Dort auf dem Sofa wirkte sie so klein und schmächtig. Dabei ist sie fast eins achtzig! Aber du hättest sie sehen sollen, Robert ... Sie ist wie ein Häufchen Elend.« Ich wischte mir mit dem Handrücken die Nase ab. »Sekunde, jetzt hab ich schon wieder kein Tempo dabei.« Ich zog ein Büschel Papiertücher aus der Schachtel auf meinem Schreibtisch.
»Und?«, fragte er, nachdem ich mich gründlich geschneuzt hatte. »Ist sie jetzt zu Hause, bei dir?«

»Ja, Friso leistet ihr Gesellschaft. Ich bin nur rasch in die Praxis gefahren, um ein paar Sachen zu regeln. Weil ich in den nächsten Tagen bei ihr sein möchte, sucht Wilma eine Vertretung.«

»Hm. Wie war das? Sie leidet an einer Art Gedächtnisverlust?«

»Ja, alles ist weg. Von dem Moment an, als sie zu Friso gehen wollte, bis zu dem Zeitpunkt, da sie von der Polizei im Saturnuspark gefunden wurde.«

»Soll das heißen, Mila erinnert sich nicht daran, was ihr zugestoßen ist und wo sie all die Monate gesteckt hat?«

»So ungefähr.«

»Aber sie hat doch hoffentlich nicht ihr komplettes früheres Leben vergessen, oder?«

»Das nicht.« Mit dem Zeigefinger machte ich eine Zickzacklinie in den Staub auf meinem Bildschirm.

»Irgendeine Art von Identitätsverlust?«, bohrte er weiter.

Ich schüttelte den Kopf, merkte aber dann, dass er mich ja nicht sehen konnte.

»Nein. Aber vielleicht ist es jetzt noch zu früh, um das zu beurteilen.«

»Und hat man schon herausgefunden, was der Grund für den Gedächtnisverlust ist?«

»Auch nicht. Wir wissen nur, dass es keine physische Ursache ist. Friso war heute früh mit ihr bei Marijke Maatman, einer Kollegin von mir. Ich wollte die medizinische Untersuchung lieber nicht selbst durchführen. Und im Krankenhaus haben sie EKGs und EEGs durchgeführt.«

»Und, kam dabei was heraus?«

Ich ging durch mein Sprechzimmer, schob mit dem Zeigefinger eine Reihe medizinischer Nachschlagewerke tiefer in den Schrank hinein.

»Anscheinend ist sie – von einer leichten Blutarmut abgesehen – gesund. Und sie hat Vitamin-D-Mangel. Eigentlich müsste man sie auf einer Sonnenbank festschnallen, Robert. Sie ist fast durchsichtig!«

»Haben sie ihr denn auch Blut abgenommen und es auf Drogen getestet? Du hattest doch befürchtet, Mila hätte unter Einfluss ihres Freundes, dieses Stan, damit angefangen, oder?«

»Stan, ja richtig. Aber wie du weißt, hat ihm die Polizei nach Milas Verschwinden gehörig auf den Zahn gefühlt. Es hat sich damals schon herausgestellt, dass er nichts mit der Sache zu tun hatte.«

»Aber Mila hat doch einmal Medikamente für ihn aus deiner Praxis gestohlen. Könnte doch sein, dass sie mit anderen, oder allein, damit weitergemacht hat.«

»Da hast du recht. Trotzdem macht sie nicht den Eindruck, als hätte sie einen Vergnügungstrip hinter sich. Ich werde der Sache auf den Grund gehen, was da passiert ist, und wollte dich bitten, mir dabei zu helfen.« Bevor Robert protestieren konnte, fuhr ich fort: »Ich würde mir wünschen, dass du sie in Behandlung nimmst.«

Irgendwo entfernt in der Leitung führten zwei Frauen ein Gespräch in hoher Tonlage und mit viel Gelächter. Eine Zeitlang hörte ich nichts außer den beiden gackernden Frauenstimmen. Kurz dachte ich, Wilma kichern zu hören, begriff aber dann, dass es eine Störung sein musste und ich zwei Unbekannten zuhörte.

Ich drehte mich um und ging vor meinem Bücherschrank auf und ab.

»Robert? Bist du noch dran? Das Erinnerungsvermögen ist doch was, womit du dich auskennst, oder?«
»Nein.«
»Wie, nein?«
Er sprach langsam, als lege er jedes Wort auf die Waagschale. »Es gibt nur ganz wenige, die sich auf Hirnfunktionen spezialisiert haben. Das ist eine komplexe Materie, Heleen, noch dazu ein ziemlich unerforschtes Gebiet. Ich verfolge zwar die Publikationen, aber um jetzt gleich zu sagen, ich hätte Ahnung ... Angenommen, Mila ist etwas Schreckliches zugestoßen, etwas, das sie bewusst oder unbewusst verdrängt: Entführung, Vergewaltigung, Misshandlung et cetera. Ich nehme an, das sind Sachen, mit denen du rechnest?«
»Ja, natürlich.«
»Redest du mit deinem Ex-Mann darüber?«
Ich schluckte. »Das ist nicht nötig. Wie kennen uns gut genug, um zu wissen, dass wir beide die unterschiedlichsten hässlichen Bilder im Kopf haben. Immerhin waren wir zwanzig Jahre miteinander verheiratet, da kennt man sich in- und auswendig.«
Es klopfte zweimal leise an die Tür. Ich deckte den Hörer mit der Hand zu. »Einen Augenblick, Wilma, ich komme sofort!«, rief ich und wandte mich wieder Robert zu. »Wenn du wenigstens ein Vorgespräch mit Mila führen könntest«, bettelte ich, »danach kannst du immer noch sehen, ob ...«
»Findest du es denn klug, Mila von mir behandeln zu lassen?«, unterbrach er mich. »Ich würde nichts lieber tun, Heleen«, fügte er hinzu. »Du bedeutest mir viel, aber gerade unsere Freundschaft könnte der Grund sein, warum

es besser wäre, mit ihr zu einem anderen Psychiater zu gehen. Das verstehst du doch, oder? Was hältst du zum Beispiel von Delfgaauw?«
»Delfgaauw?« Meine Stimme überschlug sich, weshalb der Name jetzt wie eine Anklage im Raum schwebte. Ich schüttelte den Kopf. »Ich habe es mir gründlich überlegt, Robert, wirklich. Du kommst als Einziger in Frage.«
Einen Moment blieb es still. Dann sagte er: »Das schmeichelt mir, Heleen, aber vielleicht ist dein Urteil ein wenig ... subjektiv – womit wir wieder bei deinem Ex-Mann wären. Was hält der denn von deiner Idee?«
»Er ist der gleichen Ansicht.« Ich setzte mich an den Schreibtisch. Der Wasserhahn im Behandlungszimmer tropfte wieder einmal. Der Dichtungsring musste dringend erneuert werden.
»Im Ernst?«, fragte Robert.
»Was?«
»Dass er der gleichen Ansicht ist?«
»Ja, genau.«
»Und wessen Ansicht? Deiner oder meiner?«
Mit dem Kuli zog ich einen Zirkel um das Datum in meinem Kalender. »Deiner ...«
Er grinste hörbar.
»Wenn Mila einen neuen Computer braucht, vertraue ich blind auf Friso«, verteidigte ich mich. »Er kennt sich aus mit Einsen und Nullen. Umgekehrt finde ich, was medizinische Fragen angeht, sollte er mich entscheiden lassen. Was natürlich nicht bedeutet«, schickte ich schnell noch hinterher, »dass du dich gezwungen fühlen sollst, mit ihr zu reden. Ich will dir nichts aufdrängen.«
Es klopfte noch einmal. Wilma steckte den Kopf zur Tür

herein. »Heleen? Ich habe Doktor Gord für Sie am Telefon. Er übernimmt gern den Rest der Woche, unter der Bedingung, dass du Ende Oktober ...«
Ich hob die Hand. »Noch fünf Sekunden«, flüsterte ich.
»Ich muss jetzt auflegen«, sagte ich zu Robert, während ich den Stuhl zurückschob, »denk bitte darüber nach, ja? Morgen rufe ich dich an.« Ich stand auf.
»Um vier?«, fragte er.
»Soll ich dich gegen vier anrufen?«
»Nein. Ich meine den Termin. Heute Nachmittag um vier Uhr. Dann erwarte ich Mila.« Robert lachte frotzelnd. »Schade, dass du die Therapie beendest, jetzt, wo es dir gutgeht. Ich würde dich zur Abwechslung gern einmal lachen sehen.«
»Das wirst du auch«, versicherte ich ihm dankbar. »Ich bringe meine Tochter zu dir und zeige dir mein schönstes Lächeln. Vielleicht können wir ja irgendwann – wenn alles wieder in ruhigeren Bahnen verläuft – einmal zusammen essen gehen? Ich lade dich ein.«
»Abgemacht!«

Endlich war es draußen ein bisschen abgekühlt. Eine angenehme Brise wehte durch die Stadt, die nicht nur die schmuddeligen Papierfetzen aus den Rinnsteinen und versteckten Häuserecken aufwirbelte, sondern auch die Menschen aus ihrer Lethargie erwachen und wieder aufrecht gehen ließ. Mila und ich legten die Strecke bis zu Robert Lindemans Praxis, die nicht weit von unserem Haus entfernt war, zu Fuß zurück. Sie hatte noch nach dem Rock und der schwarzen Jacke gesucht, aber die hatte ich mit der Bemerkung, ich wolle sie bei der Polizei als

Beweismaterial abgeben, in einen Plastiksack gesteckt. Daraufhin zog sich Mila doch eine Jeans und ein Sweatshirt an. Schockiert musste ich feststellen, dass meine Tochter wesentlich stärker abgemagert war, als ich befürchtet hatte. Ihre alte Kleidung schlackerte um ihren Körper. Ich fragte mich, ob das Model, das kürzlich auf dem Laufsteg tot umfiel, sehr viel dünner gewesen war? Am liebsten wäre ich Hals über Kopf in die Küche gerannt, um wie eine Wahnsinnige Brote mit viel Butter und Vollfettkäse zu schmieren. Aber ich konnte mich gerade noch zurückhalten. Alles zu seiner Zeit, Heleen. Alles zu seiner Zeit.
Auf dem Weg in die Stadt begann ich von Vonne zu erzählen, ihrer besten Freundin.
»Sie hat praktisch täglich angerufen«, sagte ich. Was ich dabei nicht erwähnte, war, dass ich das arme Kind einmal angeschnauzt hatte, sie solle nicht mehr anrufen. »Ich denke jedes Mal, es ist die Polizei, um mir zu sagen, dass sie Mila in irgendeinem dunklen Wald ausgebuddelt haben«, hatte ich in den Hörer gerufen. Dabei war ich selbst so über mich erschrocken, dass ich mich bei ihr entschuldigte und versprach, mich sofort bei ihr zu melden, wenn es etwas Neues gäbe.
»Die wird sich riesig freuen, dass du wieder da bist«, sagte ich zu Mila. »Inzwischen hat sie bestimmt auch das Ergebnis ihrer Aufnahmeprüfung. Du könntest sie heute Mittag ja mal anrufen.«
Meine Tochter zuckte die Achseln. »Die haben sie natürlich angenommen. Wenn sie schon so eine Streberin nicht mehr annehmen, wer soll dann noch auf einem Konservatorium studieren, hm?«

Ich schaute sie an. »Das klingt aber überhaupt nicht nett, Mila!«
Sie rollte die Augen. »Na und? Mir doch egal.«
»Und warum?«
»Warum was?«
»Warum redest du so über deine Freundin? Ihr wart doch unzertrennlich, bis du mit Stan zusammengekommen bist. Ich dachte, sie sei ganz in Ordnung?«
»Solange man macht, was sie sagt, und die Art von Musik spielt, die ihr gefällt, ... am besten auf der abgenutzten Blockflöte ihrer Schwester, und wenn sie dich auf dem Klavier begleiten kann, ist sie wirklich ganz in Ordnung.«
»Hat das was mit Stan zu tun, dass du sie plötzlich nicht mehr magst?«
Mila runzelte die Augenbrauen. »Über den will ich erst recht nicht reden.« Ihre Augen waren auf einen Punkt in der Ferne gerichtet, während wir nebeneinander herliefen. Woran dachte sie? Was ging ihr durch den Kopf? Alles zu seiner Zeit, Heleen. Alles zu seiner Zeit.
Ich berührte sie leicht am Oberarm. »Hör zu, Liebes. Während du gleich bei Doktor Lindeman bist, gehe ich einkaufen. Um fünf Uhr hole ich dich wieder ab, in Ordnung?«
Mila nickte kaum merklich.
»Damit will ich sagen, du brauchst keine Angst zu haben, dass ich die ganze Zeit dabeibleibe. Verstehst du?«
»Hm.«
Ich befeuchtete meine Lippen. »Es sei denn – natürlich – dass dir das lieber wäre beim ersten Mal.« Als keine Reaktion von ihr kam, redete ich einfach weiter: »Robert Lindeman ist mehr als nur ein Psychiater, an den ich manch-

mal Patienten überweise. Er und ich ... wir sind befreundet. Du erinnerst dich jetzt vielleicht nicht daran, aber er war einmal bei uns zu Hause.«

Mila senkte die Lider mit den hellen Wimpern. »Also gehe ich bei deinem Liebhaber in Behandlung?«

Für einen Moment verlangsamte ich meinen Schritt. »Nein. Eh ... nein. So darfst du das nicht sehen.«

»Wie denn dann?«

Ich spürte, wie ich rot wurde wie ein Teenager, und das, obwohl ich langsam ins Alter für Hitzewallungen kam. »Vielleicht«, meinte ich, »hätte sich tatsächlich etwas zwischen uns entwickelt, wenn du nicht so plötzlich verschwunden wärst. Vielleicht aber auch nicht – es war alles noch sehr ... frisch und unverbindlich. Was ich damit sagen will, ist, wir mögen uns. Vor einem Monat war ich sogar selbst bei ihm in Therapie.«

»Warum?«

Ich machte den Mund auf und schloss ihn wieder. Das Los der Eltern: Während es dich innerlich zerreißt, setzt du deine überzeugendste Erziehermiene auf. Doch mir blieb nichts anderes übrig. Ich konnte ja schließlich nicht hinausposaunen, dass ich befürchtet hatte, sie sei nicht mehr am Leben. Und dass ich, wenn sie nicht mehr lebte, auch nicht mehr leben wollte. Weder der richtige Zeitpunkt für solch ein Geständnis noch die richtigen Worte. Irgendwann, wenn sie selbst Kinder bekam, würde sie es verstehen. Es war so simpel: Erst verkündete man, keine Kinder zu wollen, da die angeblich der persönlichen Weiterentwicklung im Wege stünden, und im nächsten Moment hielt man ein Wesen im Arm, das von da an das Wichtigste im Leben bleiben würde.

»Wieso hast du eine Therapie gemacht?«, wiederholte Mila. »War das bloß ein Vorwand, um bei diesem Herrn Lindeman zu sein, oder konntest du es nicht ertragen, dass ich weg war?«
Sollte ich nun lachen oder weinen? Zumindest war eines klar: Ich hatte ihre Aufmerksamkeit. Und das war in jedem Fall ein gutes Zeichen.
»Du liebe Güte, Mila! Wenn mir in all den Monaten nach einer Sache ganz sicher nicht zumute war, dann das Getue mit Männern. Ich konnte bloß an dich denken und musste mit jemandem darüber reden. Sonst wäre ich verrückt geworden.«
»Oh ... Aber Papa meinte heute Morgen, du wolltest die ganze Zeit überhaupt nicht darüber reden.«
Nur allmählich drang der Satz zu mir durch. Hatte Friso jetzt komplett den Verstand verloren? Das Kind war nicht bei sich – da behielt man solche Sachen für sich! Ich riss mich am Riemen. Um Friso würde ich mich später kümmern. Jetzt ging es nur um Mila. Fieberhaft suchte ich nach einer Antwort, aber mir war noch immer nichts eingefallen, als Roberts Praxis in Sichtweite kam. Zu meinem Erstaunen hakte sich Mila plötzlich bei mir unter. »Ach Mama«, sagte sie, »ich erinnere mich kaum an etwas, aber das kommt bestimmt bald wieder. Und ich fände es schön, wenn du gleich dabeibleiben würdest, während ich mit Herrn Lindeman rede.«
Milas Körperwärme drang durch mein dünnes Jäckchen. Mein Herz schlug jetzt schneller, und ich drückte ihren Arm noch fester an mich. Ein kleiner Vogel mit undefinierbarem Gefieder landete auf dem Aushängeschild eines Cafés und ließ über unseren Köpfen ein Gezwitscher hö-

ren, als wolle er persönlich ein neues Zeitalter einläuten. Was gab es Schöneres auf der Welt, als so mit meiner quicklebendigen, mich anlächelnden Tochter die Straße entlangzugehen, während ein winziges Vögelchen den Stadtlärm übertönte?

Robert Lindeman teilte sich den Eingangsbereich zu seiner Privatpraxis mit einem Zahnarzt. Ich ließ Mila den Vortritt. Wir gingen in das kleine Wartezimmer, wo ein Tisch, auf dem lauter abgegriffene Zeitschriften lagen, von zwei Stühlen flankiert wurde. Keine zehn Sekunden nachdem wir uns in den knarrenden Rattanstühlen niedergelassen hatten, lugte Robert aus der Sprechzimmertür und bat uns herein. Obwohl schon einzelne Silberfäden in seinem dunklen Haar aufblitzten, wirkte er sehr jung für sein Alter – neunundreißig! Er berührte meine Schulter und blickte mir tief in die Augen.
»Heleen«, sagte er einfach, drehte sich um und gab Mila die Hand. »Du musst Mila sein«, sagte er. »Ich bin Robert Lindeman. Wir sind uns schon einmal begegnet, aber laut deiner Mutter erinnerst du dich daran nicht so recht.«
Zögernd nahm Mila seine Hand an. »Doch, schon«, sagte sie leise. »Sie waren einmal bei uns zu Hause.«
Er nickte. »Stimmt genau. Du gingst gerade weg, als ich hereinkam. Wenn ich mich recht erinnere, wolltest du zu einer Bandprobe?«
»Ja.«
»Wie heißt denn die Band?«
»Fuzzy Logic.«
»Toller Name! Eigene Stücke?«
»Ja, aber auch Cover: psychedelischer Funk. Es klingt ein

wenig wie die Red Hot Chili Peppers in ihren Anfangsjahren.«
»Verstehe! Spielst du Gitarre?«
»Manchmal. Eigentlich singe ich, also, früher hab ich gesungen.«
»Hm, ihr braucht nicht zufällig noch einen Bassisten? Bei mir zu Hause auf dem Dachboden steht noch ein alter Bass herum, und ich habe sämtliche Noten von The Golden Earring.«
»Einen Bassisten haben wir …, ich meine, haben *sie* schon«, sagte sie. »Stan Hoffman. Er war mein Freund, aber ich habe mit ihm Schluss gemacht. Und mit der Band will ich auch aufhören.« Sie warf mir einen scheuen Blick zu.
Hatte sie Schluss gemacht? Verdutzt schaute ich sie an. Wann denn bloß?
»Ach schade«, antwortete er locker. »Dann suchen sie jetzt wohl eher nach einem Sänger oder einer Sängerin statt nach einem Bassisten.« Er schnalzte mit der Zunge. »Kaffee? Für euch beide?«
»Gern«, antwortete ich. »Wenn es euch recht ist, bleibe ich ein Weilchen hier, aber«, sagte ich zu Mila gewandt, »wenn du lieber möchtest, dass ich gehe …«
Mila schüttelte den Kopf.
Robert deutete auf den schwarzen Ledersessel, auf dem ich in letzter Zeit mehrere Stunden pro Woche gesessen hatte, und ging in die Ecke, wo die Kaffeemaschine stand. Er nahm zwei Tassen vom Tablett. Während es langsam aus dem Apparat zu dampfen anfing, rief er: »Ich fürchte, ich kann euch im Moment bloß Kaffee anbieten, aber …«
»Ich habe gar keinen Durst«, sagte Mila. Sie ließ den Blick

durch den großen Raum mit den hohen Fenstern schweifen. »Wo steht denn die Couch?«
»Welche Couch?«, lachte Robert. »Tja, die habe ich schon vor hundert Jahren dem Museum für Altertumskunde gestiftet. Hättest du dich denn gern dabei hingelegt?«
»Ach nein«, kicherte Mila und zupfte am Saum ihres Sweatshirts herum.
Gott sei Dank! Die beiden verstanden sich. Als Robert vor einem halben Jahr das erste Mal zu uns zu Besuch kam, hatte sie ihn gemieden, was ich gut verstehen konnte, schließlich wollen Kinder nichts Einfacheres, als dass ihre Eltern zusammenbleiben.
Erleichtert stellte ich fest, dass Mila ihre Abwehrhaltung aufgegeben hatte.
Robert stellte zwei dampfende Tassen Kaffee auf dem Beistelltisch ab, hielt ein fast leeres braunes Milchpulverglas darüber und schlug mit der Handfläche gegen den Boden, damit sich das festgeklebte Pulver löste.
»Deine Mutter hat mich gebeten, mal mit dir zu reden. Sie hofft, dass ich dir helfen kann, dich wieder an alles zu erinnern. Aber keine Angst: Ich werde dich schon nicht ins Kreuzverhör nehmen! Wir unterhalten uns einfach miteinander, und falsche Antworten gibt es nicht.« Stirnrunzelnd schaute er in das Glas. »Könntest du mir mal einen Löffel geben, Heleen? Ich fürchte, ich muss das Pulver herauskratzen.«
Ich hielt ihm meinen Löffel hin.
»Du hast wahrscheinlich schon ausführlich mit der Polizei und deinen Eltern geredet. Stimmt es, dass du dich an gar nichts erinnerst aus der Zeit, als du weg warst?«
Mila nickte.

»Wie würdest du diese Zeit denn mit eigenen Worten beschreiben?«
Verständnislos blickte sie ihn an. »Wie soll ich etwas beschreiben, an das ich mich nicht erinnere?«
»Versuch es trotzdem einmal. Ich will dir die Worte nicht in den Mund legen.«
Sie schaute auf den Kunstdruck, der über seinem Schreibtisch hing: Edward Hoppers *Silber's Pharmacy*.
»Wie ein schwarzes Loch, schätze ich. Ist das gut so?«
»Wie schon gesagt, es geht nicht um richtig oder falsch, sondern nur um deine Wahrnehmungen. Aber willst du damit sagen, es hat keine Unterbrechungen gegeben? Alles kann wichtig sein, Mila. Ein Bild, das aufblitzt, ein Geruch oder ein Geräusch … Auch wenn es dir noch so unbedeutend vorkommt.«
Endlich hatte Roberts Herumgekratze in der Milchpulverdose den gewünschten Erfolg. Ein Klumpen löste sich und plumpste in meine Tasse. Dabei schwappte etwas Kaffee auf das Tablett. Entschuldigend grinste er mich an.
»Tut mir leid, ich gebe dir einen neuen.«
Ich wehrte ab und gab ihm mit einem Blick zu verstehen, er solle nur weitermachen.
Mila scharrte mit den Füßen. »Da ist nichts, weder Bildfetzen noch irgendwelche Gerüche. Wie schon gesagt: nur ein schwarzes Loch.«
»Hm, hm.« Er holte ein Notizbuch aus der Schreibtischschublade und machte sich ein paar Aufzeichnungen. »Du warst drei Monate und zwei Tage weg. Das weißt du. Kommt dir der Zeitraum selbst länger oder kürzer vor?«
»Kürzer. Es ist, als hätte meine Mutter mir erst gestern vom Gartenzaun hinterhergewunken.«

Robert nickte. »Beschreib doch bitte mal diesen Moment!«
Sie rutschte auf der Sitzfläche herum. »Also, ähm ... ich war an dem Tag in der Kunstakademie in Enschede gewesen. Das war so ein Orientierungstag von der Schule aus, um mal zu schauen, ob es einem irgendwo gefällt. Ich wollte alle Kunstakademien in den Niederlanden besuchen und dann die beste auswählen – also, wenn sie mich zugelassen hätten. Inzwischen habe ich mir drei angesehen.«
»Und? Ist es was für dich?«
Mila antwortete nicht gleich. »Damals schon, aber heute denke ich anders darüber. Vielleicht gehe ich doch nicht auf eine Kunstakademie.«
»Nein? Wieso nicht?«
Mila führte die Hand zum Mund und stocherte mit dem Fingernagel zwischen ihren Zähnen herum. »Ich weiß nicht«, sagte sie nach einer Weile.
»Okay«, sagte er. »Du musst auch nicht gleich heute auf alles eine Antwort finden. Wir haben ja Zeit. Aber du warst also in Enschede. Sonst ist an dem Tag nichts Besonderes passiert?«
»Nein.«
»Und dann?«
»Dann kam ich nach Hause. Meine Mutter hatte gefüllte Auberginen gemacht, die esse ich gern. Danach bin ich zu meinem Vater gegangen.« Sie schaute kurz zu mir herüber. »Meine Mutter ging mit nach draußen und winkte mir hinterher, bis ich um die Ecke war.«
Robert faltete die Hände unterm Kinn. »Kannst du dich noch an den Weg erinnern?«

»Ja. Es fing schon an zu dämmern, und ich fragte mich, ob ich eine Nachtigall im Baum am Ende der Straße singen hörte. Eine Nachtigall oder eine Singdrossel.«
»Hm. Sonst noch irgendwas?«
»Nein. Das ist das Letzte.«
»Denkst du, du erinnerst dich noch an alles, was vor dem 14. Juni geschehen ist? Ich meine, bist du selbst davon überzeugt, dass dein Gedächtnis vor deinem Verschwinden einwandfrei funktioniert hat?«
»Ja, bin ich.«
»Und jetzt? Funktioniert jetzt alles wieder optimal?«
»Ja.«
»Hat man das im Krankenhaus geprüft?«
Sie betrachtete aufmerksam ihre Hände. »Sie haben ein paar Tests mit mir gemacht, und da schien alles normal.«
»Okay. Also, man hat dich medizinisch untersucht, und es gibt keinen Grund, von einer organisch bedingten Amnesie auszugehen. Darum vermute ich, dass es sich bei dir um eine funktionale, retrograde Amnesie handelt.«
Eine Braue hochziehend, sagte sie: »Ich verstehe leider kein Chinesisch …«
Jetzt sah er von seinem Notizbuch auf. »Oh, entschuldige«, meinte er, »Fachjargon.« Entspannt lehnte er sich in seinem Stuhl zurück. »Deine Mutter hält mich für einen Gehirnspezialisten, aber ich bin da auch nur ein Laie. Aber ich interessiere mich schon dafür, wie das Gehirn funktioniert. Es gibt übrigens eine Menge Metaphern für das Gehirn, wusstest du das? Platon zum Beispiel verglich es mit einer Wachstafel. Wie das Siegel eines Rings drücken wir alles, was wir hören, sehen, uns ausdenken oder erinnern wollen, in diese Tafel hinein. Alles, was gelöscht

wird oder nicht hineingedrückt werden kann, bleibt unbekannt, oder es wird vergessen. Demnach besteht ein gutes Gedächtnis aus einem Wachsklumpen, der nicht zu hart ist, aber auch nicht zu weich. Im ersten Fall dringt ein Eindruck nicht durch, im zweiten verwischt er gleich wieder.«

»Glauben Sie, dass bei mir ...«

Aber Robert war noch nicht am Ende. »Außerdem wird das Gedächtnis auch schon mal mit einem Computer, einem Lagerhaus, einer Bibliothek oder einer Telefonzentrale verglichen. Doch eigentlich sind diese ganzen Metaphern ziemlich unzureichend«, dozierte er. Dabei tickte er mit dem Kugelschreiber auf den Schreibtischrand. »In Wirklichkeit kann das Gehirn – von dem das Gedächtnis einen Teil ausmacht – nur mit dem Gehirn selbst verglichen werden.«

»Also kann niemand etwas Vernünftiges darüber sagen?«, wollte ich wissen.

»Ganz genau«, bestätigte er, »ich persönlich finde allerdings Platons Theorie von der Wachstafel wesentlich interessanter als den Vergleich mit einer Bibliothek. Das Gehirn ist viel mehr als nur eine neutrale Lagerhalle für Informationen. Im Gegenteil: Wahrscheinlich hat es ebenso viel mit objektiver Informationsspeicherung zu tun wie eine Behörde mit Effizienz.«

Mila war inzwischen bis auf die Ecke ihres Stuhls vorgerutscht. »Und ist dieser Klumpen in meinem Kopf jetzt zu hart oder zu weich?«, brachte sie die Frage, die auch mich beschäftigte, auf den Punkt.

»Tja«, antwortete er, »in deinem Fall könnte das Wachs eine derartige Dichte gehabt haben, dass kein einziger

Eindruck die Möglichkeit hatte, bis in dein Gedächtnis vorzudringen. Das würde heißen, du hast unbewusst entschieden, dich an nichts erinnern zu wollen. Eine funktionale, retrograde Amnesie ist die Reaktion auf ein einschneidendes Erlebnis, wie zum Beispiel eine Vergewaltigung oder den Tod einer geliebten Person. Es könnte also gut sein, Mila, dass etwas ganz Schlimmes mit dir passiert ist.« Jetzt machte er eine kleine Pause, um ihre Reaktion abzuwarten. Als keine kam, fuhr er fort: »Eine organisch bedingte Amnesie hingegen bedeutet, dass die Gedächtnisstörung von einem neurologischen Schaden verursacht wird. Zum Beispiel bei Epilepsie oder übermäßigem Drogen- oder Alkoholkonsum.«

Mila zwinkerte ein paar Mal, bevor sie den Blick senkte. »Dann glaube ich«, sagte sie, wobei sie kurz zu mir herüberschielte, »dass ich keine organische Amnesie habe.«

Das Telefon auf dem Schreibtisch klingelte. Bevor Robert abhob, sah er mich eine Sekunde lang durchdringend an. Meine Tochter hatte den Kopf eingezogen und rutschte unruhig auf ihrem Sessel hin und her.

Ich fasste einen Entschluss.

»Oh! Wie dumm von mir …«, rief ich und schlug mir vor die Stirn. »Habe ganz vergessen, Wilma die Untersuchungsergebnisse von heute Morgen mitzuteilen.« Ich stand auf und blickte auf die Uhr über der Tür. »Tut mir leid, Liebes, ich muss rasch in die Praxis. Um fünf hole ich dich wieder ab.«

Robert ließ den Hörer sinken, tippte auf seine Armbanduhr und lächelte mir beruhigend zu. Stumm formte er die Worte »Halb sechs.«

4

Was lässt sich über die Stelle im Saturnuspark sagen, wo Mila aufgefunden wurde, außer dass sich eine beeindruckende Sammlung unflätiger Ausdrücke und vertrocknete Grünalgen auf der Bank befanden und einer der Betonfüße in marodem Zustand war? Dass sie Aussicht auf eine kleine Weide bot, auf der ein Pony mit Hängebauch stand? Dass ein Künstler einige Baumstämme in blaues Tuch gehüllt hatte, das gleich wieder von irgendeinem dort abhängenden Jugendlichen oder einem Mitglied der Baumbefreiungsfront zerfetzt worden war? Ich hatte natürlich gehofft, der Anblick all dessen würde bei Mila etwas auslösen. Doch weit gefehlt. Widerwillig folgte sie mir über den verhärteten Sandweg, der zu der Bank führte.

»Ich kapiere nicht, was Robert damit erreichen will«, sagte sie, während ich mit dem Zeigefinger über einen Riss in der Lehne dieser heruntergekommenen Sitzgelegenheit fuhr. »Ich habe doch schon gesagt, ich habe keine Ahnung, wie ich hierhergekommen bin.«

»Wer nicht wagt, der nicht gewinnt! Vielleicht hilft es ja, wenn du dich einfach mal hinsetzt und an gar nichts denkst. Robert hat nämlich recht: Diese Bank hier ist unser einziger Anhaltspunkt.«

Sie trat ein paar Schritte zurück, warf schulterzuckend

einen mitleidigen Blick auf besagten Anhaltspunkt. Das Wetter war nun wirklich umgeschlagen. Die Rosen, die in den Beeten rings um uns noch in voller Blüte standen, schaukelten im Wind. Ein einzelnes Laubblatt ließ sich von der Thermik tragen und landete vor unseren Füßen. Mila zog den Reißverschluss ihrer Jacke bis ganz nach oben.
»Erinnerst du dich noch daran, wie dich der Polizist angesprochen hat?«, fragte ich.
»Mja«, sagte sie nach kurzem Zögern.
»Und, was hat er gesagt?«
Mila kniff die Augenbrauen zusammen und schaute in die Ferne. »Weiß ich nicht mehr. Ich erinnere mich nur, dass er sehr laut gesprochen hat und die ganze Zeit an meinem Arm gezogen hat. Immer, wenn ich mich aus seinem Griff befreit hatte, packte er fester zu. Davon hab ich jetzt noch einen blauen Fleck. Erst auf der Wache habe ich – glaube ich – mit jemandem geredet. Mit so einem großen Mann mit Äderchen auf den Wangen.«
»Wissink.«
»Stimmt.« Zögernd ging Mila wieder zur Bank zurück und setzte sich. Sie legte den Kopf in den Nacken und machte die Augen zu. Mucksmäuschenstill blieb ich neben ihr stehen.
Zwei Jungen in Skaterhosen gingen wild gestikulierend an uns vorbei. Ein Windstoß blies dem Pony die Mähne aus den Augen. Traurig blickte das Tier vor sich hin – wie ein in die Jahre gekommener Hippie.
Mila seufzte. »Es hat wirklich keinen Zweck, Mama. Ich hab keine Ahnung, was Robert erwartet, aber es passiert überhaupt nichts«, sagte sie und hielt die Augen noch im-

mer geschlossen. »Tut mir leid.« Ihre Haut, die über den Wangenknochen spannte, hatte wieder ein wenig Farbe bekommen, und ich zählte jede einzelne Sommersprosse, die beschlossen hatte zurückzukehren. Es waren genau acht, drei davon auf ihrer Nase.

Wetten, sagte ich mir, dass an dem Tag, an dem sämtliche Sommersprossen wieder da sind, auch Milas überschäumende Energie zurückkommt? Dass sie erneut anfängt zu malen, Gitarre zu spielen, dass sie ihre Sachen überall herumliegen lässt und uns in allem, wirklich in allem widerspricht? Dass sie wieder irgendwelche Aktionen bringt, die uns überschaubare Sorgen bereiten? Dass sie wieder mit allen möglichen schrägen Typen nach Hause kommt? Und jede Woche mit einem neuen Studienfach bei uns antanzt, von dem sie hundertprozentig überzeugt ist, dass sie es nach ihrem Schulabschluss belegen will? Wetten, dass sie eines Tages, ganz bald, diese introvertierte, distanzierte Haltung aufgibt und uns alles erzählt?

Ich kratzte mich am Hals. »Mila?«

Sie schlug die Augen auf und verschränkte die Hände hinter dem Kopf. »Ja?«

»Als du zum Vorgespräch bei Robert warst, hatte ich den Eindruck, du …« Ich geriet ins Stocken und begann von vorn. »Ich werde das Gefühl nicht los, dass du dich an mehr erinnerst, als du uns gegenüber zugeben willst.«

Mila starrte vor sich hin.

»Robert hat mir nichts gesagt, ehrlich nicht«, fügte ich rasch hinzu. »Alles, was du mit ihm besprichst, ist vertraulich. Und das wird auch so bleiben.«

»Hm, hm.«

»Egal was du ihm erzählst, er wird uns nie ohne deine

Erlaubnis über irgendetwas informieren, was du ihm anvertraust.«
»Wenn du das noch ein paar Mal wiederholst, Mama, werde ich wirklich noch misstrauisch.«
»Du hast recht«, nickte ich. »Völlig recht! Aber was ich eigentlich sagen wollte, damit das ganz klar ist: Wie schrecklich das, was du durchgemacht hast oder noch durchmachen musst, auch sein mag – ich möchte lieber die Wahrheit wissen, als von dir davor geschützt zu werden. Und ich glaube, dass ich bestimmt auch im Sinne deines Vaters spreche.«
Mila sah mich an, und ich hätte schwören können, dass sie sich gerade noch zurückhalten konnte, nicht mit den Augen zu rollen.
»Eigentlich«, sagte sie, während sie sich mit den Fingern wie mit einem Kamm durch das lange Haar fuhr, »hast du dir also doch Sorgen um mich gemacht, stimmt's?« Die blauen Leinenfetzen klatschten hinter Milas Kopf gegen den Baum.
»Wie kommst du denn da drauf? Es war der reinste Spaziergang für mich!« Ich zog ein Gesicht.
Mila musterte mich prüfend. »Machst du dich über mich lustig?«
»Gar nicht. Ich will bloß nicht gleich losheulen«, sagte ich heftiger als beabsichtigt. »So gern ich glauben würde, dass jetzt alles vorbei ist und wir wieder ein normales Leben führen können – ich traue dem Frieden einfach nicht. Vielleicht ist es nur eine Frage der Zeit. Es kann sein, dass du dich nie mehr daran erinnern wirst, was diesen Sommer passiert ist. Dein Vater und ich wollen, dass alles ans Licht kommt, doch nicht um jeden Preis. Nicht auf Kos-

ten deiner Gesundheit.« Dabei berührte ich sie kurz am Oberarm. »Was möchtest du selbst, Mila?«

Mit der Schuhspitze bohrte sie kleine Löcher in den lockeren Sand, während sie nervös um sich schaute. »Angenommen«, sagte sie trübsinnig, »mal angenommen, mein Erinnerungsvermögen käme zurück, und es würde sich herausstellen, dass ich eine Menge schrecklicher Sachen getan habe ...?«

Langsam ließ ich mich neben sie auf die Bank sacken.

»Hast du denn irgendeinen Grund, das anzunehmen?«, erkundigte ich mich behutsam.

»Wer weiß? Vielleicht habe ich ja jemanden ermordet. Das würde zumindest meinen Gedächtnisverlust erklären. Klar, dass mein Gehirn alles daransetzt, einen Mord aus dem Speicher zu löschen.«

»Das wird schon wieder!«, sagte ich. »An deiner Stelle würde ich mir darüber keine allzu ...«

»Woher willst du das wissen?«, herrschte sie mich plötzlich an.

Ich schüttelte den Kopf. »Du bist überhaupt nicht imstande, einen Mord zu begehen.«

»Ach nein? Dich könnte ich zum Beispiel gerade wirklich umbringen! Du glaubst wohl, du weißt alles, wie?« Mila warf die Arme in die Luft. »Gott im Himmel ... mag ja sein, dass Stan ein Kindskopf ist, aber in einer Sache hatte er recht: Eure Generation ist so unglaublich arrogant! Ihr seid derart selbstverliebt und solche Weltverbesserer, dass ihr überhaupt nicht mitbekommt, dass die Realität manchmal ganz anders aussieht.«

Ihr Gesicht war jetzt kreidebleich geworden.

Meine Kopfhaut juckte. »Ich hatte ja keine Ahnung, dass

du so darüber denkst, Mila! Ich habe immer geglaubt, wir beide hätten ein gutes Verhältnis zueinander. Aber ich höre mir gern deine Sicht der Dinge an.«
Einen Moment lang bohrten sich ihre schiefergrauen Augen in meine, dann schaute sie weg.
War das Angst, was ich sah? Oder Verachtung? Oder beides? Ich konnte nicht ergründen, was in meinem eigenen Kind vor sich ging. Was mein Vater sagte, stimmte: Man kann sich zwar einiges in den Kopf setzen, was die eigenen Kinder betrifft, aber im Endeffekt ist man nicht mehr als eine Zwischenstation.
»Kann sein, dass wir Fehler gemacht haben«, begann ich. »Ganz bestimmt haben wir Fehler gemacht«, verbesserte ich mich rasch. »Mir ist schon klar, dass das mit unserer Scheidung am Anfang nicht leicht für dich war, aber unsere Liebe zu dir ...«
»Oh, verschon mich bloß mit diesem sentimentalen Geschwätz«, schnitt sie mir das Wort ab. Abrupt stand sie auf und ging auf den Parkausgang zu, mit eingezogenem Kopf. Niedergeschlagen. Mir krampfte sich das Herz zusammen. Tausendmal lieber hätte ich sie wütend gesehen. Ich lief hinter ihr her und legte eine Hand auf ihren Rücken. »Mila«, sagte ich mit rauher Stimme, »Mila, hör doch! Du bist meine Tochter! Und ich liebe dich, verdammt noch mal!«
Ich konnte kaum mit ihr Schritt halten.
Genauso abrupt, wie Mila davongestiefelt war, blieb sie plötzlich stehen. Fast wäre ich auf sie geprallt.
Mila verschränkte die Arme vor der Brust. »Weißt du noch, wie wir immer über diese amerikanischen Filme lachen mussten, in denen alle ständig *I love you* gesagt haben, bloß

damit sie ein Dach über dem Kopf oder etwas zu essen hatten?«, fragte sie schnippisch.
Bevor ich reagieren konnte, fügte sie hinzu: »Ich finde es ziemlich bequem, einfach zu sagen, dass man jemanden liebt, weil man glaubt, dass es sich so gehört. Liebe ist zufällig etwas, das man sich verdienen muss – kein Wegwerfprodukt!«
Ich wollte etwas sagen, aber Mila war noch nicht fertig.
»Und wenn man jemanden wirklich liebt, bleibt man auch dann, wenn es gerade mal nicht so gut läuft.«
»Versteh ich das richtig«, stammelte ich, »fühlst du dich von mir im Stich gelassen?«
Ich war erschüttert. Aus Milas Blick sprach abgrundtiefe Verachtung.
Wie lange war es her, dass sie jede Gelegenheit genutzt hatte, um bei mir oder Friso auf den Schoß zu klettern? Ich holte tief Luft, um jegliche Missverständnisse ein für allemal aus der Welt zu räumen, aber Mila war schon wieder auf und davon. Ein oder zwei Sekunden blieb ich stehen, dann setzte ich zur Verfolgung an.
»Mila, warte doch!«
Beim Drehkreuz schlurfte gerade ein Mann in einem gräulichen Manchesteranzug in den Park. Er steuerte auf den erstbesten Abfalleimer zu, steckte die bloßen Hände in die Metallöffnung und tastete blind darin herum. Unter seiner Hutkrempe sah er uns kommen. Automatisch klemmte ich mir beim Laufen die Tasche fester unter den Arm.
»Dich kenne ich«, sagte er zu meiner Tochter, als wir nur noch wenige Meter von ihm entfernt waren. Der schlechte Zustand seines Gebisses hielt ihn nicht davon ab, breit zu grinsen.

Mila ging aufrecht und ohne ein Wort zu sagen weiter.
»Dich kenn ich«, wiederholte er jetzt eindringlicher. Er zog die Hand aus dem Abfalleimer heraus und versperrte uns den Weg.
Ich schaute von Mila zu dem Stadtstreicher, dessen Bart aussah, als habe ihm jemand kleine Büschel ausgerissen.
»Würden Sie bitte einen Schritt zur Seite gehen?«, forderte ich ihn auf. Erst jetzt bemerkte ich, dass er etwas aus dem Abfalleimer herausgeholt hatte. Es war eine Butterbrottüte aus Plastik undefinierbaren Inhalts. Er schwang sie hin und her, während er sich vor dem Drehkreuz postierte. Mir schenkte er keine Beachtung.
»Du hattest Streit mit deinem Vater …«
»Hau bloß ab!«, schrie Mila. Sie stieß den Mann zur Seite und schlüpfte durch die Absperrung. Auf der Straße angekommen, begann sie zu laufen. Der Stadtstreicher war rückwärts strauchelnd in der Rasenumzäunung gelandet, wo er in dieser unbequemen Haltung sitzen blieb und den Inhalt der Plastiktüte kontrollierte. Während ich einen Schritt auf ihn zuging, um ihm aufzuhelfen, schüttelte er den Inhalt der Tüte aus, betrachtete das Häufchen Pampe, das alles Mögliche sein konnte – von einer zerquetschten Kröte bis zu irgendwelchen Tierexkrementen –, und steckte es sich in den Mund. Genüsslich kauend starrte er vor sich hin. Über sein Kinn triefte ein Speichelfaden hinunter. Er zuckte die Schultern, als er meinen Gesichtsausdruck bemerkte. »Man muss doch schließlich was essen«, brachte er zu seiner Entschuldigung vor.
Ich drehte mich um und ging hinter Mila her.

In den Kragen ihrer Jacke geduckt, lehnte sie an der Wand beim Hintereingang. Einige Äste mit ungeernteten Trauben, die über der schwer beladenen Pergola hingen, berührten fast ihr Haar.
Ich schloss die Tür auf. Mila ging an mir vorbei und vermied es, mir in die Augen zu sehen. Vor ein paar Tagen hatte ich mir vorgenommen, sie solle das Tempo bestimmen. Ich wollte nichts erzwingen. Und was hatte es uns gebracht? Ihr Groll war fast greifbar. Sie hängte ihre Jacke auf den Kleiderständer und ging zur Treppe.
»Mila«, rief ich ihr hinterher, »es gibt da noch etwas, das ich mit dir besprechen möchte.«
»Hat das nicht Zeit bis nach dem Essen?«, sagte sie, die eine Hand schon am Treppengeländer.
»Doch, hat es. Dann möchtest du jetzt bestimmt auch keinen Tee?« Ohne ihre Antwort abzuwarten, ging ich in die Küche, wo ich den Schnellkocher mit Wasser füllte. Hinter mir hörte ich ihre unwilligen Schritte.
»Was gibt es denn so Dringendes?« Sie lehnte gegen den Türpfosten.
»Warum bist du so abweisend? Du gibst niemandem eine Chance.«
»Lass mich raten«, spottete sie. »Hätte ich dem Penner im Park etwa Geld geben sollen? Hast du ihn gleich mit nach Hause genommen?«
»Nein, obwohl du ruhig etwas weniger hart zu ihm hättest sein können. Was hat der da über deinen Vater gesagt?«
Ungeduldig verlagerte sie ihr Gewicht auf das andere Bein.
»Mir doch egal! Ich hab den Typen noch nie gesehen.«

»Er euch anscheinend aber schon. Hast du denn mit Papa einen Spaziergang durch den Park gemacht?«
Sie verschränkte die Arme. »Was wird das hier? Ein Kreuzverhör?«
»Bist du mit ihm auch bei der Bank gewesen?«
Sie schnaubte. »Ach ja, richtig! Hatte ich dir noch nicht gesagt, dass ich einen Wallfahrtsort daraus machen wollte?«
»Mila.« Ich zählte innerlich bis zehn. »Dein Vater und ich tun unser Menschenmöglichstes, damit dein Leben langsam wieder normal wird. Und was machst du? Willst du uns etwa gegeneinander ausspielen? Mir ist klar, dass du in ein Alter kommst, in dem du nicht mehr alles mit uns teilen willst. Trotzdem fände ich es nett, wenn du kapierst, dass wir auf deiner Seite sind.«
Sie gähnte ausführlich. »Sehr interessant! Wenn es dir nichts ausmacht, reden wir ein andermal weiter. Ich gehe bald wieder in die Schule und muss noch einen Stapel Bücher einbinden.«
Diese Antwort klang fast schon wieder normal. Fast.
»Eins noch, Mila. Als wir bei Robert waren, hast du gesagt, du hättest mit Stan Schluss gemacht.«
»Ja.«
»Und wann soll das gewesen sein? Du hast ihn doch noch gar nicht getroffen.«
»Es gibt Telefone.« Gelangweilt wickelte sie sich eine Haarsträhne um den Zeigefinger und zog sie vor ihren Augen wieder in die Länge.
»Du hast ihn also angerufen.«
»Yep. Wenn du's genau wissen willst: gestern Abend.«
»Warum? Ihr ward doch total verrückt nacheinander.«

Schielend betrachtete sie die Haarlocke um ihren Finger.
»Du musst mir natürlich nicht alle Einzelheiten erzählen, aber ist denn irgendetwas passiert?«
»Gütiger Gott«, platzte sie heraus. »Eigentlich müsstest du doch einen Luftsprung machen, weil ich Schluss gemacht habe. Papa hat selbst zu mir gesagt, er freue sich, dass ich über die Freundschaft zu Stan hinausgewachsen sei.«
Ich fühlte mich überrollt und starrte sie an. Was sollte das heißen, über die Freundschaft hinausgewachsen? Am Tag, als sie verschwand, war sie noch bis über beide Ohren verliebt … So hätte ich es jedenfalls nicht ausgedrückt.
»Wenn du glaubst, ich kann Stan nicht ausstehen, irrst du dich«, sagte ich. »Reichst du mir bitte mal die Teedose?«
Mila nahm die Blechbüchse, die sie irgendwann selbst mit feinen, grünen Blättern bemalt hatte, schnalzte den Deckel herunter und reichte mir einen Beutel Earl-Grey-Tee.
»Du tust ja gerade so, als fändest du das schlimm«, behauptete sie. »Was gewinnst du dabei eigentlich?«
Jetzt bloß die Kirche im Dorf lassen! Zweifellos musste ich diese Bemerkung als das Verdienst des neumodischen Lernens sehen: Fähigkeiten und Kompetenzen – darin war meine Tochter schon immer stark.
»Es ging mir dabei doch gar nicht um mich, sondern um dich, Mila«, antwortete ich direkt.
»Ach ja? Und? Soll ich jetzt wieder was mit ihm anfangen, oder was?« Wütend knallte sie den Deckel der Teedose auf die Anrichte, wo er laut scheppernd herumkreiselte, bis er liegen blieb.
Als es wieder still in der Küche war, sagte ich: »Du sollst bloß zur Ruhe kommen statt übereilte Entscheidungen zu

treffen! Eines weiß ich sicher: Bevor du verschwunden bist, hatten wir vielleicht ein paar kleinere Probleme, aber soweit ich mich erinnern kann, gab es keine grundlegenden Schwierigkeiten. Vonne und du, ihr wart ein Herz und eine Seele, und du warst völlig verliebt in Stan. Jetzt bist du wieder da und willst niemanden sehen. Sogar deine beiden besten Freunde nicht. Du sonderst dich ab, Mila.«
Sie verzog den Mund. »Vonne braucht sich nur noch Tasten wachsen zu lassen, dann wird sie selbst zum Klavier. Und Stan, der interessiert sich nur für eins: den Schlüssel zu deinem Medikamentenschrank.«
Ich traute meinen Ohren nicht. »Das ist nicht fair, Mila! Er hat doch gesagt, es täte ihm leid, und auf mich hat das ehrlich gewirkt. Außerdem, vergiss bitte nicht, dass du selbst diejenige warst, die ihm Zugang zu meiner Praxis verschafft hat.«
Sie zuckte mit den Schultern. »Lass uns jetzt bloß nicht wieder davon anfangen! Ich habe diese ganze Welt satt.«
»Welche Welt?«
»Na die von Stan, Fuzzy Logic und den anderen Leuten von der Band. Als gäbe es nur zwei Lager: kommerziell und nicht-kommerziell, schlecht und gut. Und dann diese gammelige Kleidung mit den Wollmützen ... Das ist doch totaler Kinderkram.«
»Mir hat eure Musik eigentlich immer ganz gut gefallen.«
»Ach ja, hat sie das? Du stehst doch sonst auf Symphonierock, dachte ich.« Ihre Stimme wurde jetzt eine Oktave tiefer. »Mann, das gibt mir jetzt den Rest!« Während sie sich mit gespielter Depromiertheit zwei Finger an die Schläfe setzte, als wolle sie sich die Kugel geben, erkannte ich kurz etwas von der alten Mila wieder. Warum liebt

man sein Kind eigentlich immer dann am meisten, wenn es sich von einem abzulösen versucht? Bevor ich noch etwas sagen konnte, spurtete sie zur Treppe. Auf der untersten Stufe drehte sie sich noch einmal um und rief: »Glaub ja nicht, dass ich die restliche Woche mit dir zu Hause verbringe. Ab morgen gehe ich wieder in die Schule!«
Zwei Tassen Tee dampften vor mir auf dem Küchentisch. Während ich in den Garten schaute und den Zaun sah, der mit jedem Tag schiefer zu hängen schien, trank ich beide aus.

5

An jenem Morgen, als meine Tochter zum ersten Mal wieder in die Schule ging, vertrieb eine fahle Sonne die Nebelschwaden, die sich in der Nacht gebildet hatten. Mit gemischten Gefühlen sah ich, wie sie davonzog. Obwohl sich Milas Laune deutlich gebessert hatte, fand ich ihren Entschluss übereilt, wieder am normalen Leben teilzunehmen. Als ich sie das letzte Mal bis zum Gartenzaun begleitet hatte, war das am Abend des 14. Juni gewesen. Robert nannte Milas ersten Schultag einen therapeutisch wichtigen Augenblick, den ich am besten so wenig wie möglich beeinflussen sollte. Vermutlich hatte er recht damit.

»Warum verabredest du dich nicht mit einem Klassenkameraden, und ihr fahrt zusammen mit dem Rad?«, schlug ich vor.

»Mama ...«, seufzte Mila, »ich nehme in der Saturnusstraat den Bus. Was kann mir denn in der Zwischenzeit schon großartig passieren, hm?« Jetzt schlug Mila sich die Hand vor den Mund und guckte mich mit großen Augen an. »Das war wohl eine seltsame Bemerkung, oder?«

Ich schüttelte langsam den Kopf. »Ja«, sagte ich. »Oder besser gesagt, nein. Ich glaube, es ist sogar eine sehr gute Bemerkung.«

Sie gab mir einen flüchtigen Kuss auf die Wange und

schlang sich ihre neue Ledertasche, die sie von ihrem Lieblingsopa – meinem Vater – bekommen hatte, über die Schulter. Die Tasche war ein Ersatz für ihren alten Rucksack mit den Bandlogos. Sie öffnete das Gartentor. Durch das Blätterdach fiel etwas Morgenlicht auf Milas Haare. Zu meiner Freude erkannte ich, dass sie doch noch ihr alte Kupferglut hatten. Schritt für Schritt entfernte sich Mila von mir. Gleich würde sie sich umdrehen und grüßend die Hand heben.

Ich freute mich über Milas Unbefangenheit, mit der sie wieder in die Welt zog, doch mein Vertrauen hinkte ihrem Selbstvertrauen meilenweit hinterher.

Radfahrer mit Aktenkoffer auf dem Gepäckträger sausten vorbei, Müllmänner drehten sich auf ihrem Wagen um und riefen Mila alles Mögliche hinterher, was sicher kaum etwas mit Mülltrennung zu tun hatte. Der Nachbar von gegenüber war auf der Rückbank seines Mercedes eifrig mit dem Gurt des Kindersitzes beschäftigt, zog sich aber doch fast ein Schleudertrauma zu, um meiner Tochter richtig hinterhersehen zu können. Und was hatte dieser Unhold hier zu suchen, der so langsam mit abgedunkelten Scheiben durch die Straße fuhr? Als Mila kurz darauf um die Ecke bog, tat er genau dasselbe.

Hastig stolperte ich ins Haus hinein, um die Automarke und das Kennzeichen aufs weiße Brett in der Küche zu kritzeln. Danach musste ich mich für einen Moment hinsetzen, um wieder zu Atem zu kommen.

Robert hatte wirklich recht: Milas erster Schultag war tatsächlich ein therapeutisch wichtiger Augenblick.

Es war schon nach acht, als Friso Mila endlich zurückbrachte.

Sobald das silberne Heck seines Renaults vom Fenster aus zu sehen war, schaltete ich rasch den Fernseher ein und ließ mich in einer Körperhaltung aufs Sofa fallen, von der ich meinen Patienten dringend abraten würde. Fehlte nur noch die Schüssel Chips auf meinem Bauch.

Als Mila zur Tür hereinkam, hob ich grüßend die Hand.

»Ach – hallo, Liebes! Habt ihr beiden was Leckeres gegessen?«

Sie stellte ihre Tasche in die Ecke. »Ging so. Papa hat selbst gekocht: Sauerkraut mit Käse und Ananas.«

»Und, wie war's in der Schule?«

Achselzuckend setzte sie sich zu mir aufs Sofa. »Ach, ich weiß nicht. Alle haben mich angeschaut. Fast jeder Lehrer hat mir die Hand geschüttelt, und mein Mentor hielt sogar eine kleine Rede vor der Klasse. Das ist zwar ganz lieb gemeint, all die Aufmerksamkeit, aber mir wäre es lieber, wenn alles wieder seinen gewohnten Lauf nähme.« Ihr Blick wurde auf den Bildschirm gelenkt, wo gerade Aufnahmen von Grönland zu sehen waren: schmelzende Eisschollen und Unmengen Wasser. Der bekannte Moderator machte uns mit verschränkten Armen klar, dies hier sei nur die Spitze des Eisbergs – die negativen Folgen des Klimawandels könnten letztlich schneller über uns hereinbrechen, als selbst Al Gore vorhergesagt hat.

»Ist es nicht auch irgendwie schön, wenn sich die Leute freuen, dass du wieder da bist?«, erkundigte ich mich vorsichtig und wartete, bis sie Augenkontakt aufnahm, was sie aber nicht tat.

Während sie auf den Fernseher starrte, fragte sie in barschem Ton: »Mama, hast du jetzt noch was mit Robert oder nicht?«

Ich schaute ihr ins Gesicht: Eine Königin auf Staatsbesuch in einem Entwicklungsland, die sich fest vorgenommen hatte, nicht über Menschenrechte zu sprechen. Ich kannte meine Pappenheimerin. Eine Kleinigkeit genügte, und ihre Maske bekam einen Sprung. Das versetzte mir einen Stich: Sie hoffte also immer noch, Friso und ich kämen wieder zusammen, und ich wusste, wer sie auf diese abwegige Idee gebracht hatte. Weil das aber nicht der richtige Zeitpunkt war, um ihr die Illusion einer Wiedervereinigung ihrer Eltern zu rauben, zögerte ich und murmelte dann irgendetwas von »zu viel um die Ohren, mit der Arbeit und anderen Dingen«, was übrigens gar nicht so weit von der Wahrheit entfernt war.

Erleichterung machte sich in ihrem Gesicht breit. Es war wie ein befreiender Regenschauer nach langer, großer Hitze. Mila winkelte die Beine an und schlang die Arme darum. Eben schien es, als wolle sie etwas sagen, doch dann seufzte sie bloß, hielt das Kinn auf die Knie gestützt. Gemeinsam sahen wir uns die schmelzenden Polarkappen an und den Haaransatz des bekannten Moderators, der sich offenbar auch immer weiter zurückbildete.

»Mam?«

Ich blickte zur Seite. »Ja, Mila?«

»Wie war denn das für dich ... ich meine, die Monate, die ich weg war.«

Ich bekam einen Kloß im Hals. Um mir nicht anmerken zu lassen, wie sehr mich ihre Frage traf, zog ich erst einmal meine Schuhe aus und schob sie unters Sofa, um dann einen imaginären Fussel von der Sitzfläche zu fegen. »Wie es war?«, antwortete ich, als ich mich wieder ein wenig gefangen hatte. »Tja ... Ich frag mich manchmal selbst, wie ich diese Monate überhaupt durchgestanden habe. Jedenfalls kann ich dir die gesamte Inneneinrichtung des Polizeibüros aufmalen, so oft war ich dort, um darauf zu drängen, dass sie die Suche nach dir nicht einstellen. Wir durften keine Vermisstenfotos von dir an Laternenpfählen aufhängen, weil sie glaubten, du seist einfach davongelaufen. Manchmal hatte ich sogar ein Gefühl, als hätte Wissink in der gesamten Polizeiinspektion Fahndungsbilder von mir aufgehängt, um seine Leute vor mir zu warnen. Als ich es eines Tages leid war, mit ansehen zu müssen, dass nichts geschah, habe ich schließlich einen Privatdetektiv eingeschaltet, was leider auch nichts gebracht hat.« Ich legte einen Arm über die Rückenlehne der Couch und sah meiner Tochter in die Augen. »Wer weiß, vielleicht kannst du uns ja eines Tages alles selbst erzählen.«

Milas lange Haare hingen ihr vors Gesicht. Behutsam schob ich eine Locke zur Seite und streichelte ihr Ohrläppchen mit dem Rücken meines Zeigefingers.

»Weißt du, was ich nie gedacht hätte?«, sagte ich leise. »Dass ich es irgendwann mal schade fände, dass du keine Ringe mehr in den Ohren trägst. Deine Löcher wachsen ja schon langsam zu.«

Mila rührte sich nicht. Die Schlussmelodie der Nachrichten setzte ein, und irgendein Werbeheini pries ein schrilles Auto an. Ich schnappte mir die Fernbedienung vom Tisch und schaltete das Gerät aus. »Weißt du, was ich auch noch schade finde?«, fuhr ich fort, indem ich mich wieder zu ihr umdrehte. »Dass Stan ...« Ich verstummte.

Sie hatte den Blick gesenkt. Eine dicke Träne löste sich unter ihren Wimpern und kullerte über die Wange. Mir blieb die Luft weg, denn es war das erste Mal seit ihrer Rückkehr, dass sie weinte.
»Mila, Schatz.«
Sie sah auf, und ihr Gesicht verzog sich. »Mama«, flüsterte sie, »es tut mir ja so leid, es tut mir so leid.« Sie schlug die Hände vors Gesicht. Alle Dämme brachen. Ihre Schultern bebten.
Ich nahm sie in meine Arme und wiegte ihren abgemagerten, geliebten Körper hin und her.
Lange saßen wir so da. Mit der Zeit wurde das Beben ihrer Schultern weniger. Meine Bluse war inzwischen ganz durchnässt von ihren Tränen. Ich ertappte mich sogar dabei, wie ich ein altes Lied sang, das meine Mutter früher immer für mich gesungen hatte. Mila atmete langsam wieder ruhiger, der Tränenstrom ebbte ab.
»Mila, mein Spatz«, sagte ich nach einer Weile, »du hast gesagt, es täte dir leid. Was meinst du denn damit?«
Sie hob das Gesicht, ihre Augen waren vom vielen Weinen ganz geschwollen. »Einfach alles«, sagte sie, «mir tut einfach alles leid. Dass du und Papa so viel Angst um mich gehabt habt und dass ich manchmal so gemein zu euch bin. Bitte, Mama, glaube mir! Ich weiß selbst nicht, warum ich mich so verhalte.« Ihre Lippen zuckten, dann schaute sie weg.
Alles zu seiner Zeit, Heleen, alles zu seiner Zeit. Im Grunde blieb mir gar nichts anderes übrig, als dem Ganzen Zeit zu geben. Mila legte wieder den Kopf auf meine Brust, sie schluchzte noch ein bisschen. Ich strich ihr sanft die Haare aus dem Gesicht, schaute auf die Wölbung ihrer

Wangen hinab und zählte erneut Milas Sommersprossen: Es waren immer noch acht. Auf ihren Armen bildete sich eine Gänsehaut. Ich breitete meine Jacke, die auf der Rückenlehne des Sofas lag, über sie und blieb in dieser Haltung mit ihr sitzen. Ich hatte zwar Durst, und sämtliche Gliedmaßen waren verspannt, aber ich war glücklich.

6

In meiner Praxis duftete es nach Kaffee. Meine aufmerksame Sprechstundenhilfe hatte außerdem Gebäck gekauft.

»Eigentlich bin ich diejenige, die einen ausgeben müsste«, sagte ich zerknirscht, als ich die cremigen Quarktaschen auf dem Empfangstresen stehen sah.

»Macht doch nichts«, schob Wilma meine Bedenken beiseite. »Ich freue mich ja so für Sie, Heleen! Unglaublich, dass Mila wieder da ist!« Ihre Knopfaugen glänzten, sie ging einen Schritt auf mich zu. Diese Frau, diese Perle aus Surinam, ohne die meine Praxis das reinste Chaos wäre, spendierte eine Runde Gebäck, weil ich meine Tochter wiederhatte. Mir kamen die Tränen. Ungeschickt umarmte ich sie. Sanft tätschelte sie mir den Rücken – wie eine Mutter, die ihr Kind tröstete. Bevor sie den Kaffee aus dem Filtergerät in die Thermoskanne umfüllte, überreichte sie mir ein DIN-A4-Blatt, auf dem eine Menge Namen standen.

»Das sind die Patienten, die ich in den letzten Tagen aus unserer Kartei löschen musste«, sagte sie. »Insgesamt dreiundzwanzig. Die gute Nachricht ist, dass es auch zwei neue Eintragungen gibt. Einer von ihnen – ein junger Mann – hat gerade erst angerufen, um einen Termin auszumachen. Ich habe ihn auf zwanzig vor elf gesetzt, gleich

nach Frau Stork. Oh, übrigens: Frau Storks Mann wurde gestern Mittag aufgenommen. Anscheinend hat er doch noch beschlossen, sich operieren zu lassen.«
Ich knallte meine Tasse auf die Anmeldung.
»Dreiundzwanzig Patienten ausgetragen? Und das sagst du mir erst jetzt?«
»Ich wollte Sie nicht früher damit belästigen.«
»Das hättest du aber tun sollen!«
»Aber Sie hatten doch schon genug Sorgen ...«
»Mensch, Wilma, solche Dinge entscheide ich lieber selbst. Vielleicht hätte ich ja noch was verhindern können.«
Sie strich sich eine ihrer krausen Korkenzieherlocken hinters Ohr, die sofort wieder zurücksprang. »Herr Van der Vaart und Frau Verdonk sind verstorben, wie Sie wissen. Ansonsten sind noch ein paar Leute weggezogen.«
»Einundzwanzig Umzüge?«
»Na ja, nicht ganz. Nur eine Familie – allerdings eine fünfköpfige«, fügte sie rasch noch hinzu.
»Haben die anderen Patienten denn einen Grund angegeben?«
Sie taxierte ihre langen, glänzend lackierten Fingernägel.
»Versuch bitte nicht, mich zu schonen, Wilma! Wenn einer weiß, dass ich in letzter Zeit versagt habe, dann doch wohl du.«
Während sie mir die beiden Quarktaschen in die Hand drückte, zeigte sie mit einem Nicken in Richtung Sprechzimmer. »Am besten, wir trinken jetzt erst einmal einen Kaffee!«
Folgsam legte ich das Gebäck auf meinen Schreibtisch und schob einen Stapel Papiere zur Seite.
»Sie sind viel zu streng mit sich, Heleen«, sagte Wilma,

und nahm mir gegenüber am Tisch Platz. »Vielleicht denken Sie ja jetzt, die Leute verlassen Ihre Praxis, weil Sie in letzter Zeit nicht ganz bei der Sache waren. Und Sie finden bestimmt, dass Sie nicht immer geduldig genug mit Ihren Patienten umgegangen sind. Aber glauben Sie mir, Sie haben alles Menschenmögliche getan, um Ihre Arbeit so gut es ging zu erledigen. Ich würde sagen, Hut ab!«
»Stimmt«, seufzte ich, »Florence Nightingale ist nichts gegen mich.«

Als ich Frau Stork hinausbegleitete und ihr nochmals versicherte, sie könne für ihren Mann häusliche Pflege beantragen, wenn er nach der OP aus dem Krankenhaus entlassen werde, nahm ich schnell ein schmerzstillendes Mittel vom Bord neben der Tür.
Im Wartezimmer saß Stan. Er trug dieselbe Art von Kleidung wie immer: eine weite schwarze Hose, die aus lauter silberfarbenen Reißverschlüssen zusammengesetzt war, darüber ein graues T-Shirt, auf das ein Hanfblatt gedruckt war. Darunter stand: Vegetarier.
Ich ließ mir mein Erstaunen nicht anmerken und sagte: »Stan, du hier, wie nett! Ich erwarte eigentlich einen neuen Patienten. Erzähl mir jetzt nicht, dass du das bist.«
Er stand auf. »Doch, der bin ich. Ich habe mich bei Ihrer Sekretärin angemeldet.«
»Sprechstundenhilfe«, nuschelte Wilma.
Aber Stan hörte sie nicht. Meinen Händedruck erwidernd, sagte er: »Oder geht das etwa nicht, dass ich Ihr Patient werde?«
Ich warf meiner Sprechstundenhilfe einen vielsagenden Blick zu und öffnete mit Schwung die Tür. »Selbstver-

ständlich geht das! In meiner Praxis ist Platz genug.« Ich ließ mich hinter meinem Schreibtisch nieder. »Was kann ich für dich tun?«
»Müssen Sie mich nicht erst eintragen?« Er deutete auf den Computer.
»Das hat noch Zeit. Aber sag mal, warst du nicht Patient von Dr. Gord? Ich würde gerne erst einmal wissen, warum du beschlossen hast zu wechseln.«
Das Gestrüpp unter seinem Kinn kratzend, antwortete er: »Ich halte Sie einfach für den besseren Arzt.«
»Aha! Und wie kommst du zu diesem Schluss?«
»Na ja, weil ich Sie doch kenne und so ... nicht dass ich ihn schlecht finde. Er kann ganz gut Wunden nähen oder Verbände anlegen. Eigentlich ist es mehr so ein Gefühl.« Erwartungsvoll schaute er mich an.
»Hm, tja ... also eine gefühlsmäßige Entscheidung. Okay, wo hast du denn Beschwerden?«
»Ich habe in letzter Zeit ziemlich starkes Herzrasen.« Sein Blick war fest und klar, seine Augen hell. Wie es aussah, hatte er heute seine vegetarische Mahlzeit noch nicht eingenommen.
»Also Herzrasen. Hattest du früher schon mal damit Probleme? Ich meine, weiß Dr. Gord davon? Bist du schon bei einem Spezialisten in Behandlung?«
»Nein, die Beschwerden habe ich erst seit ein paar Tagen.«
»Aha.« Ein Lächeln unterdrückend, gab ich ihm die Gelegenheit, selbst etwas zu sagen. Doch er nutzte die kurze Gesprächspause nicht. »Hast du denn die ganze Zeit über Beschwerden?«
Er kratzte sich am Hals und überlegte.

»Weißt du was?«, sagte ich. »Ich mache kurz einen kleinen Check-up, okay?«
Er nickte eifrig und folgte mir ins Behandlungszimmer. Ich breitete ein sauberes Handtuch über die Liege und gab ihm ein Zeichen, er könne sich hinlegen. Dann schob ich sein T-Shirt hoch, hörte seinen Herzschlag ab und maß seinen Blutdruck, der völlig in Ordnung war. Anschließend hörte ich mir noch einmal die Herztöne an.
»Ich kann nichts Besonderes feststellen«, sagte ich endlich. »Du hast nur eine leichte Kurzatmigkeit.«
Stan nickte.
»Hast du medizinische Biologie in der Schule belegt, oder weißt du, wovon ich rede?«, erkundigte ich mich.
»Ich weiß, was Sie meinen.«
»Jedenfalls musst du dir deshalb keine Sorgen machen. Jeder zehnte hat eine Kurzatmigkeit, die Ursache ist ein kleiner Herzklappenfehler. Und Herzrasen hat in deinem Alter meist nichts zu bedeuten. Oft ist es nur ein Zeichen von zu viel Kaffee, Nikotin oder Stress …«
»Ähm …« Stan wurde rot. »Eigentlich wusste ich das alles schon. Dr. Gord hat mir dasselbe gesagt. Um ehrlich zu sein, wollte ich eigentlich mit Ihnen über Mila sprechen. Sie …«
»Hör mal, Stan. Wenn du mit mir über Mila reden willst, ist es mir lieber, wenn du zu uns nach Hause kommst.«
Plötzlich gab es ein schrilles Geräusch, ich erschrak fast zu Tode.
»Sorry«, sagte Stan und zog hinter einem der Reißverschlüsse ein Handy hervor. Er drückte, nachdem er auf das Display geschaut hatte, ein paar Tasten und ließ das Ding wieder in seine Tasche gleiten.

»Kein Wunder, dass du Herzrasen hast«, sagte ich, eine Hand gegen die Brust gedrückt, »das würde ich von so einem Klingelton auch bekommen.«
»John Mesmer«, sagte er, als würde das alles erklären. Als ich ihn verständnislos anschaute, fügte er noch hinzu: »Der beste Gitarrist der Welt!«
»Verstehe«, murmelte ich, »wieder was dazugelernt.«
Im Aufstehen zog er sein T-Shirt nach unten. »Ich würde ja gern zu Ihnen nach Hause kommen, das Problem ist nur, dass Mila mir das verboten hat.«
»Verboten? Das klingt aber ziemlich rigoros.«
»Sie sagen es. Und genau deswegen bin ich hier. Ich glaube, es geht ihr nicht gut. Über die Zeit, in der sie weg war, will sie nicht reden, aber eines weiß sie ganz sicher: Sie will mit Fuzzy Logic aufhören. Außerdem hat sie mir all meine Comics zurückgegeben, obwohl sie die überhaupt noch nicht ausgelesen hat.«
Ich räusperte mich hinter vorgehaltener Hand. »Ich weiß, Stan. Ziemlich blöd für dich, oder?«
»Blöd?« Jetzt kamen ihm Tränen. »Das ist eine Katastrophe! Während der ganzen Zeit, als Mila weg war, habe ich mir eingeredet, eines Tages kommt sie wieder. Tag und Nacht habe ich an einer Gitarre für sie gearbeitet. Sie ist superschön geworden. Und Mila will sie sich nicht einmal anschauen!« Ungeduldig wischte er sich mit dem Handrücken die Tränen fort. »Mila und ich, das war wirklich was Besonderes, Frau Theunissen!«
»Mendels«, korrigierte ich automatisch, während ich das Stethoskop beiseitelegte und mir die Hände wusch. »Hör mal, Stan. Mila ist noch nicht wieder ganz die Alte, obwohl es mit ihr bergauf geht. Sie neigt dazu, sich abzukapseln.

Vielleicht musst du einfach nur etwas Geduld mit ihr haben ...«
»So etwas geht nicht von selbst vorüber«, sagte er scharf, während er mir ins Sprechzimmer folgte. »Und meiner Meinung nach sondert sie sich auch nicht von allen ab. Es gibt da nämlich jemanden, mit dem sie sogar ziemlich viel Kontakt hat. Mila hat einen anderen!«
Ich wollte mich gerade an meinen Schreibtisch setzen und den Aktenstapel beiseite legen, als seine Worte richtig zu mir durchdrangen. Ich legte die Papiere wieder zurück. »Was sagst du da?«
Stan lief wieder rot an. »Ganz einfach, Mila hat einen anderen Freund!«
Meine Neugierde war stärker als mein Anspruch, mich pädagogisch korrekt zu verhalten. »Ach ja? Und wen bitte schön?«
»Weiß ich nicht, aber sie hat mir gesagt, dass sie jemanden kennengelernt hat, mit dem sie jetzt zusammen sein will.«
Ich lehnte mich in meinem Stuhl zurück. »Hör mal, Stan. Ich weiß, wie schwer es ist, jemanden loszulassen, den man liebt. Aber das ist nun mal der Lauf der Dinge ...«
Er setzte sich mir gegenüber, stemmte die Ellenbogen auf meinen Schreibtisch und beugte sich vor. Zwischen seinen glatten, dunklen Haaren befanden sich ein paar dunkelblaue Locken. Das fiel mir erst jetzt auf. Eindringlich schaute er mich an. »Haben Sie's gewusst? Dass sie einen neuen Freund hat?«
»Ähm ... nein.«
»Ich hab's am Anfang auch nicht geglaubt«, sagte er niedergeschlagen. »Schließlich hat Mila ihr Gedächtnis ver-

loren, nicht? Und seit sie wieder da ist, war sie die ganze Woche zu Hause, richtig? Wo will sie dann jemand Neues kennengelernt haben?«

Ich warf einen Blick auf meine Armbanduhr. »In fünf Minuten kommt der nächste Patient, junger Mann. Ich fürchte, du musst Milas Entscheidung einfach akzeptieren.« Ich stand auf. »Vergessen wir einfach, dass du dich als Patient anmelden wolltest. Dr. Gord kennt dich wahrscheinlich von klein auf. Es wäre ziemlich schade, solch ein Vertrauensverhältnis zu zerstören.«

Seine schmalen Jungenlippen fingen zu zittern an. Er biss darauf, um sie im Zaum zu halten. »Aber finden Sie es denn nicht auch komisch, dass sie plötzlich einen anderen hat?«

»Vielleicht«, formulierte ich vorsichtig, »sagt sie das ja nur, weil sie von dir in Ruhe gelassen werden möchte.«

»Ach ja?« Erregt sprang er auf und deutete auf den Ringfinger seiner linken Hand. »Und von wem hat sie dann den Ring bekommen, hm?«

Ich entdeckte, dass er sich drei Schlangen auf die Innenseite seines Handgelenks hatte tätowieren lassen. Vor ihrem Verschwinden war Mila von solchen Abbildungen auch extrem fasziniert gewesen. Ich gehörte allerdings nicht zu der Sorte Mütter, die Deathmetal-Platten rückwärts abspielt, um über Luzifers schnöde Pläne informiert zu bleiben, aber vielleicht hatte Friso recht, und ich verharmloste diese Dinge zu sehr. Stans Gesicht wirkte verletzbar – obwohl oder gerade weil er versuchte, es sich mit Haaren zuwachsen zu lassen. Ungeduldig verschränkte er die Arme vor der Brust. »Haben Sie gehört?«

»Entschuldige, was hast du gesagt?«

Stan seufzte. »Wenn Mila keinen Freund hat, von wem hat sie dann den Ring bekommen?«
»Was für einen Ring?«
Skeptisch und enttäuscht schaute er mich an. »Ach, vergessen Sie's«, sagte er. »Ich finde es schon noch selbst heraus.« Und wieder verließ ein unzufriedener Patient meine Praxis.

7

Fischnetze, kleine bunte Glaskrüge und Wandmalereien, die mit ihren Abbildungen von Göttern und Opferpriestern mit beeindruckendem Kopfschmuck an griechische Fresken erinnerten. Hier und da ein Lämpchen an der Wand, das ein sanftes, gelbliches Licht verbreitete. Robert hatte gesagt, es sei ihm egal, wo wir uns träfen, Hauptsache kein vegetarisches Restaurant. Also hatte ich mich für *Pax Kreta* entschieden, weil ich am Mittag ausführlich Reisebroschüren gewälzt hatte, auf der Suche nach einem netten Urlaubsziel für Mila und mich in den Herbstferien. Wenn es nach mir ginge, würden wir nach Kreta fliegen, aber ich musste erst noch mit ihr beratschlagen. Vielleicht wollte sie ja irgendwo anders hin oder überhaupt nicht weg.

Jedenfalls war es nur ein kleiner Schritt von den Fotos des azurblauen Meeres mit den kleinen Stränden zur Telefonnummer des Griechen an der Ecke.

Der Restaurantbesitzer hatte mir gerade aus der Jacke geholfen und mich an einen der Tische begleitet, als Robert mit wirrem Haar hereinkam. Er machte eine entschuldigende Geste. Es war noch früh am Abend und daher wenig Betrieb. Die einzigen anderen Gäste waren zwei Frauen meines Alters, die ihr intensives Gespräch einstellten, sobald sie Robert erblickten. In seiner Jeans, darüber die Le-

derjacke mit den lässig angebrachten Verschleißstellen, sah Robert wie eine Mischung aus Johnny Depp und Keanu Reeves aus. Eine der Frauen drückte ihre Zigarette aus und folgte Robert mit den Augen, bis er mir gegenüber Platz nahm. Drei Küsse bekam ich von ihm: zwei auf die linke, einen auf die rechte Wange. Ich war froh, dass er es bei einer freundschaftlich-förmlichen Begrüßung beließ.
»Entschuldige bitte die Verspätung«, keuchte er.
»Es ist erst eine Minute nach sechs, Robert! Du liegst gut in der Zeit. Die akademische Viertelstunde ist längst noch nicht um.«
»Meine letzte Patientin konnte wieder mal kein Ende finden.« Er rieb sich die Hände, als sei ihm kalt. »Eine geschlagene Stunde hat sie mir versichert, es ginge ihr seit dem Tod ihrer Mutter schon viel besser, und dann brauchte sie im letzten Moment doch noch ein Taschentuch.« Robert zuckte die Schultern. »Ich habe Kollegen, die bei so etwas auf die Uhr schauen, aber ich brachte es nicht übers Herz, sie wegzuschicken. Das klingt jetzt vielleicht wie ein Klischee, aber manche Leute brauchen wirklich bloß jemanden, der ihnen zuhört.«
Ich musste lächeln. »In deiner Praxis wimmelt es bestimmt von Frauen, die sich nach ein wenig Aufmerksamkeit sehnen.«
Er machte große Augen. »Wie kommst du denn darauf?«
Das Lämpchen an der Wand beleuchtete nur seine obere Gesichtshälfte, und die langen Wimpern warfen Schatten auf seine Wangenknochen. War ihm wirklich nicht klar, welche Wirkung er auf Frauen ausübte? Was wusste ich eigentlich von ihm, außer dass er sich vor eineinhalb Jahren in dieser Stadt niedergelassen und sich innerhalb kür-

zester Zeit einen hervorragenden Ruf als Psychiater aufgebaut hatte? Natürlich kannte ich seine Lebensgeschichte in groben Zügen, und ich wusste, dass er aus Deventer fortgezogen war, weil ihn dort alles zu sehr an seine verstorbene Frau erinnerte, aber jemanden wirklich kennen, hieß bei mir, an seinem Gesichtsausdruck ablesen zu können, wie er sich fühlte. Und dieses Stadium hatte ich mit Robert noch nicht erreicht. Doch statt freudiger Erregung spürte ich eher so etwas wie Unsicherheit.
Ich lächelte ihm vage zu.
Der Restaurantbesitzer, ein kräftiger Mann mit hängenden Wangen, erschien an unserem Tisch und reichte uns ein Gläschen Ouzo sowie die Speisekarte.
Robert kippte den starken Anislikör hinunter und kam dann zur Sache. »Hör mal, Heleen! Ich möchte etwas mit dir besprechen. Mila ist jetzt offiziell zweimal bei mir gewesen, und ich halte eine Therapie tatsächlich für angebracht. Alles weist darauf hin, dass sie irgendetwas Traumatisches verdrängt. Auf direkte Fragen geht sie nicht ein, und ich frage mich, ob es schlau ist, weiterhin auf Konfrontationskurs zu gehen, denn je mehr Feuer ich ihr unterm Hintern mache, umso neurotischer verhält sie sich.«
»Wie meinst du das?«
»Hast du dir mal ihre Fingernägel angesehen?«
»Schon, aber die sehen schon seit dem Tag ihrer Rückkehr abgebissen aus.«
Nachdenklich sah er mich an. »Bist du dir da ganz sicher? Ich glaube nämlich, dass es schlimmer geworden ist.«
Mein Herz schlug jetzt schneller. »Warte mal! Wir sind doch nicht hierhergekommen, weil du mir schonend bei-

bringen willst, dass du die Sache abblasen möchtest? Mila war erst zweimal bei dir, und ich habe den Eindruck, dass es ihr seitdem bessergeht. Ihr Erinnerungsvermögen ist zwar noch nicht wieder da, aber sie hat Vertrauen zu dir, Robert.«

Er trommelte mit den Fingern auf die Tischplatte. »Kann sein ... Trotzdem frage ich mich, ob meine Expertise ausreicht. Wusstest du, dass ...« Mitten im Satz hielt er inne.

»Wusste ich was?«

Mit dem Zeigefinger fuhr er über ein Bläschen in der mit Plastik überzogenen Speisekarte.

»Robert?«

Er schnaufte laut. »Weißt du, dass Mila heute Mittag ziemlich verstört bei mir hereingeplatzt kam?«

Heftiger als beabsichtigt, stellte ich meinen Ouzo ab. »Wie bitte? Nein.«

Er lehnte sich zurück. »Das dachte ich mir. Ich hatte gerade Pizzabrötchen gekauft, als sie plötzlich in meinem Sprechzimmer stand. Völlig außer Atem. Ich fragte, ob irgendwas Unangenehmes passiert sei, aber Mila meinte nur, dass es sie in der Schule einfach so überfallen hätte.«

»Und was, bitte schön?«

»Eine Panikattacke. Sie war die ganze Strecke bis zu meiner Praxis gerannt, und sie schien auch zu hyperventilieren.«

»Um wie viel Uhr?«, erkundigte ich mich in der törichten Hoffnung, Mila könnte vergeblich versucht haben, mich zu erreichen.

»So gegen eins.«

Ich schluckte, denn zwischen halb eins und Viertel nach eins hatte ich am Küchentisch gesessen und in den Reise-

führern geblättert. Ich richtete mich auf. Fast hätte ich das Tischtuch mitgezogen. »Entschuldigung«, stammelte ich, »ich muss nach Hause. Ich muss zu ihr!«
Robert griff nach meinem Handgelenk. »Beruhige dich, Heleen. Setz dich doch bitte wieder hin.«
»Aber Mila ... Friso hatte recht ... es war noch zu früh für sie, um wieder in die Schule zu gehen. Ich muss jetzt zu ihr.«
»Heleen.« Es klang energisch. »Du hilfst ihr nicht, indem du sie jetzt völlig überstürzt damit konfrontierst. Und außerdem, hattest du nicht gesagt, sie sei bei deinem Ex-Mann? Was hast du denn vor? Sie etwa aus seinem Appartement zerren?«
Wie gelähmt sah ich ihn an.
Er wies mit dem Kinn auf den Stuhl. Zögerlich nahm ich wieder Platz. »Ich verstehe das nicht. Heute morgen ist sie noch so fröhlich aus dem Haus gegangen ...«
»Es hat zwar ein wenig gedauert, aber ich konnte sie beruhigen«, sagte er. »Sie ist ein halbes Stündchen bei mir geblieben, hat ein Pizzabrötchen gegessen und ist anschließend wieder in die Schule gegangen.«
Ich hielt mich an der Tischkante fest und versuchte, meine Atmung in den Griff zu bekommen. »Danke dir, Robert! Danke, dass du sie aufgefangen hast. Glaubst du, dass irgendwelche Erinnerungen in ihr hochgekommen sind?«
»Glaub ich nicht. Sonst müsste Mila ihre Gefühle wirklich sehr gut verstecken. Es hört sich vielleicht seltsam an, aber im Grunde ist es ein gutes Zeichen, dass das mit ihr passiert. Da bewegt sich was, da kommt etwas in Gang.«
Der Restaurantbesitzer tauchte wieder neben uns auf, aber wir hatten noch keinen Blick auf die Speisekarte ge-

worfen. Also bestellte ich einfach, ohne nachzudenken, was mir der Mann empfahl, während Robert in Ruhe die Karte durchblätterte. Nach einer Weile klappte er sie zu. Er hatte sich für den Moussaka-Teller entschieden. Dazu bestellte er eine Karaffe Retsina. »Das trinkst du doch auch gern, oder?«
Ich nickte stumm, was ich auch getan hätte, wenn er mir altes Motoröl angeboten hätte.
Als der Inhaber weg war, sagte ich mit belegter Stimme: »Ich habe öfter den Eindruck, dass irgendwas mit ihr passiert, sie mich aber aus dem einen oder anderen Grund da heraushält. Wenn ich bloß wüsste, warum!«
Robert legte seine Hand auf meine. »Quäl dich nicht so, Heleen! Natürlich fühlst du dich schlecht, weil sie in diesem Moment nicht zu dir gekommen ist, aber weißt du auch, warum? Weil Mila dich schonen will.«
»Ich will aber nicht geschont werden!«, rief ich mit schriller Stimme, während ich meine Hand unter seiner fortzog. Die beiden Frauen am Nebentisch blickten auf. Ich zügelte meinen Ton. »Sagt sie tatsächlich, dass sie mich schonen will?«
Ein kurzes Nicken.
»Ich möchte wirklich nicht geschont werden. Was ist das für eine verkehrte Welt! Schließlich bin ich doch diejenige, die Mila schonen muss! Und ich wünsche mir, dass sie Friso und mir wieder vertraut.« Ich griff nach dem Ouzo, den ich zur Seite geschoben hatte, und kippte ihn in einem Zug herunter. Das Restaurant hatte sich inzwischen unbemerkt gefüllt. Nur zwei kleine Tische in der Mitte des Raums waren noch frei. Aus den Boxen schallte das nervige Vibrieren von Bazookas oder wie diese griechischen

Saiteninstrumente auch immer hießen, und die Luft war erfüllt von mediterranen Essensgerüchen. Ein Weilchen saßen wir so da, beide in Gedanken versunken. Ich wartete auf Roberts Fazit, fürchtete, dass er von jeder weiteren Behandlung absehen würde. Ein paar Mal legte er die gespreizten Hände auf den Tisch, als wolle er gleich etwas sagen, aber jedes Mal überlegte er es sich anders. Also beschloss ich, seinem Leiden ein Ende zu machen.
»Du möchtest sie nicht weiterbehandeln, stimmt's?«, sagte ich.
Er machte ein Gesicht. »Das ist nicht der Punkt, Heleen. Ich frage mich bloß, ob ich die richtige Person dafür bin. Mila redet sehr viel über ihre Kindheit, aber sobald ich das Gespräch auf letzten Sommer bringen will, macht sie zu. Mag sein, dass du denkst, ich …«
»Okay«, unterbrach ich ihn, »wer ist deiner Ansicht nach die geeignete Person? Gib mir einfach seinen oder ihren Namen, und ich bringe Mila morgen dorthin.«
Robert betrachtete aufmerksam die Wandmalerei auf der gegenüberliegenden Mauer, auf der Neptun mit seinem Dreizack aus den Wellen aufstieg. »Wenn ich das bloß wüsste«, sagte er schließlich. »Wie schon gesagt, ich fürchte, kein Psychiater, Neurologe oder Gehirnspezialist der Welt hat hierfür eine Lösung parat. Die muss von Mila selbst kommen.«
Ich seufzte. »Wie kann es sein, dass wir so viel über den Grund des Ozeans wissen oder erforschen, ob es Leben auf dem Mars gibt, während wir nicht einmal unser menschliches Gehirn kennen?« Ich befühlte die Innentasche meines Jacketts in der Hoffnung, der Tablettenstreifen enthalte noch eine Pille gegen Kopfschmerzen. Leider

vergebens. Daumen und Zeigefinger stießen bloß auf leere Zellophanhüllen. Was machte Mila gerade? Mit Friso zu Mittag essen oder zusammen fernsehen? Ob sie wohl ihrem Vater erzählte, dass sie eine Panikattacke gehabt hatte? Wenn der Chef des Restaurants nicht im selben Augenblick mit dem Essen aufgetaucht wäre, hätte ich vermutlich einen Heulanfall bekommen.

Robert, der meinen Gesichtsausdruck richtig interpretiert hatte, füllte unsere Weingläser nach und wechselte geschickt das Thema. Er berichtete ausführlich über das, was er seinen persönlichen Kampf gegen Windmühlen nannte: seine Korrespondenz mit dem Ministerium für Volksgesundheit zum Thema Pharmaunternehmen, die Psychiatern Kurzreisen oder gigantische Geldsummen in Aussicht stellten, damit sie Antidepressiva verschrieben. Nur mit Mühe konnte ich mich darauf konzentrieren.

»Hast du mit solchen Praktiken noch keine Erfahrungen gemacht, Heleen?«

»Praktiken? Ah ja, die Pharmakonzerne! Doch, man hat mir tatsächlich schon mal eine Reise angeboten«, sagte ich schwach.

Robert spießte mit seiner Gabel eine Olive auf und unterbrach sein Ablenkungsmanöver. »Hör mal«, sagte er, »ich verstehe ja, dass du hoffst, dass Mila ihr Erinnerungsvermögen schnell wiederbekommt, aber du kannst das nicht erzwingen.« Einladend hielt er mir die Olive hin, aber ich biss nicht an. Robert seufzte. »Hab ein wenig Geduld, hm? Ich weiß, wie schwer das ist, aber in der Ruhe liegt die Kraft.«

»Woher willst du das denn wissen?«, wurde ich plötzlich ausfallend. »Du hast doch keine Kinder!«

Sein Adamsapfel zuckte, dann erstarrte Robert.
Mein Gott, in welches Fettnäpfchen war ich nun schon wieder getreten? »Entschuldigung, Robert! Das war ziemlich daneben von mir. Wolltet ihr ... wolltet ihr denn gern Kinder haben?«
»Ja«, antwortete er schroff und wandte den Blick ab.
Wegen des Geräuschpegels fiel die plötzliche Stille an unserem Tisch umso mehr auf. Robert fuhr sich mit der Hand ein paar Mal übers Kinn, als wolle er prüfen, ob er sich auch rasiert hatte. Dann richtete er den Blick wieder auf mich: »Wir hätten tatsächlich gern Kinder gehabt, oder besser gesagt: Suzanne wollte gern Kinder. Wegen mir hätte es nicht sein müssen, aber als unsere Beziehung deshalb in die Brüche zu gehen drohte, habe ich nachgegeben. Nach sechs Monaten ging es schief: Unser Kind hat zwar noch einen Tag gelebt, aber seine Lungen waren anscheinend nicht kräftig genug. Es wird Zeit, dass ich lerne, darüber zu reden. Schließlich empfehle ich meinen Patienten ja auch, über ihre schmerzlichen Erlebnisse zu sprechen.« Lustlos rührte er in seinem Schälchen voll Bohnen. »Wenig später bekam Suzanne Gebärmutterhalskrebs. Es ging alles ganz schnell.«
»Das ... das wusste ich nicht, Robert«, stammelte ich. »Ich hatte ja keine Ahnung ... vielleicht ist es dann sogar besser ...«
»Und weißt du, was ich am schlimmsten fand?«, fiel er mir ins Wort. »All diese Leute, die mich nach Suzannes Tod mit dem Satz glaubten trösten zu müssen, es sei möglicherweise besser so, dass Ivo es nicht überlebt hatte.« Dabei fuchtelte er mit seinem Besteck herum. »Weil ich ihn sonst allein hätte aufziehen müssen ...«

Ich lief bis hinter die Ohren rot an, faselte etwas von dummen Leuten, die es gut meinten.

»Ja, sicher!« Irritiert wischte er die gesamte, wohlmeinende Menschheit mit einer Handbewegung fort. »Nur möchte man in so einem Moment nicht mit solchen Megaklischees konfrontiert werden.«

Demütig senkte ich den Kopf. »Das muss schrecklich für dich gewesen sein!«

Robert knallte sein Besteck auf den Tisch und sagte: »Das war es wirklich. Aber es ist jetzt fünf Jahre her, Heleen.« Er lächelte bitter. »Das war vor fünf Jahren. Langsam wird es Zeit, dass ich wieder anfange zu leben.«

Das klang wie ein Auftrag, den er sich selbst erteilt hatte. Ich suchte nach Worten, aber bevor ich die Möglichkeit hatte, wieder mit einem dämlichen Klischee anzukommen, klingelte mein Telefon. Ich legte die Gabel mit dem aufgespießten Tintenfischring ab und angelte den Apparat aus meiner Jackentasche: eine mir unbekannte Handynummer.

»Entschuldige mich kurz«, sagte ich zu Robert und drückte auf die grüne Taste. »Heleen Mendels.«

»Hallo? Spreche ich mit Milas Mutter?«

Die leicht erkältete Stimme des Ex-Freundes meiner Tochter.

»Stan?«

»Ja. Ja, ich bin's. Frau Theu... Mendels, ich muss Ihnen etwas sagen. Es geht um den Typen, von dem Mila diesen Ring bekommen hat. Er steckt hinter Milas Verschwinden letzten Sommer, und ...«

»Augenblick mal, Stan! Wie kommst du überhaupt an meine Handynummer?«

»Über Ihre Sekretärin. Das war übrigens gar nicht so einfach.«
»Sie hätte dir die Nummer nicht einfach so geben dürfen. Ich bin gerade mitten in einem Gespräch mit ... einem Kollegen, wenn du dich also bitte kurz fassen würdest ...«
Einen Moment blieb es still.
»Tut mir leid, Frau Mendels. Ich wollte Sie nicht stören, aber ich muss mit Ihnen reden. Können Sie heute Abend in die Scheune kommen, wo wir immer unsere Bandproben haben?«
»Kommt nicht in Frage, Stan. Ich kann nichts für dich tun. Wenn Mila beschlossen hat, dass sie nicht mehr mit dir zusammen sein will, ist das ihre eigene Entscheidung.«
»Aber darum geht es nicht! Kommen Sie bitte.« Es klang wirklich dringend. »Haben Sie den Ring gesehen? Und haben Sie Mila schon darauf angesprochen?«
Ein paar Mal hätte ich fast davon angefangen, hatte aber immer im letzten Moment davon abgesehen. »Nein. Wenn Mila will, dass ich davon erfahre, wird sie es selbst ansprechen.«
Stan seufzte. »Das glaube ich eben nicht! Na ja, es würde wahrscheinlich doch nichts bringen. Bitte kommen Sie heute Abend«, wiederholte er. »Können Sie um halb neun? Sie wissen doch, wo unser Probenschuppen steht, oder?«
Sollte ich »im Zweifel für den Angeklagten« gelten lassen? Was wäre, wenn er wichtige Informationen hätte? Robert nahm die Weinkarte und schenkte sich nach. Dann hielt er die Karaffe über mein Glas, sah mich dabei fragend an. Ich hielt die Hand darüber und schüttelte den Kopf. Meine Uhr zeigte zwanzig vor sieben an. Somit hatte ich noch über anderthalb Stunden.

»Na gut«, sagte ich zu Stan. »Ich komme. Ihr wohnt doch auf dem großen Bauernhof, wo der Beekweg eine Kurve macht, stimmt's?«
Stan klang erleichtert: »Stimmt. Aber der Probenraum befindet sich nicht auf dem Hof, er liegt hinter der angrenzenden Weide. Am besten fahren Sie über den Sandweg, der in die weiterführende Straße mündet. Er heißt Zwarte Vennenweg. Wenn Sie den Wagen am Moorsee abstellen, sind es nur noch ein paar hundert Meter zu Fuß bis zur Scheune. Aber geben Sie acht, das Gras dort ist ziemlich sumpfig.«
»Sollten wir uns dann nicht besser in der Stadt treffen?«
»Nein. Ich will ganz sicher sein, dass wir allein sind. Und erzählen Sie bitte keinem, wohin Sie gehen.«
Die Fieberphantasien eines Heranwachsenden?
»Das hört sich eigentlich nach einer Sache für die Polizei an!«
Er antwortete ernst: »Das denke ich auch! Aber das ist Ihre Entscheidung, finde ich.«
Ich schaltete das Telefon aus und legte es neben mich auf den Tisch.
Als ich Robert über Stans Nachricht informiert hatte und ankündigte, dass ich ihn treffen wolle, fragte er scharf: »Ist dir klar, dass du an einen total abgelegenen Ort fährst? Und der Junge nicht schlucken will, dass Mila ihm den Laufpass gegeben hat? Willst du da wirklich allein hingehen?«
»Ja.«
»Ich weiß nicht, ob ich das gut finde.«
»Und ich weiß nicht, ob dich das etwas angeht«, konterte ich. »Trotzdem lieb von dir, dass du dich um mich sorgst«, versuchte ich, meinen kleinen Ausbruch ein bisschen ab-

zumildern, »aber dazu gibt es keinen Grund. Oder wolltest du etwa mitkommen? Dann müsstest du aber im Wagen sitzen bleiben, während ich mit Stan rede ...«
Er schob seinen halbleeren Teller von sich und tupfte sich mit der Serviette die Lippen. »Nein danke«, sagte er kühl. »Du schaffst das sicher auch ohne mich. Außerdem wartet zu Hause noch Arbeit auf mich, ich gehe also gleich heim.«
»Tut mir leid«, hörte ich mich zum soundsovielten Male sagen, »du hattest dir diesen Abend vielleicht ganz anders vorgestellt, aber im Augenblick ist alles noch so hektisch. Hat Mila schon mal mit dir über Stan gesprochen?«
»Nein, noch nie«, antwortete er. »Wie schon gesagt, sie spricht vor allem über ihre Kindheit.«
»Also warten wir am besten mit unserem Urteil, bis ich mit ihm gesprochen habe, okay?«
Er zuckte die Schultern. »Wie du meinst.«
Ich hatte ihn gekränkt. »Definitely gekränkt«, hätte die alte Mila gesagt.
»Falls ich dich beleidigt habe, Robert, möchte ich mich entschuldigen. Aber bist du denn nicht auch gespannt, was Stan über Milas geheimnisvollen Freund zu berichten hat?«
Er schüttelte den Kopf. »Wenn du mich fragst, hat sich der Junge einfach was ausgedacht. Das klingt alles ziemlich überdreht und dramatisch. Aber wenn du glaubst, er weiß etwas, musst du dahin gehen. Ich kann dich sowieso nicht daran hindern.«
Ich seufzte. »Hoffentlich hat mein ungeschicktes Verhalten keinen Einfluss auf deine Entscheidung, ob du die Therapie mit Mila fortsetzen willst. Ich fände es nämlich

gut, wenn du sie weiter zwei- oder dreimal pro Woche sehen könntest.«

»Hm, hm.«

Ich strich mir das Haar aus dem Gesicht. »Wenn ich gleich wieder da bin, melde ich mich sofort bei dir, okay?«

Schließlich taute Robert wieder ein wenig auf. »Abgemacht«, sagte er. »Auch auf die Gefahr hin, dass du findest, ich würde mich zu sehr einmischen: Wenn du um halb zehn noch nicht angerufen hast, alarmiere ich die Polizei.«

Es war schon fast dunkel, als ich in den Zwarte Vennenweg einbog. Die Uhr in meinem Peugeot zeigte zwei nach halb neun an. Ich parkte an dem sumpfigen Tümpel, dem der Weg seinen Namen verdankte, und zog vor dem Aussteigen meine Stiefel an. Stan hatte nicht übertrieben, als er mich vor dem matschigen Boden warnte. An den tiefen Spuren im Morast erkannte man, dass an dieser Stelle die Band mit ihrem blauen Minibus an- und abfuhr. Abgesehen vom Wind und kleineren Tieren, die im Gebüsch raschelten, war kein Geräusch zu hören. Der Knall, mit dem meine Wagentür zufiel, unterbrach nur kurz diese Stille.

Zum Probenschuppen war es noch ein ganzes Stück zu Fuß. Er lag da, wo das Weideland in einen schmalen Waldstreifen überging. Es war ein dunkles Holzgebäude, aber wegen der zunehmenden Dämmerung konnte man keine Einzelheiten mehr erkennen. So etwas wie eine Außenbeleuchtung wäre hier keine Fehlinvestition gewesen. Meine Stiefel schmatzten bei jedem Schritt, und ich sank ein paar Zentimeter ein.

Bei der Scheune angekommen, bemerkte ich, dass es dort doch eine solide Außenbeleuchtung gab, in Form einer großen weißen Kugel über der Tür. Warum hatte Stan denn die Lampe nicht eingeschaltet? Zweimal hämmerte ich mit der Faust gegen die Tür. Das Geräusch trug nicht weit, aber Stan wusste schließlich, dass ich kommen würde. Nichts passierte. Ich klopfte noch einmal, diesmal stärker. Absolute Stille. Ich sah über meine Schulter: Da war nichts außer Weiden und dunkelgrauem Horizont, der nur von den Umrissen meines Autos und ein paar Gebüschen unterbrochen wurde. Der Bauernhof, wo Stan mit seinen Eltern und einem jüngeren Bruder wohnte, lag in westlicher Richtung. Es war ein langgezogenes, niedriges Hauptgebäude mit mehreren Nebengebäuden. An verschiedenen Stellen brannte Licht. Zu weit entfernt, um jemanden darin zu erkennen.

»Stan?«, rief ich und wollte schon wieder gegen das Holz hämmern, als ich plötzlich innehielt. War da nicht ein Geräusch? Ganz leise und kurz. Vielleicht ein Tier, das mit dem Fell am Holz entlangstrich? Oder war es Stoff? Kam es von drinnen oder draußen? »Stan?«, wiederholte ich mit rauher Stimme. Konnte es denn sein, dass das alles nur ein schlechter Scherz war? Auf einmal sah ich mich da stehen: eine Frau mittleren Alters, leicht außer Atem an die Scheunenwand gedrückt, mit schlammverschmierten Stiefeln. Gut möglich, dass gleich die Fuzzy Logics unter irgendeinem Kampfgeschrei hervorspringen würden. Knackendes Holz. Mein Herz hämmerte wie wild. Das ist bloß der Wind, versuchte ich mich selbst zu beruhigen.

»Stan! Ich finde das gar nicht witzig!«, übertönte ich meine zunehmende Unruhe. »Wenn du nicht sofort aufmachst, verschwinde ich wieder.«

Ich versuchte, die Tür zu öffnen, sie gab aber nicht nach.

Also gut, ich hatte mir schließlich vorgenommen, »im Zweifel für den Angeklagten« gelten zu lassen. Vielleicht wurde er ja irgendwo aufgehalten. Ich holte mein Handy aus der Jackentasche und suchte seine Nummer, die seit heute Abend in meinem Verzeichnis gespeichert war. Während ich seine Nummer eingab, trat ich ein paar Schritte zurück und lehnte mich gegen einen abgesägten Baumstumpf.

Mit einem Ohr hörte ich den Verbindungsaufbau, mit dem anderen nahm ich plötzlich merkwürdige Geräusche wahr. Vor lauter Schreck riss ich mir die Hand an einem Stumpffortsatz auf. Was war das? Ich schaute wild um mich. Mein Gott, natürlich! Stans Klingelton ... Die Gitarre, die sich wie eine Kreissäge anhörte. Das Geräusch stoppte, dann sagte Stans Stimme: »Das ist die Mailbox von Fuzzy Stan. Ich bin grad' nicht da, muss 'nen Plattenvertrag unterschreiben ... Aber wenn du mich so dringend stören willst, hinterlass eine Nachricht nach dem Piep.«

War Stan doch da drinnen? Und wenn ja, warum war er dann nicht rangegangen? Ich unterbrach die Verbindung und leckte das Blut vom Daumen meiner verletzten Hand ab. Mir wurde bange. Instinktiv wollte ich zum Auto rennen und zusehen, dass ich so schnell wie möglich von hier fortkam, aber die bloße Vorstellung, dass sich da drinnen vielleicht die Bandmitglieder zusammenrissen, um nicht vor Lachen loszuprusten, trieb mich wieder in Richtung Tür. Bevor ich weiter darüber nachdenken konnte, stemmte ich mich mit der Schulter dagegen und drückte mit aller Kraft. Ich schaffte es gerade, sie einen Spalt breit zu öffnen. Irgendetwas ließ sich zur Seite schieben, bis ich auf

einen Widerstand stieß. Die Öffnung war nun ungefähr so breit, wie mein Unterarm lang war. Ich spähte nach unten, auf die schemenhafte Form am Boden. Da glitzerte etwas: ein silberner Reißverschluss. Sofort weg hier, befahl mir mein Gehirn. Dreh dich um und mach, dass du verschwindest! Aber es war bereits zu spät. Es führte kein Weg zurück. Ich war Ärztin, hatte den Eid des Hippokrates abgelegt. Ich konnte Stan nicht einfach seinem Schicksal überlassen. Alles schön und gut, sagte eine innere Stimme, mag ja sein, dass du Ärztin bist und schon öfter mit verletzten oder sterbenden Menschen zu tun gehabt hast – aber nie in einer Situation, in der du selbst in Gefahr warst. Keiner würde es dir übelnehmen, wenn du jetzt aus einem gewissen Sicherheitsabstand heraus Alarm schlagen würdest. Und ich ging tatsächlich ein paar Schritte auf mein Auto zu. Ängstlich schaute ich mich um, dann gaben meine Knie nach.
Eins war klar, ich würde nie wieder in den Spiegel blicken können, wenn ich nicht auf der Stelle medizinischen Beistand leistete. Mit wilder Entschlossenheit, die stärker war als meine Angst, zog ich die Stiefel aus dem schmatzenden Schlamm und machte kehrt. Mit zitternden Fingern fischte ich wieder mein Telefon aus der Tasche und hielt eine Taste gedrückt, so dass der kleine Bildschirm etwas Licht gab. Vorsichtig zwängte ich mich so weit wie möglich durch die Türöffnung und ließ den schwachen grünen Schein des Telefons über den Körper gleiten. Es war tatsächlich Stan, wie ich befürchtet hatte. Er lag auf der Seite, die Arme ausgestreckt, als habe er gerade etwas greifen wollen.
»Stan?«, flüsterte ich. »Stan, kannst du mich hören?«

Die Stille war ohrenbetäubend. War da doch noch jemand? Ich wollte nicht das Risiko eingehen, einen Schlag auf den Kopf zu bekommen, während ich ihn untersuchte. Mit den Augen durchforschte ich den dunklen Raum: in der Ecke die schemenhaften Umrisse eines Schlagzeugs, hier und da etwas Rechteckiges, vermutlich Lautsprecher. Da war wieder dieses schabende Geräusch! Ich fuhr zusammen, krallte mich an der Klinke fest. Hier bleiben, befahl ich mir. Bleib ja, wo du bist! Du wirst ihn jetzt nicht im Stich lassen. Im Türrahmen kniend, versuchte ich, meine Augen auf die Stelle zu konzentrieren, von wo das Geräusch kam. Langsam zeichnete sich auf der hinteren Wand die Form eines Fensters ab. Jetzt wurde mir klar, woher das Geräusch gekommen war: Es war ein Rollo, das im Wind gegen den geöffneten Fensterrahmen schlug. Außer Stan und mir war hier niemand.
»Stan!«, rief ich jetzt laut. Keine Reaktion. Meine Stimme wurde von den Wänden des Schuppens geschluckt. Um zu seinem Gesicht zu kommen, musste ich über ihn kriechen. Damit ich seinen Körper möglichst schonte, zwängte ich mich weiter durch die Türöffnung, bis ich im Innern der Scheune war. Ich kniete mich neben Stans Kopf hin, öffnete den Reißverschluss seiner Lederjacke und legte zwei Finger auf seine Halsschlagader. Sein Hals fühlte sich warm an, aber zu meinem Entsetzen musste ich feststellen, dass der Herzschlag fehlte.
Plötzlich schien es, als wolle die Zeit, die gerade fast still gestanden hatte, nun mit übertriebener Schnelligkeit davonrasen.
»Nein«, flüsterte ich, »nein, Stan, tu das nicht!«
Während ich ihn mit meiner freien Hand auf den Rücken

drehte, rief ich einen Krankenwagen. Dann zerriss ich sein T-Shirt von unten her und begann mit der Reanimation. Weil der Boden so rauh war, scheuerte ich mir dabei die Knie auf.

»Bleib bei mir, Stan! Du kannst doch nicht einfach so abhauen«, heulte ich. »Tu das deinen Eltern nicht an. Bleib bei mir!« Ich sagte noch alles Mögliche zu ihm, während ich im Takt auf seinen Brustkorb drückte – sprach über Musik und dass die Welt solche Jungs wie ihn bräuchte. Ich glaube, ich beschwor sogar noch die Beatles und sämtliche andere Musik, die mir gefiel. Schließlich geriet ich aber so außer Atem, dass ich damit aufhörte und mich nur aufs Massieren und Beatmen konzentrierte. Selbst als mir klarwurde, dass Stan jetzt höchstens noch ein Leben als Pflanze erwartete, machte ich wider besseres Wissen weiter. Der Einzige, der hier atmete, war ich.

Der Rettungswagen kam ohne Martinshorn, aber mit Blaulicht über den Zwarte Vennenweg gefahren. Erst als ich dicht hinter mir Schritte hörte, kroch ich auf allen vieren weiter in die Scheune hinein, um den Sanitätern Platz zu machen. Auch sie mussten sich durch die Türöffnung zwängen. Einer von ihnen hatte einen Defibrillator dabei, sie sahen allerdings rasch ein, dass es dafür zu spät war. Ich wurde gefragt, woher das Blut auf seiner Brust stamme, und antwortete, es sei von mir. Zum Beweis hielt ich meine zerkratzte Hand hoch. Sie boten mir an, sie zu verbinden, was ich dankend ablehnte. Ob er noch am Leben gewesen sei, als ich ihn fand? Ich schüttelte den Kopf.

Ich saß am Boden und suchte nach einem Halt. Legte einen Arm auf das Schlagzeug hinter mir. Jemand berührte mich an der Schulter: ein Krankenpfleger mit Stoppelhaar

und buschigen Augenbrauen. Ich hatte ihn erst kürzlich in Aktion gesehen, als einer meiner Patienten einen Schlaganfall bekommen hatte. Seinen Namen hatte ich aber vergessen. Er wollte wissen, ob ich Stans Mutter sei, und erschrak, als er mich wiedererkannte. »Doktor Mendels! Was machen Sie denn hier?« Ich gab ihm zwar eine Antwort, weiß aber nicht mehr, welche. Er legte mir etwas Warmes über die Schultern, eine Jacke, drückte mir einen Plastikbecher in die Hand: kaltes Wasser. Die Leute liefen hin und her und redeten in gedämpftem Ton miteinander. Es ging um irgendwen, der vermutlich einen Schock hatte. Verstärker, Musikinstrumente und Strohballen. Alles erschien in kaltem blauem Licht. Auch ein Stück von Stans behaartem Schienbein. Meine Hand blutete immer noch. Ich suchte meine Taschen nach einem Papiertuch ab, fand aber bloß einen alten Kassenbon. Also drückte ich den auf die Schramme. Ein Männergesicht schob sich ins Bild, nicht der Sanitäter, den ich kannte, sondern ein anderer. Er hatte einen kahlrasierten Kopf.
»Doktor Mendels? Sie haben ziemlich lang versucht, ihn wiederzubeleben, richtig? Geht es denn jetzt wieder ein bisschen?«
Ich nickte.
»Die Polizei kann jeden Moment eintreffen. Vielleicht möchten Sie sich so lange in den Krankenwagen legen?«
Ich sah ihn an. »Nein, danke!«, sagte ich. »Ich bleibe bei Stan, bis die Polizei da ist.«

8

»Frau Mendels!« Herman Wissink hielt mir die niedrige Glastür am Schalter auf. »Ich möchte Ihnen zunächst sagen, wie leid es mir tut, dass ausgerechnet Sie Stan Hoffman auffinden mussten. Man sollte doch meinen, Sie hätten in letzter Zeit schon genug durchgemacht!«
Meine Oberarmmuskulatur zitterte von dem langen Wiederbelebungsversuch, ich hatte weiche Knie, und der Handrücken blutete noch immer. Ich versuchte zu lächeln, schaffte es aber nicht, die Mundwinkel hochzubekommen.
»Hätten Sie gern einen Kaffee?«
Ich schätzte die Wahrscheinlichkeit, eine Kaffeetasse halten zu können, ziemlich gering ein. Trotzdem sagte ich ja.
Mit federndem Gang lief Wissink vor mir her. Ich konnte nicht Schritt halten. Als ich ihn endlich einholte, hatte er schon längst Kaffee aus dem Automaten im Flur gezogen. Wir betraten sein kleines Büro. Hinter dem Computer saß ein Mann, dessen Bart wie eine Bürste aussah. Ich hatte ihn noch nie zuvor gesehen. Er stellte sich mit seinem Namen vor, den ich sofort wieder vergaß. Wissink bot mir einen Stuhl an, er selbst setzte sich auf die Tischecke, direkt unter Salvador Dalís Selbstporträt, das ich in den letzten Monaten öfter gesehen hatte, als mir eigentlich lieb war.

»Meine Kollegen haben mir berichtet, Sie wären mit dem Opfer verabredet gewesen. Stimmt das?«, sagte Wissink.
Ich nickte und stützte mich mit dem Ellenbogen auf die Tischplatte. Am liebsten hätte ich mich jetzt hingelegt. In meinen Ärmel lief warmes Blut. Ich kramte den zerknüllten Kassenbon wieder hervor und presste ihn auf die Wunde.
Wissink kam in Gang. »Haben Sie sich verletzt? Möchten Sie vielleicht ein Pflaster – oder besser einen Verband?«
Ich machte eine wegwerfende Handbewegung. »Es ist bloß eine Schürfwunde.«
Tonlos trug ich meinen Bericht vor; Wissink hörte mir aufmerksam zu. Rechts von mir tippte der andere Kripobeamte meine Angaben in den Computer. Ab und zu strich er sich nachdenklich über den Bart.
»Die erste Obduktion hat ergeben, dass er schon tot war, als Sie ihn gefunden haben. Sind Sie sich ganz sicher, dass Sie um halb neun dort angekommen sind?«
»Um genau zwei nach halb neun. Ich bin mir deshalb so sicher, weil ich auf die Uhr im Armaturenbrett gesehen und festgestellt habe, dass ich nur zwei Minuten zu spät war.«
»Hatten Sie Ihre Tochter mitgenommen?«
»Nein, die ist wohlbehalten bei ihrem Vater. Und da übernachtet sie auch. Stan bat mich, allein zu kommen.«
Wissink runzelte die Stirn. »Er behauptete also, Mila habe einen Freund und von diesem habe sie einen Ring bekommen, richtig?«
»Richtig.«
»Und das ist alles, was Sie wissen?«
»Außer, dass Stan überzeugt zu sein schien, der Schenker

des Rings habe etwas mit Milas Verschwinden zu tun, ist das alles, ja.«

Wissink griff hinter sich, nahm ein Telex vom Tisch und wedelte damit herum. »Die Todesursache deutet auf eine Überdosis Drogen hin«, sagte er. »Wir kennen diesen jungen Mann natürlich noch aus der Zeit, als Mila vermisst wurde, und wie Sie wissen, war er bewusstseinserweiternden Mitteln gelegentlich nicht ganz abgeneigt. Ich erinnere mich ebenfalls, dass zwischen ihm und Ihrer Tochter ein Liebesverhältnis bestand. Waren die beiden noch zusammen?«

»Nein, Mila hat gleich, nachdem sie wieder zu Hause war, Schluss gemacht. Ehrlich gesagt, war ich überrascht, dass sie es damit so eilig hatte.«

»Hm. Konnte Hoffman das ohne weiteres akzeptieren?«

Ich zerknüllte den blutigen Kassenbon. »Sein Name ist Stan. Das heißt: war. Würden Sie ihn bitte bei seinem Vornamen nennen?«

»Natürlich, entschuldigen Sie! Aber hatten Sie den Eindruck, dass er einfach so hingenommen hat, dass Ihre Tochter mit ihm Schluss gemacht hat?«

»Nein«, sagte ich, »den Eindruck hatte ich nicht, aber ...«

»Die Untersuchung ist in vollem Gange, und soweit ich das sehe, gibt es keinerlei Anzeichen von äußerer Gewalteinwirkung. Es sieht also ganz danach aus, als ob er selbst seinem Leben ein Ende gesetzt hat.«

»Das glaube ich nicht«, widersprach ich. »Wenn er Selbstmord hätte begehen wollen, wieso hat er mich dann angerufen?«

»Tja.« Der kräftige Kripobeamte zog seine massigen Schultern nach oben. »Mir würden da schon ein paar Gründe einfallen ... Vielleicht wollte er seinen Eltern ersparen, seine Leiche im Schuppen zu sehen, und er hat Sie deshalb unter einem Vorwand angerufen, damit Sie dafür sorgen, dass sein Leichnam abgeholt wird. Schließlich sind Sie Ärztin ...«

Ich schüttelte den Kopf. »Ist das nicht etwas weit hergeholt? Wer so verzweifelt ist, dass er Selbstmord begehen will, ist meist schon über das Stadium hinaus, dass er an andere denkt.«

Jetzt nickte er bedächtig. Sein Kollege lehnte sich in seinem Bürostuhl zurück und blickte abwechselnd von Wissink zu mir herüber, als warte er darauf, dass etwas passiere. Ich wartete ebenfalls darauf. Irgendwo in dem Gebäude setzte sich ein Aufzug in Bewegung. Dalís düsteres Selbstporträt mit der Gesichtsmaske aus zerfließendem Wachs, die von Stöcken an ihrem Platz gehalten werden musste, gab genau wieder, wie ich mich fühlte.

»Ist Ihnen klar, dass wir Ihre Tochter verhören müssen?«

Wissink sah aus, als fürchte er, ich würde gleich etwas Unerwartetes tun, losschreien zum Beispiel.

»Natürlich ist mir das klar.«

»Glauben Sie, sie kann das schon verkraften?«

Die Hände spreizend, sagte ich: »Keine Ahnung, Herr Wissink, aber was sein muss, muss sein.«

Erleichtert richtete er sich auf. »Wie geht es ihr denn überhaupt?«

»Den Umständen entsprechend, würde ich sagen. Ich war zweimal hier, um zu erfahren, ob die Untersuchung von Milas Kleidung etwas gebracht hat. Der diensthabende Polizist versicherte mir, Sie würden mich zurückrufen, was Sie leider nicht getan haben.«

Ich bemühte mich, nicht vorwurfsvoll zu klingen. »Milas Kleider stecken wohl immer noch in der Plastiktüte, habe ich recht?«
Der Kripobeamte kratzte sich am Hinterkopf. »Es ... ähm, es schien uns nicht so dringend. Sie müssen verstehen, Ihre Tochter ist wieder da, noch dazu unversehrt. Sie haben ja keine Ahnung, wie viele Vermisstenfälle ...«
»Natürlich«, unterbrach ich ihn, »Sie müssen Prioritäten setzen. Und jetzt hat der Tod von Stan oberste Priorität. Das verstehe ich. Rufen Sie doch einfach bei meinem Ex-Mann an, ob er Mila aufs Amt bringen möchte.«
Wissink nahm das Telefon vom Schreibtisch und wählte Frisos Nummer. Zuvor sagte er noch: »Was oberste Priorität erfordert, können wir ganz gut selbst entscheiden, Frau Mendels.«
Mit geschlossenen Augen hörte ich mir Wissinks Zusammenfassung der Ereignisse an. »In der Tat eine scheußliche Sache. Es wäre gut, wenn wir Ihre Tochter sprechen könnten. Vielleicht kann sie uns fehlende Informationen liefern.« Kurze Stille. »Wie bitte? Nicht bei Ihnen? ... Oh, verstehe. Ja, Frau Mendels sitzt gerade neben mir, ich reiche Sie weiter.« Er hielt mir den Hörer hin.
»Heleen! Vor einer halben Stunde habe ich Mila vor deinem Haus abgesetzt«, sagte Friso ohne Umschweife. »Sie wollte unbedingt wieder zu dir. Ich hätte dich ja noch angerufen, damit du Bescheid weißt, aber Mila hat behauptet, das hätte sie schon übers Handy getan und es sei in Ordnung für dich ... Sag bitte, dass das stimmt, Heleen!«
Es war zum Aus-der-Haut-Fahren! Sofort ließ ich den Hörer in den Schoß fallen und schnappte mir mein Tele-

fon aus der Jackentasche. Mit zitternden Händen suchte ich nach Milas Nummer. Es klingelte viermal, dann sagte ihre helle Stimme: »Dies ist der Anrufbeantworter von Mila Theunissen. Hinterlassen Sie bitte eine Nachricht nach dem Piep.«

»Mila!«, krächzte ich. »Ruf mich an! Ruf mich sofort an!« Dann legte ich auf und rief zu Hause auf dem Festnetz an. Niemand nahm ab. Vor einer knappen Minute hatte ich mich mit meinem bleischweren Körper noch irgendwo schlafen legen wollen. Jetzt kam mein eben noch so träges Blut in Wallung, und ich sprang hoch.

»Frau Mendels«, warnte Wissink. »Achtung, das Telefon …« Ich hatte vergessen, dass der Hörer noch in meinem Schoß lag. Er kullerte auf den Linoleumboden und zog das Gerät auf dem Tisch mit sich. Ich wollte nur noch raus, wurde aber daran gehindert. Der Mann mit dem Schnurrbart nahm das Telefon vom Boden, stellte das Ladegerät wieder auf den Tisch und sprach in den Hörer: »Sind Sie noch dran?« Verwirrt sah ich ihn an. Es dauerte einen Moment, bis ich begriff, dass er mit Friso redete.

»Nun beruhigen Sie sich doch!« Wissinks behaarte Hände umschlossen meine Oberarme jetzt noch fester.

»Sie ist nicht zu Hause«, rief ich, »Mila ist nicht zu Hause!«

»Woher wollen Sie das so genau wissen? Ihr Mann hat sie selbst dorthin gebracht, dachte ich.«

»Sie ist nicht zu Hause«, wiederholte ich. Meine Stimme hatte jeden Klang verloren.

»Abgemacht!«, sagte Wissinks Kollege zu Friso. »Sie fahren also jetzt zu Frau Mendels Haus, um dort Ihre Tochter abzuholen, und kommen anschließend mit ihr in unser

Büro.« Er warf einen Blick auf seine Uhr. »Wann können Sie ungefähr hier sein?«
Mir wurde übel. Ich würde hier auf keinen Fall Däumchen drehen! Es war mir schon einmal passiert, dass ich hier, in diesem schrecklichen Zimmer, der Polizei administrative Daten lieferte, während meine Tochter vor meinem geistigen Auge den unaussprechlichsten Greueltaten ausgesetzt war. Das würde mir kein zweites Mal passieren! Es gab keine Zeit zu verlieren. Um Wissink abzulenken, tat ich, als wolle ich mich hinsetzen. Es funktionierte! Er lockerte seinen Griff, so dass ich mich leicht daraus befreien konnte. Ich machte auf dem Absatz kehrt und rannte aus dem Zimmer, zwei verdutzte Kripobeamte zurücklassend. Der Alarm bei der kleinen Glastür am Eingang ging los, als ich einen Satz darüber machte. Die Schalterbeamtin versuchte noch, mir ein Schnippchen zu schlagen, als ich an ihr vorbeikam, ansonsten legte man mir keine Steine in den Weg.

Das Haus – mein Haus – lag in dunkle Schatten gehüllt da, wie eine feindliche Bastion. Das kalte Licht der Straßenlaternen spiegelte sich in den Fensterscheiben wider. Mein letztes Fünkchen Hoffnung verflog. Sie war nicht da. Ich parkte das Auto mit zwei Reifen auf dem Gehsteig und warf die Wagentür auf. Der Nachbar von gegenüber, der mit seinem Hund am Klettergerüst des Spielplatzes vorbeiging, rief mir fröhlich etwas zu. In wenigen Sätzen stand ich vor der Eingangstür und drehte den Schlüssel um. Während ich Lichtschalter um Lichtschalter anknipste, rannte ich von der Diele ins Wohnzimmer und von dort in die Küche. Dann hastete ich die Treppe zu Milas

Zimmer hinauf. Stille und die Art von Leere, die darauf hindeutete, dass hier seit Stunden keiner mehr gewesen war. Sehr flüchtig der Duft von Rosmarinöl, einem Hauptbestandteil von Milas Eau de Toilette, mit dem sie sich zur Zeit so ausgiebig besprenkelte. Aber der Geruch war nicht stärker als heute morgen. Das Bett war unbenutzt, ihre weiße Lederjacke hing noch genauso über dem Stuhl wie heute früh, auf dem Schreibtisch lag ein Stapel Schulbücher. Sicherheitshalber kontrollierte ich alle anderen Zimmer sowie den Dachboden. Danach rannte ich wieder hinunter, blieb dabei am Treppenläufer hängen und legte die letzten Stufen zusammen mit einer Stange zurück, die sich gelöst hatte. Ich knallte zweimal mit dem Handgelenk gegen die Dielenwand. Der ganze Unterarm tat entsetzlich weh, doch ich kümmerte mich nicht darum. Keine Zeit!

Friso hatte sie zwar vor der Haustür abgesetzt, aber war sie überhaupt hineingegangen? Oder war sie vielleicht am Eingang stehen geblieben und hatte abgewartet, bis die Rücklichter seines Wagens um die Ecke verschwunden waren? Falls ja, was wäre dann ihr nächster Schritt gewesen? Plötzlich hatte ich eine Idee, ich rannte zur Garage. Milas Fahrrad stand noch da. Das bedeutete, dass sie zu Fuß weggegangen war, es sei denn, jemand hätte sie abgeholt. Bleib ruhig, Heleen! Denk nach! Ich drückte die Stirn gegen das kühle Fensterchen in der Eingangstür. Über dem Garten lagen Schatten. Mein Spiegelbild starrte mir mit großen, panischen Augen entgegen. Das Telefon ..., na klar! Wer weiß, vielleicht hatte sie ja inzwischen angerufen, um zu erklären, wo sie steckte, und damit ich wusste, dass sie in Sicherheit war. Die Hoffnung stirbt zuletzt. Im Bücherschrank stand der Anrufbeantworter und blinkte. Ich machte mir nicht die Mühe, den Stuhl heranzurollen, sondern ließ mich auf Knien vor dem Schrank nieder. Den stechenden Schmerz in meinem Handgelenk ignorierte ich, als ich mich damit auf dem Boden abstützte, um das Gleichgewicht zu halten, und drückte auf den Knopf.

»Hallo, Heleen, hier ist Iris«, hörte ich die nasale Stimme meiner besten Freundin, die ich – so wie andere wichtige Menschen in meinem Leben – in den letzten Monaten schändlich vernachlässigt hatte. »Über deinen Vater habe ich gehört, dass Mila wieder da ist ... das sind ja tolle Nachrichten.« Sie schniefte nervös. »Falls du Angst hast, ich würde es dir übelnehmen, dass du mich nie zurückgerufen hast – das ist nicht so. Ich wäre gern in dieser schweren Zeit mehr für dich da gewesen, aber ich respektiere deine Entscheidung.« Iris räusperte sich. »Wenn du zu Hause bist, geh doch bitte dran, ja? Ich würde dich und Mila nämlich gern zum Essen einladen. Bert fände es sicher auch schön, euch mal wiederzusehen, und ... na, ich quassle dir mal besser nicht gleich wieder den ganzen AB voll ... Falls du demnächst mal Zeit hast, könntest du dich ja ...«

»Nein«, sagte ich laut, »hab keine Zeit.«

In der Ferne schlug die Kirchturmuhr einmal: halb elf. Vielleicht hatte jemand aus dem Viertel Mila gesehen? Bevor die Polizei wieder alles verzögern und die immergleichen Fragen auf hundert verschiedene Weisen stellen würde, war es eventuell keine schlechte Idee, selbst eine Runde durch die Nachbarschaft zu drehen. Jetzt waren manche Leute noch wach. Ich steuerte auf die Diele zu. Da entdeckte ich den Brief, der mit einem winzigen Eck-

chen aus der Briefschlitzklappe hervorlugte und zwischen den steifen Borsten, die Kälte und Wind draußen halten sollten, eingeklemmt saß. Mein Name auf dem Umschlag in der runden Mädchenhandschrift meiner Tochter. Mir blieb das Herz stehen. Langsam ließ ich mich mit dem Rücken an der Eingangstür auf den Boden gleiten. Auf der Kokosmatte sitzend, zog ich den Brief vorsichtig aus dem Umschlag.
Grüne Tinte auf dünnem, liniertem Papier:

> *Liebe Mama, lieber Papa,*
> *Ihr seid jetzt sicher ziemlich böse auf mich. Es war gelogen, als ich gesagt habe, ich möchte bei Mama übernachten. Ich wusste nicht, wie ich es Euch sagen sollte, aber ich bin jemandem begegnet, der auf eine Weltreise geht, und ich habe mich entschieden, mit ihm zu gehen.*

Das Klingeln der Haustür zerriss die Stille. Ich sprang auf, ein brennender Schmerz fuhr durch meine Hand, die auch wieder angefangen hatte zu bluten. Ich wischte das Blut an meinem Rock ab und schaute durch das Fensterchen: Wissink und sein schnurrbärtiger Kollege. Hinter ihnen kam noch jemand den Gartenweg hoch: Es war Friso. Er hatte Mila nicht bei sich. Schnell ließ ich mich wieder hinuntergleiten und las weiter:

> *Es tut mir schrecklich leid, aber ich hatte Angst, Ihr würdet es mir nicht erlauben. Also bin ich einfach gegangen. Ich schreibe diesen Brief, damit Ihr wisst, dass ich nicht in Gefahr bin. Macht Euch bitte keine*

Sorgen um mich und versucht auch nicht, mich zu finden. In einem Monat rufe ich Euch an, versprochen.
Alles, alles Liebe

Eure Mila

Ich starrte ins Leere: In einem Monat rufe ich Euch an. Versucht nicht, mich zu finden ... Das stank doch wie schlecht desinfizierte Gummihandschuhe! Ich las den Brief noch einmal und ignorierte dabei das aufdringliche Klingeln. Jemand hielt den Knopf die ganze Zeit gedrückt.
Auf der anderen Seite der Tür sagte Friso: »Um Himmels willen, Heleen! Mach die Tür auf! Sonst treten sie sie ein.«
Das brachte mich wieder zur Besinnung.
»Um ein Haar hätten Sie Ihre eigene Haustür auf den Kopf bekommen«, sagte der Kripobeamte. »Wieso haben Sie denn nicht gleich aufgemacht?«
Schweigend hielt ich ihm den Brief hin.
Friso stellte sich hinter Wissink und las über dessen Schulter hinweg mit. Man hörte nur die friesische Wanduhr: mit jedem Sekunden-Ticktack entfernte sich Mila weiter von uns.
Wissink standen die Worte Habe-ich-es-nicht-gesagt auf der Stirn geschrieben. Er ließ die Hand mit dem Brief sinken. Ohne abzuwarten, bis er den Satz auch noch aussprach, sagte ich: »Lassen Sie uns diesmal nicht wieder kostbare Zeit verlieren. Jetzt können Sie noch bei Leuten in der Nachbarschaft klingeln. Einige sind noch wach.«
»Frau Mendels ...«

»Ich bitte Sie!« Ich bemühte mich, nicht hysterisch zu klingen. »Es muss doch nicht wieder so laufen wie beim letzten Mal.«

»Lassen Sie uns die Angelegenheit erst mal in Ruhe besprechen«, sagte er in einem Tonfall, den ich selbst immer anschlug, wenn ich es mit depressiven Patienten zu tun hatte, die verhängnisvolle Absichten hatten. Wissink suchte Blickkontakt mit Friso. Mein Ex-Mann verstand sofort, was man von ihm erwartete. Behutsam legte er mir eine Hand auf den Oberarm und schob mich langsam in Richtung Wohnzimmer.

»Mensch, Heleen, ich versteh ja, dass du die Fassung verlierst, aber ...«

Ich bohrte die Hacken in den Teppich. »Wir müssen was tun, Friso! Du weißt so gut wie ich, dass dieser Brief nicht echt ist.«

»Nicht echt?«, fragte der schnurrbärtige Beamte. »Soll das heißen, Ihre Tochter hat ihn nicht selbst geschrieben?«

Ich zögerte, denn die Versuchung, seine Bemerkung zu bejahen, war groß. Zum Glück bewahrte mich mein letztes bisschen gesunder Menschenverstand vor diesem Fehler.

»Sie hat ihn zwar selbst geschrieben«, sagte ich mit kaum verhohlener Ungeduld, »aber ich glaube nicht, dass sie es freiwillig getan hat. Sehen Sie denn gar keinen Zusammenhang mit Milas Verschwinden im Sommer?«

»Doch, tue ich. Was ich bereits vermutet habe, wird jetzt immer wahrscheinlicher: Sie hat einen Freund, und aus irgendeinem Grund scheint es ihr ratsam, ihn Ihnen nicht vorzustellen.«

Ich versuchte mich zu befreien. »Lass mich los, Friso!« Zu Wissink sagte ich: »Wenn Sie keine polizeilichen Ermittlungen im Viertel durchführen, tue ich es.«
»Das halte ich für keine gute Idee. Setzen wir uns doch erst mal in Ruhe hin, und dann erklären Sie mir, warum Sie glauben, dass sich Ihre Tochter den Inhalt dieses Briefes nicht selbst ausgedacht haben sollte. Im Ernst, Frau Mendels, Sie können so spät abends nicht wie ein blindes Pferd durch die Gegend rennen. Sie jagen den Leuten ja einen riesigen Schrecken ein.«
»Was kümmert mich das!«, platzte ich heraus. »Dann erschrecken sie eben! Da kommen die schon drüber hinweg. Es gibt Schlimmeres – wie zweimal die eigene Tochter zu verlieren!« Ich wand mich aus Frisos Umklammerung und griff nach der Klinke. Für einen so plump wirkenden Mann war Wissink erstaunlich schnell: Er stellte sich mir in den Weg!
»Zwingen Sie mich nicht, Ihnen Handschellen anzulegen. Ich möchte das nicht tun müssen, aber wenn es nicht anders geht ... Schließlich sind Sie während eines Verhörs aus dem Polizeibüro geflohen.«
Völlig sprachlos schaute ich ihn an.
»Verhör? Wovon reden Sie da?«
»Stan Hoffman. Wir haben nur Ihr Wort, dass er schon tot war, als Sie dort eintrafen.«
Ich traute meinen Ohren nicht und ging ein paar Schritte zurück. Wissink bewegte sich aufs Wohnzimmer zu – sein korpulenter Bauch war wie ein Puffer zwischen ihm und mir. Zwischen zwei Knöpfen seines karierten Hemdes quoll weißes Fleisch hervor. Friso und der Schnurrbart hielten den Atem an. Wissink machte im Türrahmen halt.

Er folgte mir mit den Augen, während ich den Abstand zwischen Sofa und Küche einschätzte.
»Tun Sie das nicht, Frau Mendels!«
Langsam ließ ich mich aufs Sofa sinken. »Augenblick mal«, sagte ich. »Sie verdächtigen mich doch nicht im Ernst? Sie wissen ganz genau, dass ich Stan nicht getötet habe. Kapieren Sie denn nicht? Es gibt einen Zusammenhang mit dem Verschwinden meiner Tochter!«
»Sie sehen eine ganze Menge Zusammenhänge, was? Ehrlich gesagt, halte ich es tatsächlich für äußerst unwahrscheinlich, dass Sie ihm etwas angetan haben, aber wenn ich das als Argument benutzen muss, um Sie zurückzuhalten, schrecke ich nicht davor zurück.«
Ich warf meinem Ex-Mann, der die Ellenbogen auf die Sofalehne gestützt hatte und sich die Augen rieb, einen flehenden Blick zu.
»Erklär du's ihnen, Friso! Du weißt doch auch, dass Mila so einen Brief nie schreiben würde, wenn sie bei klarem Verstand wäre. Sie schützt irgendjemanden, oder man hat sie gezwungen, uns diese Geschichte aufzutischen.«
Er blickte zu Boden.
»Friso?«
Mit den Füßen scharrte er auf dem Teppich hin und her.
»Wie kannst du dir da so sicher sein, Heleen?«
Ich war wie vom Schlag getroffen. Hatte ich richtig gehört?
»Weil«, rief ich jetzt, »Mila uns nicht drei Monate in Angst und Schrecken leben lassen würde, nur weil sie irgendwo einen Freund hat, mit dem wir nicht einverstanden wären. Sie hätte uns wenigstens angerufen.«
Friso runzelte die Stirn. In scharfem Ton sagte er: »Wer

weiß, was für eine Gestalt sie diesmal wieder aufgegabelt hat. Mir hat dieser Junkie schon gereicht.«
»Junkie? Tickst du noch ganz richtig?«
»Von dir hatte sie tatsächlich nichts zu befürchten«, fuhr er fort, als hätte ich ihn nicht unterbrochen, »aber ich hätte sie in ein Camp für schwer Erziehbare gesteckt, und wenn sie nicht bald achtzehn würde, würde ich das immer noch tun. Wahrscheinlich war ihr das verdammt klar.«
Ich rang nach Luft, aber Friso war noch nicht fertig.
»Für dich wäre das alles wieder überhaupt kein Problem, was? Und wenn Mila mit einem Mörder heimkäme, würdest du auch den in die Familie aufnehmen!«
Jetzt wurde es still im Raum. Wissink und sein Kollege rührten sich nicht. Friso wandte den Blick ab, seine Hände zitterten. Er war wütend. Ja, wütend! Und zwar auf mich! Perplex starrte ich ihn an. Dann erzählte ich ihm, warum Stan mich gebeten hatte zu kommen, und sagte: »Ich weiß, wir sind nicht immer einer Meinung, aber wir haben jetzt keine Zeit für Grundsatzdiskussionen.«
Um seine Mundwinkel erschien ein bitteres Lächeln. »Oh doch. Wir haben sogar massenhaft Zeit. Wenn du Glück hast, ruft Mila dich am 21. Oktober an. Ist dir denn nicht klar, warum sie schreibt, dass sie sich in einem Monat meldet? Dann wird sie achtzehn, sprich: volljährig! Und wir sind nicht mehr weisungsberechtigt.« Abschätzig schaute er mich an. »Mit Toleranz macht man mehr kaputt, als einem lieb ist, Heleen. Es ist bloß ein anderes Wort für Gleichgültigkeit.«
Fassungslos ließ ich meine Hände in den Schoß fallen.
»Gleichgültigkeit?«, stammelte ich. »Meine Tochter be-

deutet alles für mich. Lass uns bitte ein andermal streiten, Friso. Wir müssen jetzt gemeinsam …«
»Verstehen Sie mich nicht falsch«, unterbrach Wissink mich. »Vielleicht haben Sie ja recht, und es gibt tatsächlich eine Verbindung zwischen dem Verschwinden Ihrer Tochter und dem Tod des Jungen, aber fürs Erste können wir noch keine Schlussfolgerungen daraus ziehen. Dürfte ich Sie also bitten, wieder mit ins Büro zu kommen?«
Ich sprang vom Sofa. »Nein, ich komme nicht mit. Ich gehe Mila suchen.«
Mit drei großen Sätzen war ich bei der Küchentür angelangt.
»Wenn Sie jetzt davonlaufen, nehme ich Sie in Gewahrsam. Und zwar nicht bloß für die nächsten Stunden, sondern bis wir den Abschlussbericht aus der Pathologie bekommen haben.« Wissink klang, als wäre er die Ruhe selbst.
Ich hielt den Türgriff umklammert.
»Sei doch vernünftig, Heleen«, sagte Friso völlig erschöpft.
»Geh besser mit ihnen …«
»Und Herr Theunissen, von Ihnen wüsste ich auch gern, wo Sie in den letzten Stunden gewesen sind«, meinte der Kripobeamte. »Wenn Sie uns also bitte folgen wollen?«

9

Robert hörte sich schläfrig an. Ich konnte ihn kaum verstehen, weil der Motor meines Wagens so laut brummte.

»Was erzählst du da alles? Kannst du das bitte noch einmal sagen? Ich glaube, ich verstehe nicht ganz.«

Also wiederholte ich stammelnd die ganze Geschichte, während ich die kurvige Heimfahrt antrat. »Mila ist wieder verschwunden, und das hat natürlich mit Stans Tod zu tun«, schloss ich mit zugeschnürter Kehle meinen Bericht. »Du bist meine letzte Hoffnung. Ist sie vielleicht bei dir?«

Ein entgegenkommender Wagen betätigte die Lichthupe. Ich achtete nicht darauf und bog in die Spartaanstraat ab, wo sich ein Radfahrer schützend den Arm vor die Augen hielt. Sofort schaltete ich das Fernlicht aus.

»Mila ist wieder verschwunden?«, fragte Robert ungläubig. »Was soll das heißen, verschwunden? Ich dachte, sie sei bei Friso.«

»Ist sie nicht. Sie hat sich von ihm vor meinem Haus absetzen lassen. Da habe ich später den Brief gefunden, von dem ich dir gerade erzählt habe.«

»Ach ja – der Brief! Entschuldige, Heleen, aber es ist fast eins, und ich habe schon geschlafen. Du überfällst mich da ziemlich mit dem toten Jungen, und jetzt ist Mila auf einmal wieder weg. Glaubst du, sie ist mitten in der Nacht auf Weltreise gegangen?«

»Hör zu, Robert, ich flehe dich an! Vergiss bitte einmal deine Schweigepflicht! Hat Mila mit dir über jemanden gesprochen?«

»Nein.«

»Oder über etwas anderes, das ein Anhaltspunkt sein könnte? Denk bitte gut nach.«

Plötzlich tauchte im Scheinwerferlicht ein Pärchen auf, das Arm in Arm ging. Ich musste voll in die Bremsen steigen, um sie nicht anzufahren. Meine geprellte Rechte, mit der ich das Steuer hielt, bekam wieder etwas ab. Einen Moment sah ich Sternchen. Mein Handy flog mir aus der anderen Hand, und überall im Peugeot verbreitete sich der Geruch von verbranntem Gummi. Der Mann – eine bleiche, bebrillte Person – schlug mit der Faust auf die Motorhaube und rief mir alles Mögliche zu, was ich nicht verstand, wozu es aber keiner Erläuterungen bedurfte.

Mit zittrigen Händen ließ ich die Scheibe herunter. »Entschuldigung«, rief ich, »ich habe Sie nicht gesehen.«

Der Mann lief um den Wagen herum und beugte sich zu mir herab. »Nicht gesehen, was? Hier gilt Zone 30, Sie Trine, und außerdem müssen Sie vor einem Zebrastreifen anhalten.«

»Ich habe Sie nicht gesehen«, wiederholte ich matt. Am ganzen Körper zitternd, schaute ich dem Paar hinterher, das kopfschüttelnd auf die andere Straßenseite wechselte und in einer Gasse verschwand. Im Rückspiegel sah ich ein Auto herankommen, also lenkte ich den Peugeot rasch an den Straßenrand, um mein Telefon zu suchen. Ich fand es unter dem Beifahrersitz und hob es auf.

»Robert?«
Er war noch dran. »Du meine Güte, Heleen, was ist denn da los? Wo steckst du?«
»Es ist gerade noch mal gutgegangen,« sagte ich, »aber um auf deine Schweigepflicht zurückzukommen …«
»Wo steckst du?«, wiederholte er, diesmal energischer.
»An der Kanaalstraat. Ich komme gerade von der Polizeiinspektion und bin auf dem Weg nach Hause. Ich durfte nicht weg, bevor sie nicht sämtliche Formulare ausgefüllt hatten. Das wäre ja auch der Untergang des Abendlandes, wenn ihre Akte nicht vollständig wäre!«
Am anderen Ende der Leitung blieb es kurz still. Dann sagte Robert: »Wie viele Valium hast du eigentlich in letzter Zeit genommen, Heleen?«
Das Blut stieg mir in den Kopf. »Nichts! Seit Mila wieder da ist, habe ich sofort damit aufgehört.«
»Aber du machst einen verwirrten Eindruck auf mich.«
»Das bin ich auch, verflixt und zugenäht! Aber das heißt noch lange nicht, dass ich mir alles bloß einbilde. Es ist wirklich wahr, Robert! Stan ist tot, verstehst du mich?« Mein Hals tat mir weh, so fest schnürte sich mir die Kehle zu. »Mila ist verschwunden, Stan ist tot. Die Polizei glaubt an eine Überdosis. Vielleicht stimmt das sogar. Falls ja, hat er sie sich jedenfalls nicht selbst verabreicht. Er wollte schließlich mit mir über Milas Freund reden. Die Kripo hält das für einen Vorwand. Ist das nicht zum Haare-Ausraufen?« Ich stieß meinen Kopf gegen die Sitzstütze. »Hörst du überhaupt, was ich sage, Robert?«
»Ja, tue ich«, antwortete er ruhig. »Und du wirst jetzt Folgendes machen: Du fährst mit Tempo 30 zu meiner Praxis, und da warte ich auf dich.«

In seinem Sprechzimmer stand zwar keine Couch, aber ein großer Lehnsessel mit ausziehbarer Fußbank, in den er mich hineindrückte, sobald ich einen Fuß über die Schwelle seiner Praxis gesetzt hatte.

Er selbst stellte sich hinter mich und begann meine Schultern zu massieren.

Ich wollte erst noch protestieren, rechnete mir aber mit meiner geprellten Hand und einem gut achtzig Kilo schweren Mann über mir, der der Schwerkraft ein wenig nachhalf, kaum Chancen aus.

»Also«, sagte er, »Milas kleiner Ex-Freund, der früher schon mal Medikamente aus deinem Medizinschrank gestohlen hat, ist tot. Ich hoffe nur, du gibst dir selbst nicht die Schuld daran.«

Ich machte die Augen zu und biss mir auf die Unterlippe, damit das Zittern aufhörte. Es dauerte einen Moment, bis ich herausbringen konnte: »Von der Seite habe ich es noch gar nicht betrachtet.«

»Und zu Recht«, fand Robert. »Die Kripo denkt, er hat eine Überdosis genommen. Erkläre mir mal, wieso du anderer Ansicht bist.«

»Weil«, wiederholte ich mutlos, was ich bereits Wissink und seinem Kollegen gesagt hatte, »ich mir nicht vorstellen kann, dass er mich erst anruft, weil er irgendwelche Informationen hat, und sich dann anschließend umbringt. Das ergibt einfach keinen Sinn!«

»Es sei denn, Stan wollte, dass du ihn dort findest. Vielleicht war es ja ein Selbstmordversuch, nur zum Schein, mit dem Ziel, dass du gerade noch rechtzeitig eintriffst und Mila wie eine verzweifelte Julia ihren Romeo im Krankenhaus besuchen geht.«

»Meine Güte, Robert! Das klingt aber ziemlich unwahrscheinlich. Und knallhart.«
»So ist das Leben nun mal, Heleen. Gerade du als Ärztin müsstest das doch wissen. Es kann sich niemand leisten, soft zu sein. Weißt du noch, dass ich dir erzählt habe, dass Mila heute einen Panikanfall gehabt hat?«
Natürlich wusste ich das noch.
Es schien mir nur eine Woche her, und nicht erst ein paar Stunden.
»Ungefähr im selben Zustand, wie du jetzt bist, war Mila heute Mittag«, fuhr er fort. »Ich vermute, sie hat sich darauf vorbereitet, wieder wegzulaufen. Und sie hatte Gewissensbisse, weil sie dir damit großen Kummer bereiten würde.« Seine Stimme klang jetzt anders. »Du bist Mila sehr wichtig, Heleen.«
Ich musste blinzeln.
»Es ist ja auch kein Pappenstiel, die eigenen Eltern so hintergehen zu müssen.«
»Was heißt hier müssen!«, rief ich verzweifelt. »So ein Verhalten passt gar nicht zu Mila.«
»Not kennt kein Gebot.«
»Sie war doch gar nicht in Not.«
»Kommt darauf an, wie man es sieht. Mila hat mir erzählt, dein Ex-Mann sei wesentlich strenger als du. Vielleicht hat Mila ja ihre Gründe, warum sie die Identität ihres Freundes geheim halten will.«
»Was soll das heißen?«
»Nichts! Aber vielleicht denkst du einmal darüber nach. Warum wäre sie sonst drei Monate weggeblieben, ohne ein Lebenszeichen von sich zu geben?«
»Genau!« Mit erhobenem Zeigefinger sagte ich: »Du

glaubst also auch nicht, dass sie den Jungen erst letzte Woche kennengelernt hat?«

»Nein, glaubt die Polizei das etwa?«

Ich seufzte. »Ich weiß nicht mehr, was die Polizei denkt. Wenn die überhaupt denken kann. Darf ich dich noch einmal darum bitten, für einen Augenblick deine Schweigepflicht zu vergessen, Robert? Erzähl mir alles, was du weißt. Ich verspreche dir auch, dass sie nie von mir hören wird, woher ich die Informationen habe.«

Er ließ seine Hände kurz auf meinen Schultern ruhen. Dann drehte er den Sessel um hundertachtzig Grad und kniete vor mir nieder. Roberts Iris war derart dunkel, dass man kaum den Übergang zu den Pupillen wahrnehmen konnte.

»Ich habe schon auf dem Weg hierher darüber nachgedacht, Heleen. Leider kann ich dir nicht weiterhelfen. Sie hat mich auch nicht ins Vertrauen gezogen, mir ist bloß eine Sache aufgefallen ...«

Ich schoss hoch. »Und was, bitte?«

Nachdenklich rieb er sich übers Kinn. »Vor ein paar Tagen rief sie jemand auf dem Handy an. Mila wollte das Gespräch erst wegdrücken, aber ich tat ziemlich beschäftigt und gab ihr zu verstehen, sie könne in Ruhe reden.«

Er deutete auf das Fenster.

»Dann entfernte sie sich kurz, um dranzugehen, und es kam mir so vor, als hörte ich sie ein paar Worte deutsch sprechen. Ich habe zwar nicht verstanden, was, aber es hörte sich eindeutig deutsch an.«

Voller Hoffnung schaute ich ihn an. »Denk bitte gut nach, Robert. Hast du wirklich nichts aufgeschnappt? Einen Namen vielleicht oder eine Ortsangabe?«

Irgendwo in der Nacht krächzte ein Vogel. Gespannt wartete ich ab.

»Tut mir leid«, sagte er nach einer Weile, »ich kann mich nur an Laute erinnern.«

»Es wäre also möglich, dass sie einen deutschen Freund hat. Fuzzy Logic ist auch schon mal im Nachbarland aufgetreten«, sagte ich aufgeregt. »Wie hörte sie sich an? Klang sie ängstlich oder gar fröhlich?«

»Ziemlich ... heiter, würde ich sagen. Tut mir wirklich leid, dass ich dir nicht mehr sagen kann.«

Vor lauter Frust ballte ich die Fäuste. Der Druck hinter meinen Augen nahm wieder zu. Ich legte den Kopf in den Nacken, dann drehte ich ihn langsam von links nach rechts. Wenn ich das alles hinter mir hätte, sollte ich mir das, was ich meinen Patienten in Sachen körperliche Betätigung riet, selbst einmal zu Herzen nehmen. Robert richtete sich wieder auf, drehte den Sessel herum und massierte mich weiter.

Ich versuchte, mich fallen zu lassen, und spürte nach einer Weile tatsächlich, dass er mit seinen knetenden Händen meine Verkrampfung lockerte. Langsam entspannte ich mich und merkte erst jetzt, wie müde ich eigentlich war.

»Heleen, ich schlage vor, du gehst erst einmal nach Hause und schläfst eine Nacht darüber. Mila ist schließlich fast achtzehn. Sie wird sich schon nicht auf dünnes Eis begeben.«

Not kennt kein Gebot, sich nicht auf dünnes Eis begeben – alle Sprichwörter dieser Welt konnten mir meine Tochter nicht wiederbringen. Jedes Mal, wenn ich die Augen schloss, tauchte Stans totes, vom Blaulicht angestrahltes Gesicht vor mir auf, und Mitleid überkam mich. Bei dem

Gedanken an seine Eltern krampfte sich mir das Herz zusammen. Ich konnte wenigstens noch hoffen, dass meine Tochter mich in einem Monat anrufen würde. Für seine Eltern gab es kein Hoffen mehr.
War es tatsächlich möglich, dass meine Tochter aus Furcht vor der Reaktion ihres Vaters den Gedächtnisverlust vorgetäuscht hat? Es sah vielleicht ganz danach aus, aber trotzdem stimmte etwas nicht. Früher ließ sie sich auch nie von etwas abhalten, wenn wir verschiedener Ansicht waren. Mal angenommen, ihr deutscher Freund hatte etwas auf dem Kerbholz, dann wäre die alte Mila damit offen umgegangen und, falls die Situation völlig aus dem Ruder gelaufen wäre, türenknallend von zu Hause weggelaufen. Einfach davonzuschleichen und erst Monate später zurückzukommen, um allen einen Gedächtnisverlust vorzuspielen, passte einfach nicht zu Mila. Blieb nur die Frage, was hinter diesem Sinneswandel steckte? Was war da passiert? Wie gern ich auch geglaubt hätte, Mila sei aus freien Stücken davongelaufen – ich wusste einfach, dass das nicht stimmte.
Zitternd schob ich Roberts Hände von meinen Schultern und stand auf. »Wenn ich recht habe – und davon bin ich inzwischen immer mehr überzeugt –, hat sie ihren Gedächtnisverlust vorgetäuscht, weil das weniger schlimm ist, als die Wahrheit sagen zu müssen. Das bedeutet, es muss etwas ganz Schreckliches passiert sein. Eine andere Möglichkeit sehe ich nicht. Du weißt selbst, dass so ein Verhalten nicht ihre Art ist.«
Robert hatte die Arme verschränkt und blickte nachdenklich auf den Boden, dann ließ er die Hände baumeln und suchte nach passenden Worten: »Wie schon gesagt, He-

leen, vielleicht musst du versuchen zu akzeptieren, dass sie sich bewusst für jemanden entschieden hat und vorläufig einfach auf Abstand zu dir gehen will. An deiner Stelle würde ich darüber mal nachdenken.«

»Hat sie denn gesagt, dass sie erst einmal auf Abstand zu mir gehen will?«

»Nun, nicht wortwörtlich, aber alles in allem … Du brauchst ja nicht gleich vom Schlimmsten auszugehen. Sie hat doch geschrieben, dass sie sich bei dir meldet. Und das tut sie bestimmt auch. Geh jetzt lieber und schlaf eine Nacht drüber.«

10

Als Merel van Halm von gegenüber am nächsten Morgen die Haustür öffnete, fiel etwas nach draußen und wurde von meinen Waden gebremst. Es war ihre kleine Tochter. Merel packte das Mädchen bei den bunten Hosenträgern und zog es zurück in die Wohnung.
»Wie oft soll ich dir noch sagen, dass du dich nicht an die Tür lehnen sollst, Johanna. Tut mir leid, Frau …« Ihre Entschuldigung ging in einen Aufschrei über. »Doktor Mendels! Ich habe gehört, Mila ist wieder da und ich …« Ihre Begeisterung ebbte ab. »Geht es Ihnen nicht gut?«
Ich verneinte. Trotz Roberts Empfehlung, eine Nacht darüber zu schlafen, hatte ich kein Auge zugemacht. Stattdessen hatte ich ernsthaft über die Möglichkeit nachgedacht, es sei doch Milas Idee gewesen, uns drei Monate in Angst leben zu lassen. Und gleich wieder verworfen, noch bevor ich mein Kissen dreimal umgedreht hatte. Eigentlich hatte ich Robert versprochen, ihn anzurufen, sobald ich wach wäre, aber ich hatte es nicht getan. Warum sollte ich weiter kostbare Zeit verlieren, indem ich Leute zu überzeugen versuchte, die die Wahrheit ja doch nicht sehen wollten?
»Nein«, antwortete ich, »es geht mir nicht gut.« Ich strich mir eine Locke aus den Augen. »Mila war zurück, jetzt ist sie wieder fort. Seit gestern Abend. Deshalb bin ich hier. Haben Sie sie vielleicht gesehen?«

»Schon, aber das war vor ein paar Tagen. Ist sie wieder ... verschwunden?«

»Ja. Und was ist mit gestern Abend? Haben Sie sie da gesehen?«

Das kleine Mädchen, das gerade nach draußen krabbeln wollte, wieder hochziehend, antwortete meine Nachbarin: »Leider nein. Ich war gestern Abend im Chor. Wie schrecklich für Sie, Frau Doktor ... Frau Mendels. Haben Sie eine Ahnung, wo sie sein könnte?«

»Leider nein. Ich gehe jetzt bei allen Nachbarn vorbei, in der Hoffnung, dass jemand sie zufällig gesehen hat. Mein Ex-Mann hat sie gegen halb neun vor meinem Haus abgesetzt, und anscheinend ist sie kurz darauf weggegangen. Sollten Sie etwas hören, lassen Sie es mich dann bitte sofort wissen, ja?«

Ich wollte schon wieder zum Vorgarten hinausgehen, als sie sagte: «Gert-Jan war gestern Abend zu Hause. Soll ich ihn mal fragen, ob er sie gesehen hat?«, fragte sie.

Sie nahm das widerspenstige Kind auf den Arm und ließ die Tür einladend aufschwingen. »Kommen Sie ruhig herein. Sie machen den Eindruck, als könnten Sie einen Kaffee brauchen.«

»Keinen Kaffee, danke«, murmelte ich, während ich ihr in den Hausflur folgte.

Ich erschrak vor meinem Anblick in dem mannshohen Spiegel neben dem Garderobenständer: eine Vogelscheuche mit schief geknöpfter Jacke und einer Frisur wie ein verwelkter Löwenzahn. Rasch machte ich die Knöpfe auf.

Merel steckte den Kopf in den Treppenaufgang und rief: »Gert-Jan! Kommst du mal kurz runter?«

Sie wies in Richtung Wohnzimmer. »Sie haben Glück, dass er zu Hause ist. Unser Heizkessel macht seltsame Geräusche, deshalb hat er sich heute mal frei genommen ...«
Ihr Blick blieb an meiner hastig selbstverbundenen Hand hängen. »Was ist denn mit Ihrem Arm passiert?«
»Bei der Suche nach Mila bin ich von der Treppe gefallen.« Ich versuchte dabei zu lächeln. »Verstaucht.«
Gert-Jan van Halm kam verschwitzt und mit schwarzen Striemen im Gesicht ins Wohnzimmer. Er hatte einen Overall an, der an den Armen und Beinen zu kurz war, weshalb er aussah wie einer, der sich die Arbeitskleidung seines kleinen Bruders geliehen hatte.
»Dieser alte Krempel«, nörgelte er. »Der Kessel stammt noch aus der Zeit vor der Industriellen Revolution! Vielleicht sollten wir ...« Als er mich erblickte, stockte er mitten im Satz und bekam Stielaugen. »Oh ...«
»Papa!«, rief Johanna aufgeregt. Sie wand sich aus dem Griff ihrer Mutter und tippelte auf ihren Vater zu. »Papa, Hoppe-Reiter!«
Doch ihr Vater achtete nicht auf sie. Die ganze Zeit starrte er mich entsetzt an. Sein Gesicht war kreidebleich. Mir sträubten sich die Nackenhaare. Musste ich das etwa als regelrechtes Schuldbekenntnis auffassen? Merel, die auch nicht auf den Kopf gefallen war, lachte verunsichert. »Ist irgendwas, Gert-Jan?« Es kostete ihn sichtlich Mühe, wieder zu sich zu kommen.
»Ich, ähm ... tut mir leid! Damit habe ich nicht gerechnet. Ein Hausbesuch, Doktor?« Er schob sein Töchterchen von sich, das laut zu kreischen begann. Automatisch nahm ihre Mutter sie wieder auf den Arm. »Doch keine schlechten Nachrichten?«

»Sie ist nicht als Ärztin hier, Gert-Jan, sondern wegen Mila, ihrer Tochter.«
»Mila?«
»Ja. Du weißt doch, dass Mila wieder da war, nicht?«, fragte sie. »Wir haben erst vorgestern darüber geredet.«
Er nickte kaum merklich.
»Also, seit gestern ist sie wieder verschwunden. Frau Mendels wollte wissen, ob du sie nicht vielleicht gesehen hast.«
»Oh ... ist sie wieder verschwunden? Ojemine! Das ist ja schrecklich. Mal überlegen ...«
Täuschte ich mich, oder sah ich da so etwas wie Erleichterung? Aber worüber? Worüber könnte dieser Mann in seinem viel zu kleinen Overall erleichtert sein, während er gerade noch aussah, als ob er sich übergeben müsste?
»Kaffee, Frau Nachbarin?«, wechselte seine Frau das Thema, während sie ihre Tochter an der Hand nahm und zum Esstisch führte, wo sie ihr ein Stückchen Brot in den Mund steckte. Ich schüttelte den Kopf. »Keine Zeit. Ich muss noch zu zwei Häusern auf dieser und zu drei auf der anderen Straßenseite.« Dabei ließ ich Gert-Jans Gesicht nicht aus den Augen.
»Sie kennen Mila doch?«, sagte ich zu ihm. »Sie ist siebzehn, hat langes, rotbraunes Haar und trägt meistens weite Hosen mit unheimlich viel Taschen. Jedenfalls früher, seit letzter Woche trägt sie femininere Kleidung.«
»Natürlich kenne ich Mila«, sagte Gert-Jan. »Sie versteht sich prima mit unserer Kleinen.« Jetzt lächelte er breit. »Stimmt's, Merel? Wenn wir mit Johanna in den Park gehen, begleitet Mila uns oft ein Stück. Aber gestern Abend habe ich sie nicht gesehen.«

Ich starrte ihn an. Sein Verhalten war komplett umgeschlagen. Auch Merel warf ihm vom Tisch aus Blicke zu. Sobald ich fort wäre, würde es hier eine Diskussion geben, vermutete ich. Ich hätte etwas darum gegeben, dabei sein zu dürfen. Die kleine Johanna lief mit einem Stück Brot im Fäustchen in die Küche. Plötzlich fragte ich mich, ob diese Leute wohl beim letzten Mal von der Polizei vernommen worden waren. Gert-Jan sagte, als könne er Gedanken lesen: »Als Mila im Sommer verschwunden war, kam die Polizei hierher und hat ausführlich mit uns geredet. Warum ist das jetzt nicht so? Ich meine, wie kommt es, dass Sie persönlich die Nachbarschaft abklappern müssen?«

»Die Polizei glaubt, Mila sei mit einem Freund abgehauen«, antwortete ich bitter. »Also hielten sie es für besser, den ganzen Abend herumzuschwatzen und Berichte zu tippen, statt eine Untersuchung einzuleiten. Deshalb mache ich jetzt deren Arbeit. Sollten Sie die geringste Kleinigkeit wissen, die helfen könnte, meine Tochter zu finden, bin ich Ihnen beiden ewig dankbar.« Eindringlich sah ich Gert-Jan an. Von Unsicherheit keine Spur mehr. Er wiederholte sogar das Angebot seiner Frau.

»Leider kann ich Ihnen nicht helfen, Frau Mendels. Wirklich keinen Kaffee?«

Die kleine Johanna kam nackt bis auf die Windel aus der Küche. Dabei zog sie auf ihrem Weg durchs Wohnzimmer mit ihren molligen Händchen einen braunen Strich über die Tapete. Die Windel hing auf den Knien.

»Um Himmels willen!«, rief Merel. »Oh mein Gott! Mach, dass es Erdnussbutter ist!« Sie sprang auf und beugte sich über ihr Kind, das sofort zu kreischen anfing.

Ich knöpfte die Jacke wieder zu und ging in Richtung Ausgang. »Nur keine Umstände, ich finde den Weg«, sagte ich.
»Es tut mir leid, dass wir Ihnen nicht weiterhelfen konnten«, rief Merel über die Schulter hinweg. »Sollte mir noch etwas einfallen, komme ich gleich bei Ihnen vorbei.«
»Ich begleite Sie kurz hinaus«, sagte ihr Mann, schloss die Wohnzimmertür fest hinter uns und ging mir durch den Flur voran. Als er sich umdrehte und ich in seine Augen sah, dachte ich für einen Moment, er würde in Tränen ausbrechen und den Mord an Mila gestehen. Er holte einmal tief Luft, hob beide Hände hoch und ließ sie wieder herabsinken.
»Entschuldigen Sie, Frau Doktor, ich weiß, mein Timing ist denkbar schlecht. Aber ich hatte befürchtet, Sie kämen, um mir das Ergebnis mitzuteilen. Im Beisein meiner Frau … Ich hab ihr noch nichts davon erzählt.«
Verständnislos sah ich ihn an. »Was für ein Ergebnis?«
»Na, das Untersuchungsergebnis! Es müsste doch inzwischen da sein, oder?« Im Flüsterton fügte er noch hinzu: »Sie wissen schon …«
Verstört lehnte ich mich gegen die Wand, als es mir wie Schuppen von den Augen fiel: Ich hatte vergessen, dass er bei mir gewesen war, um sich auf sexuell übertragbare Krankheiten testen zu lassen. Ich konnte mich nicht mehr daran erinnern, wann ich mir zum letzten Mal Untersuchungsergebnisse angesehen hatte. Inzwischen war sein Gesicht krebsrot angelaufen. Irgendwann kam der Tag, an dem ich mich bei einer Menge Leute würde entschuldigen müssen, unter anderem bei dem armen Gert-Jan, aber erst

musste ich Mila wiederfinden. Ich sah auf die Uhr: Viertel nach elf.
»Das, eh ...«, murmelte ich, »ich wollte Ihnen keinen Schrecken einjagen.« Ich zwängte mich in dem schmalen Flur an ihm vorbei. »Ich werde vorläufig nicht in meiner Praxis sein. Am besten, Sie nehmen Kontakt mit meiner Sprechstundenhilfe auf.«
Eisiger Regen schlug mir ins Gesicht, als ich wieder draußen stand. Ich hastete auf die andere Straßenseite, zu meinen unmittelbaren Nachbarn.

Ich ließ kein Haus in der Straße aus. Das ganze Wochenende verbrachte ich damit, die Nachbarn auf beiden Seiten der Straße zu besuchen. Inzwischen war es Montag, und meine Nachforschungen hatten nichts gebracht, von meinem rauhen Hals abgesehen, weil ich meine greise, taube Nachbarin anschreien musste. Sie war Freitagabend schon um acht ins Bett gegangen, erzählte sie, und sie konnte sich nicht erinnern, danach noch etwas gehört zu haben.
Die Bandmitglieder von Fuzzy Logic waren bisher unerreichbar. Am Nachmittag wollte ich es noch einmal bei ihnen versuchen. Ich konnte mir nicht vorstellen, dass sie nach dem Tod ihres Bruders oder Freundes einfach so wieder in die Schule gegangen waren, aber vielleicht wurde dort ja ein besonderer Trauergottesdienst abgehalten.
Obwohl ich Milas Zimmer in der Nacht von Freitag auf Samstag schon durchsucht hatte, entschied ich aus Mangel an Alternativen, das Ganze noch einmal von vorn zu machen. Vielleicht hatte sie den geheimnisvollen Ring ja irgendwo versteckt.

Es roch noch immer vage nach Rosmarinöl. Ich blieb einen Augenblick auf der Türschwelle stehen und starrte das Mobile vor dem Fenster an, eine Hausaufgabe mit Schmetterlingen aus verschiedenfarbigem Transparentpapier, das sie vergessen hatte wegzutun, als sie beschloss, dass alles schwarz sein musste. Die zerbrechlichen Schmetterlingsflügel bewegten sich sanft im Luftzug, den ich verursachte, während ich in ihrem Zimmer von einer Seite zur anderen ging. Wusste Mila von Stans Tod, fragte ich mich, und hatte sie dennoch einfach so mit ihrem Freund das Land verlassen? Nein. Vollkommen absurd.
Ich schaltete ihren Computer an. Während er hochfuhr, öffnete ich Milas Bücherschrank und ließ noch einmal meine Augen an den Bücher- und Zeitschriftenstapeln, den Schachteln, Ordnern und CDs entlangschweifen. Danach kontrollierte ich das Regal über ihrem Bett. Ich schob drei kupferne Kerzenständer beiseite und tastete über meinem Kopf blind auf dem obersten Brett herum. Dabei stieß ich auf etwas, das ich Freitagnacht übersehen hatte: ein kleines, glänzend lackiertes Schächtelchen. Mit klopfendem Herzen öffnete ich es: Vier Ohrringe und ein schmaler Goldring mit einem kleine Rubin lagen darin. Enttäuscht klappte ich es wieder zu. Das war nicht der Ring von diesem geheimnisvollen Freund, sondern ein Schmuckstück, das sie einmal von meiner Mutter bekommen hatte, als sie dreizehn wurde. Sorgsam stellte ich das Schächtelchen wieder an seinen alten Platz. Da war noch etwas, das mir beim letzten Mal entgangen war: ein umgefallenes oder von Mila selbst umgeklapptes gerahmtes Foto. Ich nahm es vom Brett. Es gab mir einen Stich: Mila und Stan in inniger Umarmung vor einer tobenden Men-

schenmasse. Das Foto musste letztes Jahr auf dem Pinkpop-Festival aufgenommen worden sein. Hinter den beiden erkannte ich die anderen Bandmitglieder von Fuzzy Logic. Der Schlagzeuger, Stans Bruder, blickte grimmig in Richtung des Fotografen, wer immer das gewesen sein mochte. Wie hieß dieser Bruder noch gleich? Den würde ich, wenn ich es mir aussuchen könnte, zuerst befragen. Vielleicht hatte Stan ihn ins Vertrauen gezogen.
Ich hörte auf, darüber nachzudenken, und ging ins Erdgeschoss, um die Nummer der Familie Hoffman herauszusuchen und dort anzurufen. Aber jeder Versuch, mit ihnen in Kontakt zu treten, scheiterte, weil die Verbindung immer sofort unterbrochen wurde, sobald jemand ans Telefon ging. Wahrscheinlich wollten sie in ihrem Kummer mit niemandem reden. Also zurück in Milas Zimmer. Ich nahm das Foto wieder in die Hand. Die vollzählige Band war letztes Jahr mit dem blauen Kleinbus in den Süden des Landes gereist, um dort Auftritte ihrer Lieblingsgruppen zu sehen. Ich betrachtete das Bildnis meiner Tochter millimetergenau, die voller Hingabe Stans damals noch unbehaartes Gesicht zwischen die Hände genommen hatte und es küsste. Was war in der Zwischenzeit passiert? Wann war sie abgesprungen? Ich versuchte, mir diesen angeblichen Freund vorzustellen, der Mila nicht nur mit einem Schlag von ihrer Verliebtheit in Stan kuriert, sondern sie auch dazu angestiftet hatte, mit ihm zu verreisen und ihre Eltern in Verzweiflung und Unsicherheit zurückzulassen. Ich konnte nichts, aber auch gar nichts damit anfangen. Fürs Erste sah es ganz danach aus, als wäre ich die Einzige, der es so ging.
Ich setzte mich an den Computer und gab ihr Passwort

ein, anschließend öffnete ich ihre Mailbox, um ihre E-Mails zu checken, aber es gab nichts zu checken. Wenn sie überhaupt schon gemailt hatte, hatte sie alles wieder gelöscht. Ich sah mich im Zimmer um. Wenn ich nur wüsste, wonach ich suchen sollte. Wieder öffnete ich die Schranktür und zog eine der unteren Schubladen vor. Sie lag voll kleiner, glitzernder Stofflappen und Knöpfe in allen Varianten: Delfine, Sterne, Rosen, Bäume. Ich schluckte. Wie lang war es her, dass ich sie ihre eigenen Kleidungsstücke machen sah? Die Schublade darüber enthielt Zeichnungen, Stücke für die Schule aus Wachsmalkreide oder Wasserfarbe. In der obersten Schublade lagen die Songtexte, die sie letztes Jahr für Fuzzy Logic geschrieben hatte. Ich nahm den ganzen Stapel heraus und setzte mich damit aufs Bett. Der Texte voller Kraftausdrücke wie *bloody* und *fucking*, im Zusammenhang mit *school* und *obligations* kannte ich schon. Wonach ich suchte, das waren neue Werke. Etwas, das Licht in die Geschehnisse der letzten Zeit bringen konnte. Und ganz unten im Stapel fand ich es: ein Text mit dem Titel *Ode to Him,* in demselben Grün geschrieben wie Milas Brief.

Was ich dann las, ließ die Welt in ihren Grundfesten erbeben:

Ode to Him

You, who has suffered so much
And was misunderstood for so long
You have finally found love
The love that you deserve
I am so glad you locked me up

In the beginning I was confused
But then I was just an ignorant girl
Now that I'm a woman I understand

You apologized for your behaviour
But that is so wrong,
Because I know that what you did
Was an act of love.
Other people that are close to me
Had to suffer all those months
It hurt me very much
But I realise now it served a cause

They don't need me the way you do
They have, after all, their work
Their busy obligations and their quarrels
Why should I interfere
When they don't have to think about me
It's easier for them to separate
So in some way it's better
In some way a better fate

Am ganzen Körper überlief mich eine Gänsehaut. Dreimal las ich den Text durch, und mit jedem Mal schien der Brocken, den ich hinunterschlucken musste, größer zu werden. Auch die letzte Strophe traf mich hart, aber mir war bewusst, dass ich meine Schuldgefühle erst einmal beiseiteschieben musste. Die beiden ersten Strophen bestätigten, was ich befürchtet hatte. Plötzlich wurde mir alles klar.

Mit dem Songtext in der Hand rannte ich in mein Schlaf-

zimmer, langte über das Bett, schnappte mir das Telefon aus der Station und drückte die Memory-Taste. Nach dem zweiten Klingeln ging mein Ex dran.
»Komm bitte sofort zum Polizeirevier«, sagte ich. »Ich weiß, dass wir erst um halb zwei einen Termin mit Wissink haben, aber es gibt wichtige Neuigkeiten!«
»Was denn?«
»Erzähl ich dir, wenn wir dort sind.« Ich zupfte am Bettüberzug herum.
»Ist Mila zurück?«
»Nein.«
»Hast du etwas von ihr gehört?«
»Auch nicht, komm einfach in die Polizeidienststelle.«
»Warum ist es dann so dringend? Kannst du es mir nicht einfach am Telefon sagen, Heleen?«
»Ich habe etwas entdeckt.«
»Und was?«
»Das erzähle ich dir dort. Komm bitte!«
»Es ist erst Viertel vor eins. Ist es wirklich so wichtig, dass es keine Dreiviertelstunde warten kann?«
»Es ist sehr wichtig. Es geht um einen Songtext, den Mila geschrieben hat.«
»Einen Songtext?« Er klang irritiert. »Ich stehe hier im Flur, weil ich dachte, du würdest anrufen, weil Mila zurück ist. Eigentlich bin ich mitten in einer Besprechung mit einem sehr wichtigen Kunden, der in diesem Augenblick ungeduldig auf seine Armbanduhr schaut.«
Mir wurde kalt ums Herz. Ich stand vom Bett auf. »Ein Kunde, hm? Soll das etwa heißen, du bist einfach zur Arbeit gegangen, als wäre unsere Tochter nicht zum zweiten Mal verschwunden?«

»Hör mal, Heleen. Unsere fast volljährige Tochter hat uns in einem Brief mitgeteilt, dass sie mit einem Freund auf und davon ist, den sie uns nicht vorstellen wollte. Das gefällt mir ebenso wenig wie dir, aber es ist ihre Entscheidung. Ich habe nicht vor, den ganzen Tag zu Hause Tränen zu vergießen oder, wie du es tust, die ganze Nachbarschaft abzuklappern.«

»Mila wurde entführt!«, rief ich. »Am 14. Juni hat sie ein Widerling auf der Straße angesprochen und dann eingesperrt. Das lese ich in ihrem Songtext. Und es steht noch viel mehr darin. Komm ins Polizeibüro, Friso!«

Er schnaubte. »Ich sag es nicht gern, Heleen, aber ich finde, dass du vollkommen überreagierst. Wir sehen uns in einer Dreiviertelstunde. Wenn ich meinen Kunden hier sitzenlasse, verlieren wir einen sehr großen Auftrag.«

Ein hohes Pfeifen ertönte in meinem Ohr. »Und wenn du *mich* jetzt hängenlässt, weigere ich mich, je wieder ein Wort mit dir zu wechseln.«

»Mein Gott, Heleen, so kenne ich dich gar nicht. Das klingt ja wie ein Ultimatum.«

»Ist es auch.« Ich unterbrach die Verbindung und knallte das Gerät aufs Bett. Dann polterte ich die Treppe hinunter, sprang in den Wagen und fuhr, schneller als die Polizei erlaubte, zum Revier.

»Die Scheune wurde bis in den letzten Winkel untersucht«, sagte Wissink, das A4-Blatt, das ich ihm hinreichte, ignorierend. »Meine Leute konnten keine Spur finden, die darauf hinweist, dass Stan einem Gewaltverbrechen zum Opfer gefallen wäre. Und der Pathologe ist der Ansicht, er sei an einer Überdosis gestorben, die« – er gebot mir mit einer Geste zu schweigen –, »die er selbst eingenommen hat. Bleibt noch die Frage, ob er absichtlich zu viel eingenommen oder aus Versehen die Dosis überschritten hat. Aber das ist keine Sache der Polizei.« Er nickte seinem Kollegen zu, der ein Laptop auf den Schreibtisch setzte und aufklappte. Jemand klopfte an die Tür. Friso kam völlig außer Atem herein, mit schweißgebadeter Stirn.

»Ah, Herr Theunissen! Anscheinend haben Sie auch den Auftrag bekommen, sich zu beeilen.« Wissink bemühte sich nicht, sein Mitleid mit Friso zu verbergen.

»Das habe ich in Milas Zimmer gefunden«, sagte ich, während ich den Text *Ode to Him* auf die Tischplatte legte.

Friso beugte sich über das Blatt, und der nicht gerade begeisterte Wissink las über dessen Schulter mit. Der schnurrbärtige Kollege wartete hinter seinem summenden Laptop ab.

»*Ode to Him*«, sagte Wissink nach einer Weile. »Das ist der Text von irgend so einem Lied, aber wo habe ich das schon mal gehört?«

»Nirgends«, sagte ich, »weil meine Tochter ihn selbst geschrieben hat.«

Der Kripobeamte verschränkte die Arme. »Oder abgeschrieben, das könnte doch auch sein.« Auf den Laptop zeigend, sagte er: «Van Aalst, schau mal kurz über Google nach, ob es diesen Text schon gibt.«

Van Aalst zog das Papier zu sich heran und fing an zu tippen.

»*Ode to Him*«, dachte Wissink laut nach, »das hört sich nicht gerade nach dem Produkt eines Wortakrobaten an,

könnte also tatsächlich von einem Teenager stammen. Irgendwie klingt das so religiös. Vielleicht steht Ihre Tochter ja auf den Herrn?« Er lächelte wie jemand, der zwar tagtäglich mit falschen Propheten zu tun hat, es aber trotzdem schafft, tolerant zu bleiben.
Abrupt drehte ich mich zu meinem Ex-Mann um. »Friso«, sagte ich, »nun hilf mir doch! Jetzt bist du doch wohl auch überzeugt davon, dass Mila nicht einfach so von zu Hause weggelaufen ist, stimmt's?«
Mein Ex-Mann lutschte verärgert an seiner Unterlippe. »Auch wenn Mila das selbst geschrieben hat«, meinte er, »bleibt es natürlich noch immer ein Songtext. Und zwar der eines Teenagers.« Er zuckte mit den Achseln. »Also müssen wir davon ausgehen, dass es Fiktion ist.«
Bestürzt starrte ich ihn an. Das Blau seiner Augen wirkte einen Tick dunkler als sonst. »Hör zu« – ich versuchte, nicht völlig die Geduld zu verlieren –, »ich weiß, es ist schwer, aber bleib bitte nicht an dieser letzten Strophe hängen.«
Noch einmal Frisos Schulterzucken.
»Das ist für uns beide verletzend«, sagte ich mit erstickter Stimme, »und wir müssen da ein andermal auch drüber reden, wenn das alles hier vorbei ist. Was jetzt wichtig ist, sind die beiden ersten Strophen. Was das heißen soll, ist doch klar, oder?«
Friso lief um den Tisch herum, stellte sich neben Van Aalst und las den Text ein zweites Mal.
»Wir machen hier kein Quiz, bitte, Frau Mendels«, sagte Wissink. »Dafür haben wir im Augenblick zu viel zu tun. Sagen Sie einfach, was wir Ihrer Meinung nach aus diesem Lied schlussfolgern müssen.«

Ich ballte die Fäuste. Wie gern hätte ich diesem Mann eins mitten in seinen trägen Bauchspeck verpasst, damit endlich dieser selbstgefällige Zug aus seinem Gesicht verschwindet. Stattdessen zählte ich innerlich bis zehn und sagte dann in ruhigem Ton: »Hoffentlich reicht Ihr Englisch aus, um die Bedeutung des Satzes *I'm so glad you locked me up* zu verstehen. Das ist ja wohl eindeutig: Mila wurde am Abend des 14. Juni entführt. Irgendein perverses Ekel hat sie auf der Straße aufgelesen und sie in seinem Bunker oder seiner Garage eingesperrt und sie dort drei Monate festgehalten.«

So, jetzt war es raus. Ein paar Sekunden sagte keiner ein Wort, es zwinkerte auch keiner. Ungläubig schaute Wissink mich an.

»Liebe Frau Mendels«, sagte er schließlich in einem Ton, als wolle er mir zu verstehen geben, dass ihm leider keine andere Wahl blieb, als mich einweisen zu lassen, »wenn dem so wäre, dann hätte uns Ihre Tochter doch davon erzählt, als wir sie gefunden haben. Meinen Sie nicht?«

»Lieber Herr Wissink«, antwortete ich schroff, »erinnern Sie sich an den Fall dieses österreichischen Mädchens, das acht Jahre lang eingesperrt war?«

»Ja«, knurrte er kurz angebunden.

»Sie identifizierte sich mit ihrem Geiselnehmer. Es gab ein Band zwischen den beiden. Dasselbe kann auch mit meiner Tochter passiert sein. Es ist ein Syndrom, und dieses Syndrom hat auch einen Namen.«

»Ja, ja, ich weiß, was Sie meinen, aber das hier« – er tickte mit dem Fingernagel auf das Blatt –, »das hier ist bloß ein Songtext. Sie steigern sich da in was hinein, Frau Mendels.«

Es musste doch eine Möglichkeit geben, diesen Typen mit seiner bevormundenden Art aus seinem Winterschlaf zu holen. Van Aalst blickte vom Bildschirm hoch. »Ich kann nichts finden, was darauf hinweist, dass es den Text schon gibt«, meldete er. »Bei *Ode to Him* kommen zwar jede Menge Hits, aber eine Verbindung zu den Sätzen aus dem Songtext gibt es nicht. Ob das allerdings schon etwas über den Wahrheitsgehalt aussagt …?« Er machte eine vielsagende Pause.

»Selbstverständlich prüfen wir, ob uns das irgendwie weiterbringt«, sagte Wissink. »Wir halten Augen und Ohren offen.« Er wandte sich um. »Trotzdem, Frau Mendels, müssen wir in Betracht ziehen, dass Ihre Tochter selbst entschieden hat abzuhauen. Wenn Sie wüssten, wie viele Siebzehnjährige sich einfach aus dem Staub machen. Das sind die Hormone, tja … Sie als Ärztin wissen darüber vermutlich noch besser Bescheid als ich.« Er wandte sich an Friso. »Darf ich Ihnen eine Frage stellen?«, fuhr er fort. »Wie lange leben Sie schon getrennt?«

»Ein gutes Jahr«, antwortete Friso.

»Und wie stand Ihre Tochter dazu? Haben Sie jemals mit Ihrer Tochter darüber geredet?«

»Natürlich haben wir das«, sagte ich schnippisch, bevor Friso reagieren konnte. »Und wir haben das Thema schon mit Ihnen besprochen, als Mila zum ersten Mal verschwunden war. Wenn es Ihnen nichts ausmacht, möchte ich lieber nicht wieder über unsere Scheidung ins Detail gehen. Fakt ist, wir haben alles getan, damit die Sache für sie möglichst glimpflich abläuft. Die Hälfte der Woche ist sie bei mir, die andere bei ihrem Vater. Aber wenn sie mag, kann sie selbst bestimmen, wo sie wohnt.«

»So ist es. Verstehe ich das richtig, dass sie am Freitagabend eigentlich bei Ihnen hätte bleiben sollen, Herr Theunissen, aber im Laufe des Abends beschloss, doch zum Haus Ihrer Frau zu gehen?«
»Ja, das stimmt.«
»Warum hat sie es sich denn anders überlegt?«
»Danach habe ich sie nicht gefragt. Wie Heleen schon sagte, wir lassen ihr darin freie Hand. Wir wollen einfach nicht, dass sie das Gefühl hat, sich dafür rechtfertigen zu müssen.«
Wissink zog eine Augenbraue hoch. Über der Tür hing eine Uhr. Ein Zeiger schob sich mit einem kaum hörbaren Tick auf die nächste Minute: zwei Minuten nach halb zwei. Dass der Zeiger auf drei Minuten nach halb zwei rutschte, wollte ich nicht miterleben. Wenn ich noch ein paar Sekunden länger mit diesen Gestalten zusammen sein müsste, deren skeptische Haltung immer spürbarer wurde, würde ich anfangen, mir die Haare auszureißen. Mehr noch: Ich würde mich auf Wissink stürzen und anfangen, ihm die Haare auszureißen.
»Das haben Sie sie nicht gefragt?«
»Herr Wissink ...« Mit dem letzten bisschen Selbstbeherrschung, das ich aufbringen konnte, stellte ich mich vor ihn hin. »Wenn Sie nicht gleich Ihre Ermittler losschicken, werde ich selbst Maßnahmen ergreifen. Wir vergeuden hier nur unsere Zeit.«
Der Inspektor bekam einen frostigen Gesichtsausdruck.
»Tun Sie, was Sie nicht lassen können«, sagte er bissig, »aber wenn Sie meine Meinung hören wollen: Ich habe selbst eine Tochter in dem Alter, und ich kann Ihnen sagen ...«

»Sie brauchen mir gar nichts mehr zu sagen! Offenbar hat man hier nicht vor, Stans Tod weiter zu untersuchen, und meine Tochter ist Ihnen offenbar auch völlig egal!«
»Das stimmt so nicht. Aber Sie müssen verstehen, dass wir auch an einer Menge anderer Fälle arbeiten. Da ist zum Beispiel gerade ein zehnjähriger Junge ...«
»Was werden Sie tun, um Mila wiederzufinden?«
Vergebens versuchte er vor mir zu verbergen, dass er aufseufzte. Er machte einen Schritt auf die Tür zu. »Also, zuerst bringen wir sie – wie beim letzten Mal – auf dem Telex, damit alle Sender im ganzen Land wissen, wer Mila Theunissen ist. Außerdem fordern wir sämtliche Mitarbeiter dazu auf, extra Obacht zu geben.« Mit einem bemühten Lächeln öffnete er die Tür. »Wenn Ihre Tochter zwölf wäre, läge die Sache anders. Aber da sie fast achtzehn ist und selbst zugegeben hat, bei einem Freund zu sein, können wir eigentlich nicht so viel machen.«
»Genau darum geht es ja«, rief ich. »Ich glaube nicht an die Echtheit des Briefes.«
»Des Briefes nicht, aber die des Songtextes schon? Ich persönlich tendiere dazu, es genau andersherum zu sehen.«
Friso stand auf, ging um den Schreibtisch herum und legte mir den Arm um die Schultern.
»Da ist was dran, Heleen. Versuch doch erst einmal, dich zu beruhigen. Wahrscheinlich hat er recht, und es ist tatsächlich bloß irgendein Songtext. Am besten ...«
Ich duckte mich unter seinem Arm hindurch und schnappte mir Milas Papier vom Tisch. Dann ging ich in großem Bogen um Friso herum und verließ, ohne jemanden noch eines Blickes zu würdigen, das Büro.

»Falls Sie Neuigkeiten von Ihrer Tochter haben, lassen Sie es uns wissen«, wagte Wissink mir noch hinterherzurufen.

»Selbstverständlich«, rief ich über die Schulter hinweg, »Sie sind der Erste, den ich anrufe!«

11

Am Tag von Stans Einäscherung weinte sogar der Himmel. Wie aus Kübeln fielen die Tränen aus der Luft. Ich selbst war noch zu erschöpft, um zu weinen, nachdem ich die ganzen letzten Tage damit verbracht hatte, mit jedem zu telefonieren oder persönlich zu reden, der auch nur im Entferntesten mit Mila oder Stan zu tun gehabt haben konnte.

Je weniger Chancen ich sah, meine Tochter jemals wiederzufinden, umso mehr schrumpfte mein Schwamm gewordenes Herz zu einem dürren, ausgewrungenen Ball. Nun gut, ein Gefühl der Lähmung war mir in diesem Augenblick genauso willkommen wie die Vogelgrippe, und wenn eine Valium dagegen half, warum nicht? Ohne mit der Wimper zu zucken, brach ich das Versprechen, das ich mir selbst gegeben hatte, mich nie wieder an meinem Arzneischrank zu vergreifen.

Ich stellte das Auto hinter dem Ostflügel des Krematoriums ab. Dem Anlass entsprechend gekleidete Menschen unter schwarzen Regenschirmen eilten auf den Eingang zu. Der Saal war zum Bersten gefüllt. Als ich eintrat, waren schon alle Sitzplätze belegt. Also stellte ich mich hinter ein mannshohes Kunstblumenbouquet aus Disteln und Mohnkapseln.

Der Gottesdienst war schlicht. Unendlich niedergeschlagen ließen Stans trauernde Eltern die Reden über sich ergehen. Es waren zwei, von der professionellen Trauerrede des Bestatters abgesehen. Eine wurde von einer älteren Frau gehalten, die ziemlich undeutlich sprach und zum wiederholten Mal ein Taschentuch brauchte, um sich wieder zu sammeln. Anschließend leitete der Mann vom Bestattungsunternehmen zum nächsten Sprecher über, nicht ohne den traurigen Eltern ans Herz zu legen, viel zu beten. Daraufhin kam eine unerwartete Reaktion von Stans Vater. Er sprach leise, aber gut hörbar: »Ach, mein Herr, wenn beten helfen würde, würde ich mir die Knie wund beten.«

Jemand hinten im Saal prustete in ein Taschentuch, es konnte aber auch ein unterdrücktes Niesen sein.

Henk Eugelink, bei dem Stan und Mila Musikunterricht hatten, betrat jetzt das Podium. Ohne sich vorzustellen, hielt er sich mit beiden Händen am Katheder fest und setzte zu einer Lobeshymne auf Stans Talente an.

»Stan gelang es, selbst den blödesten Covernummern mit seinem funky Bass neuen Schwung zu verleihen«, sagte Eugelink ergriffen. »Man kann sagen, Stan trug auf seine Weise zur Emanzipation der Bassgitarre bei, die immer noch als reines Begleitinstrument abgetan wird. Wären doch nur alle Schüler so leidenschaftlich wie Stan. Ich besuchte auch schon mal ein Konzert, wenn er mit seiner Band – Fuzzy Logic – irgendwo in der Gegend auftrat. Sie waren mit Abstand die Besten. Stan Hoffman und Mila Theunissen, die Sängerin ... ich weiß nicht, ob Sie sie jemals auf der Bühne gesehen haben, aber die beiden waren für mich ein Dream-Team.«

Er schluckte und betrachtete lange seine Hände. Als er

endlich aufschaute, zitterte sein Unterkiefer. »Herr und Frau Hoffman, mein tiefstes Beileid zu diesem unermesslichen Verlust.«
Die ganze Zeit hatte ich den Atem angehalten. Ich gab ein seltsames Geräusch von mir, als er wieder auf seinen Platz ging. Und ich war nicht die Einzige. Keinem, der Stan gekannt hatte, blieben die Augen trocken, darauf hätte ich einen Eid geschworen. Endlich entlud sich alles, ging eine Flutwelle durch den Saal. Die Trauer mischte sich in meinen Valiumrausch, genau wie die Sorge um das Mädchen, mit dem Stan ein Dream-Team gebildet hatte – meine Tochter.

Eine Menschenreihe schlängelte sich nun durch den Raum. Alles Wartende, die der Familie ihr Beileid aussprechen wollten. Links von den Eltern stand ein altes Ehepaar, wahrscheinlich Opa und Oma, und rechts Stans jüngerer Bruder. Ferdi hieß er, jetzt fiel es mir wieder ein. Sowohl sein Haar als auch seine Haut waren ein paar Stufen heller als bei Stan. Er trug einen marineblauen Blazer über einer grauen Schlabberhose. Seine Art zu schauen erinnerte mich an den Gesichtsausdruck, den er auf dem Foto gehabt hatte, das ich in Milas Zimmer fand: nämlich grimmig. Am liebsten würde ich ihn unter vier Augen sprechen – ohne seine Eltern –, aber das war aussichtslos. Zumindest heute. Ich sah mich um, ob ich nicht irgendwo den Keyboarder der Band entdecken konnte. Mit seinen langen roten Haaren und dem Palästinensertuch musste ich ihn leicht in der Menschenmenge ausfindig machen können. Da ich ihn aber nirgends entdeckte, beschloss ich, die Konfrontation mit Stans Eltern anzugehen.

Ich legte das halb verzehrte Schinkenbrötchen, in das ich sowieso nur widerwillig hineingebissen hatte, auf einen Tisch und schloss mich der Reihe an.

Letzten Sommer hatte ich Stans Eltern zweimal getroffen: einmal, als sie wütend vor meiner Haustür gestanden und mir vorgeworfen hatten, ihr Sohn werde wie so ein Dahergelaufener von der Polizei unter Druck gesetzt, das zweite Mal, als sie sich bei mir entschuldigten und mir ihr Mitgefühl aussprachen, weil meine Tochter vermisst wurde. Mila war zu dem Zeitpunkt ungefähr drei Wochen verschwunden. Es war einer der besonders schlechten Abende, und ich hatte mich gerade ausgiebig meiner neusten Abhängigkeit hingegeben: dem Whisky. Just als es klingelte, hatte ich mir gerade den letzten Rest einschenken wollen, und während ich mit der Flasche in der Hand durch den Flur wankte, dachte ich bei mir, es könnte ja auch meine Tochter sein, die nach Hause kam. Was würde sie wohl denken von einer Mutter, die schon betrunken war, bevor die Acht-Uhr-Nachrichten vorbei waren? Aber es war nicht Mila, sondern Stans Eltern, Bauern, die ganz und gar nicht aussahen wie Bauern. Seine Mutter hatte sogar etwas Mondänes. Ihr Gesicht war fabelhaft geschminkt.

»Liebe Frau Mendels, uns war nicht klar, dass Mila wirklich weg ist«, hatte der Vater rasch gesagt, bevor ich ihnen die Tür vor der Nase zuschlagen konnte. Und mit einem entschuldigenden Lächeln: »Sie wissen ja, wie das bei jungen Leuten so ist: Erst gehen sie ein Weilchen mit dem einen, dann wieder mit jemand anderem. Unser Sohn war dermaßen durch den Wind, weil seine Freundin fort war, und dann musste er auch noch aufs Revier kommen und

eine Erklärung abgeben, wo er am Abend von Milas Verschwinden gewesen war. Sie verstehen?«
»Selbstverständlich«, hatte ich scheinheiligerweise geantwortet, ihnen die Tür weit aufgemacht und dabei die Flasche in die Luft gehalten. »Kann ich Ihnen vielleicht etwas zu trinken anbieten?«
Das Paar hatte sich verstohlen angesehen und dankend abgelehnt. Dann hatten sie auf dem Absatz kehrtgemacht und waren wieder abgezogen. Ich werde den Blick nie vergessen, den mir Stans Mutter zuwarf, als sie durch den Vorgarten wegging. Manchmal kann etwas, das auf den ersten Blick nur eine Kleinigkeit ist, einen enormen Einfluss auf das weitere Leben haben. Bei mir war es dieser Blick. Kein Treffen bei den Anonymen Alkoholikern hätte das übertreffen können. Ich habe danach nie wieder einen Tropfen Whisky angerührt, sondern es beim Valium belassen.
Während ich in der Schlange immer weiter vorrückte, überlegte ich, ob ich ihnen von meiner Vermutung, Stan sei ermordet worden, erzählen sollte. Jetzt war nicht der richtige Zeitpunkt, aber ich könnte sie morgen aufsuchen. Was würde ich selbst wollen, wenn ich in ihrer Situation wäre?
Mir schnürte sich die Kehle zusammen. Wenn ich mir vorstellte, ich stünde jetzt vor einem Sarg, in dem mein totes Kind lag! Mein Kummer war ein Maulwurfshügel im Vergleich zu ihrem Berg. Wie konnte man nach so einer Sache wieder einen Neuanfang machen? Wie sich jemals wieder einen Kopf machen wegen alltäglicher Belanglosigkeiten, wie die Dumping-Preise der Supermärkte, unentschlossene Politiker oder ungenießbare Fernseh-

programme? Was hatte das alles noch für einen Sinn? Wenigstens gab es ja noch den Sohn Ferdi. Gleich war ich an der Reihe, der Familie die Hand zu schütteln, als sich Stans Vater zu seiner Frau beugte, um ihr etwas zuzuflüstern. Ruckartig hob sie ihr Gesicht, das vom vielen Weinen rot und geschwollen war, und blickte mir geradewegs in die Augen.
Sie schüttelte verneinend den Kopf.
Ich blinzelte.
Noch einmal ein Kopfschütteln. Sie wollte mich nicht sehen, geschweige denn, sich meine Beileidsbekundungen anhören müssen. Das bedeutete, sie gaben Mila die Schuld am Tod ihres Sohnes. Der Mann vor mir drehte sich erstaunt um. In seinen Augen zeigte sich Verständnis, als er von Stans Familie zu mir herübersah. Ich fühlte mich wie eine Aussätzige. Hastig schlüpfte ich aus dem Kondolenzraum.
Auf der Toilette spritzte ich mir zwei Minuten lang kaltes Wasser ins Gesicht. Dann trocknete ich mich mit einem weißen Handtuch ab, das aus einem Apparat herausrollte, wenn man daran zog. Danach wartete ich ab, bis sich mein Herzschlag wieder beruhigt hatte, und verließ die Toiletten.

Beim Ausgang befand sich ein ganz in Stoff gehüllter Stehtisch, der wie ein überdimensionales Sahnebonbon aussah. Über den Tisch beugte sich eine mir bekannte Gestalt: Ein großes Mädchen mit einer weißen Hemdbluse über einer dunklen Caprihose. Das war Vonne, die offenbar gerade ein paar Worte in das Kondolenzbuch schrieb.
»Hallo, Vonne«, sagte ich.

Sie drehte sich um, erkannte mich und hielt mir lächelnd die Hand entgegen. »Tag, Frau Theunissen! Logisch, dass Sie auch hier sind. Wie geht's?« Ihre Hand fühlte sich weich an, als wäre sie ganz aus Knorpeln aufgebaut. Was sie übrigens nicht davon abhielt, hervorragend Klavier zu spielen – oder vielleicht war es gerade die Voraussetzung für eine geschmeidige Motorik.

Bevor ich eine passende Antwort wusste, sagte sie: »Stimmt es, dass Sie Stan gefunden haben?«

Ich nickte. »Ja, aber ich konnte leider nichts mehr für ihn tun.«

»Das muss ja schrecklich gewesen sein!«

»Ja, war es. Warst du mit ihm befreundet?«, fragte ich, obwohl ich verdammt gut wusste, dass die klassische Vonne und der wilde Stan wie Feuer und Wasser gewesen waren. Vonne hatte es Mila lange übelgenommen, dass sie immer mehr mit Stan unternahm als mit ihr. Der äußerliche Unterschied zwischen den beiden war selbst für einen Laien in Sachen Subkultur leicht zu erkennen: Chopin und psychedelischer Funk – eine nette Mischung, aber nicht auf dem Gymnasium, wo noch strenge Stilregeln galten und man sich in seiner Identität deutlich abgrenzen musste.

»Ach, befreundet ist ein großes Wort. Aber Stan war natürlich ein Klassenkamerad von mir. Es geht das Gerücht, dass er sich umgebracht hat, weil Mila nichts mehr mit ihm zu tun haben wollte. Nicht, dass ich das glaube, wirklich nicht«, beeilte sie sich zu sagen. »Ich schätze, er hat einfach aus Versehen eine zu hohe Dosis eingenommen.«

»Seine Eltern denken da anscheinend anders«, sagte ich.

»Ich weiß«, antwortete sie. »Aber die sind jetzt natürlich

unheimlich traurig. Vielleicht brauchen sie etwas Zeit, aber dann kommen sie bestimmt wieder zur Besinnung, meinen Sie nicht?« Nach diesen weisen Worten machte sie eine Pause und fuhr mit gedämpfter Stimme fort: »Ehrlich gesagt, hatte ich Mila hier auch erwartet. Seit sie wieder da ist, weicht sie mir aus. Gerade jetzt, wo sie mit Stan Schluss gemacht hat, habe ich gehofft, wir könnten wieder Freundinnen werden. Sie hat sich langsam auch wieder besser gekleidet, und ich dachte, das hätte was zu bedeuten ...« Sie zog ihre fast unsichtbaren Augenbrauen hoch. »Mila ist doch hier, oder?«
Ich befeuchtete meine Lippen. »Nein. Ich versuche schon seit drei Tagen, dich zu erreichen, Vonne. Ich hatte gehofft, du könntest mir weiterhelfen. Haben dir deine Eltern nicht ausgerichtet, dass ich angerufen habe? Mila ist nämlich wieder verschwunden.«
Vonne legte den Kugelschreiber nieder und machte Platz für eine Frau, die sich ebenfalls in die Kondolenzliste eintragen wollte. Erschrocken sah sie mich an. »Meine Eltern haben mir nichts gesagt. Mila ist wieder verschwunden?«, fragte sie erstaunt. »Wie meinen Sie das, wieder verschwunden?«
Ich erzählte ihr von dem Brief, wobei ich genau auf ihre Reaktion achtete. »Hat Mila mit dir über ihren neuen Freund geredet? Er könnte Deutscher sein.«
»Sie hat mit mir über gar nichts geredet«, antwortete Vonne. Um ihre Mundwinkel sah ich dieselben Fältchen, die dem Gesicht ihrer Mutter immer so einen bitteren Ausdruck gaben. Allerdings hatte ihre Mutter nicht Vonnes diamantene Augen, die die weniger gelungene untere Gesichtshälfte mehr als kompensierten. Ich warf meine

zögernde Haltung über Bord, erzählte ihr alles und endete mit dem Satz: »Ich hatte ja schon starke Bedenken, was den Inhalt des Briefs anging, aber als ich schließlich den Songtext fand, war ich mir hundertprozentig sicher, dass sie ihn nicht freiwillig geschrieben hat.«

Vonne nestelte an einem Schleierkraut in dem Bouquet herum, das auf dem Tisch stand. Dürre weiße Flöckchen rieselten auf das Buch. »Glauben Sie, es hat sie jemand dazu gezwungen?«

»Ja, auch wenn Mila selbst vielleicht glaubt, dass dem nicht so ist.«

»Das erinnert mich jetzt aber ziemlich an die Geschichte von dem Mädchen, das sehr lang eingesperrt war und erst nach Jahren entkommen konnte. Irgendwo in Deutschland, glaube ich. Oder war es Österreich?«

»Genau«, sagte ich, erleichtert, weil endlich jemand verstand, was hier los war.

»Zu dumm, dass die Polizei das nicht einsehen will.«

Ich lächelte matt. »Besser hätte ich es nicht ausdrücken können. Aber es ist natürlich auch, weil sie fast achtzehn ist ... Als ob man dann nicht mehr entführt werden könnte. Außerdem halten sie mich anscheinend für eine hysterische Mutter, die kurz davor ist, unter einer Scheidung, der Menopause und der Angst vor dem Leeren-Nest-Syndrom zusammenzubrechen.«

Einen Moment sah sie mich unentschlossen an, bis sie sagte: »Du liebe Güte, in so einer Situation ist es ja fast ein Wunder, dass Sie nicht zusammenbrechen!« Sie fegte die trockenen Blumenflöckchen aus dem Kondolenzbuch und traf einen Entschluss. »Ich helfe Ihnen bei der Suche«, sagte sie. »Wo soll ich anfangen?«

12

Unter der Rubrik »Paragnosten« stand: »siehe Hellseher«. Insgesamt drei hatten sich in den Gelben Seiten registrieren lassen, darunter eine Gemeinschaftspraxis, die sich Roberto & Pamela nannte. Die Ergänzung »für all Ihre Geisteraustreibungen« hätte gerade noch gefehlt, jedenfalls war es – neben Chakra-Healing – ihre Spezialität. Eine Zeile tiefer fiel mir die Telefonnummer einer Meldestelle für Geistererscheinungen und Spuk ins Auge. Abgeschlossen wurde die Reihe von Helga van der Spoel, Hellseherin.
Ich schlug das Telefonbuch wieder zu und machte mir eine Tasse Kaffee, die vierte innerhalb einer Stunde. Anschließend setzte ich mich auf das Sofa beim Fenster im Vorderzimmer und schaute nach draußen. Es wehte ein kräftiger Wind, schräg peitschte der Regen gegen die Scheibe. Dennoch hatten sich zwei Nachbarn Hand in Hand nach draußen gewagt, eine Mutter mit ihrem Kind. Ich hatte einen Tag vor Stans Einäscherung noch vor ihrer Tür gestanden. Die Frau hatte mir, wie beinah alle meine Nachbarn, Kaffee und Trost angeboten, konnte mir aber auch nicht weiterhelfen. Mit hochgezogenen Schultern stand sie jetzt zitternd unter einem Schirm, während das von Kopf bis Fuß in orangefarbenen Kunststoff gehüllte Kleinkind ihre Hand losließ, um auf die Rutsche zu klet-

tern. Mir fiel plötzlich auf, dass ich seit Milas Verschwinden kaum noch alleinspielende Kinder auf dem Platz gesehen hatte. Ein Elternteil saß immer auf dem Gitter neben der Kletterstange oder der Bank unter der alten Kastanie. Nach meiner Runde durch die Nachbarschaft, weil Mila erneut vermisst wurde, hielt ich es für ziemlich wahrscheinlich, dass sich wieder eine Bürgerwacht bilden würde.
Das Telefon klingelte. Ich warf einen Blick auf den Apparat und erkannte Frisos Handynummer. Ich ließ mich gegen die Rückenlehne der Bank sacken. Sechsmal klingelte es, dann ging der Anrufbeantworter an, und die Stimme meines Ex schallte durch den Raum.
»Heleen, wir müssen reden! Ich rufe jetzt schon zum achten Mal an. Du kannst mich doch nicht ewig ignorieren. Wenn du zu Hause bist, nimm bitte ab!«
Ich nahm einen Schluck Kaffee.
»Du bist natürlich wütend auf mich, weil ich dich bei der Polizei nicht unterstützt habe.« Er machte eine Pause und seufzte übertrieben. »Siehst du denn nicht«, fuhr er fort, »dass Mila uns die ganze Zeit einfach zum Narren gehalten hat?« Das kleine Kind war jetzt oben auf der Rutsche angekommen, setzte sich auf den Po, doch nichts geschah. Sich mit beiden Händchen an den Seiten festhaltend, drückte es sich zwar ab, kam aber nicht vorwärts. Die Mutter, die im Schutze ihres Regenschirms dastand, machte die allseits bekannte Hab-ich-es-dir-nicht-gesagt-Geste.
»Und wie war es möglich, dass sie uns die ganze Zeit zum Narren halten konnte, was glaubst du?«, sagte Friso jetzt lauter.

»Komm zum Punkt. Du wirst es mir ja gleich sagen!«, brummelte ich, während ich ein paar Kaffeespritzer auf meiner Bluse zu einem einzigen großen braunen Fleck verrieb.
»Weil du nie Grenzen gesetzt hast, Heleen. Wenn Mila das Wohnzimmer auf den Kopf gestellt hat und sich aus den Sesseln und Sofas eine Hütte bauen wollte, mussten wir das ganze Wochenende über auf harten Küchenstühlen sitzen. Wenn Mila sich eine Schaukel auf dem Dachboden wünschte, bekam sie die natürlich. Obwohl ja gleich auf dem Spielplatz gegenüber eine stand.« Er kam jetzt richtig in Fahrt. Ich sah es vor mir, wie er wild gestikulierend um den Massivholztisch, der die Hälfte seines kleinen Wohnzimmers in Beschlag nahm, herumging. »Wenn sie die Tapete in ihrem Zimmer mit Wachsmalkreide verzieren wollte, dann durfte sie die Tapete in ihrem Zimmer mit Wachsmalkreide verzieren. Daran krankt unsere heutige Zeit, Heleen, dass Kinder wie kleine Prinzen und Prinzessinnen behandelt werden. Dass man ihnen alle Hindernisse aus dem Weg räumt und sie nicht lernen, mit Enttäuschungen umzugehen. Dass sie …«
Ich griff zum Hörer. »Okay, Friso. Mea culpa! Mea maxima culpa! Du hast gewonnen. Aber was sollen wir jetzt tun, um Mila wiederzufinden?«
Ich hörte etwas, das klang, als habe jemand den Stöpsel aus einer Luftmatratze gezogen. Anscheinend war Friso längst noch nicht mit seiner Schimpftirade fertig.
»Du bist also doch da!«
»Ja, das bin ich. Was tun wir jetzt, um Mila wiederzufinden?«, wiederholte ich.
Ein paar Sekunden verstrichen. Dann sagte er: »Gar nichts

natürlich! Abwarten, bis sie uns anruft. Du bist selbst dran schuld. Wenn du nicht …«
»Hast du mir sonst noch etwas mitzuteilen, Friso? Ich denke nämlich, dass ich in nächster Zeit zu viel zu tun habe, um ans Telefon zu gehen.«
»Was könnte ich dir schon mitteilen, hm? Du hörst mir ja doch nie zu. Das hast du übrigens nie getan.«
»Ich verstehe ja, dass du dir Vorwürfe machst wegen der Dinge, die sie in der letzten Strophe anspricht«, sagte ich.
»Wenn es dich tröstet: Ich mache mir selbst deswegen auch schreckliche Vorwürfe. Ich war eine miserable Mutter! Vor allem in der Zeit, als ich noch siebzig Stunden pro Woche gearbeitet habe und meinen Beruf mit Milas Erziehung unter einen Hut bringen musste. Ich bin so beständig wie ein Chamäleon, du hattest recht. Von mir aus suchen wir zusammen den Strick aus, an dem ich später aufgehängt werden muss, aber zuerst will ich, dass du mir hilfst, Mila aufzuspüren.«
»Du bist also noch immer davon überzeugt, dass sie entführt worden ist?«, seufzte er.
»Ja.«
»Und dass sie den Brief unter Zwang geschrieben hat?«
»Ja.«
»Ich finde das ziemlich weit hergeholt. Aber selbst wenn ich sie suchen wollte, hätte ich keine Ahnung, wo ich anfangen sollte.«
»Das habe ich auch nicht«, sagte ich. »Wahrscheinlich habe ich jetzt mit jedem, der Mila kennt, gesprochen. Ihre alte Freundin Vonne, du kennst sie doch noch, oder? Sie ist gerade bei Ferdi, dem Drummer von Fuzzy Logic. Mit mir will er nicht sprechen, weil er mich für den Tod seines

Bruders verantwortlich macht, aber vielleicht kriegt Vonne ja was aus ihm heraus. Sie ist die Einzige, die mir hilft. Ich komme gerade von meinem Vater. Er hat mindestens eine Viertelstunde auf mich eingeredet, das sei Milas freie Entscheidung, die ich akzeptieren müsse. Er wollte mir sogar wieder einen Korb voller Äpfel aufhalsen, damit ich daraus Apfelmus machen kann. Ich habe das Gefühl, es ist allen ganz egal.«

Mutlos lehnte ich meine Stirn gegen den kleinen Schrank neben dem Sofa.

»Allen egal? Ich hoffe nicht, dass du mich da einschließt! Ich bin verdammt wütend, Heleen. Ich bin so wütend auf diese Rotzgöre! Kannst du dir vorstellen, wie sich das anfühlt: starke Übermüdung in Kombination mit Wut?«

»Ja«, antwortete ich lustlos, »wahrscheinlich genauso wie völlige Übermüdung in Kombination mit Angst: als ob sich ein fetter Wurm durch deine Eingeweide zu deinem Herzen hinauffrisst. Friso, ich kann mir gerade nicht erlauben, in aller Seelenruhe mit dir über unsere Erziehungsmethoden zu diskutieren. Inzwischen bin ich an einem Punkt angelangt, an dem ich mir ernsthaft überlege, einen Wahrsager einzuschalten.«

»Nein«, rief er aus.

»Doch.«

»Eine Idee von deinem Psychiaterfreund?«

Ich war zu müde, um ihn meine Empörung spüren zu lassen. »Nein, die stammt von mir. Robert möchte mir zwar wirklich gern helfen, aber er glaubt – wie du –, dass Mila aus eigenem Antrieb auf Abstand zu uns geht. Alle Möglichkeiten sind ausgeschöpft. Beim letzten Mal habe ich einen Privatdetektiv nach ihr suchen lassen, und das Er-

gebnis: nada, nichts! Was habe ich jetzt noch zu verlieren?«
»Na, wenn du einen Wahrsager einschaltest, würde ich sagen: Geld!«
Ich zuckte die Achseln. »Okay, Geld ... Ruf mich erst mal bitte nicht mehr an, Friso. Tschüss.« Ich schaltete das Telefon aus und ließ es in hohem Bogen vom Sofa fallen.
Das kleine Kind auf dem Spielplatz hatte sich an der bogenförmigen Leiter zur Rutsche hinaufgezogen und wollte gerade langsam nach unten laufen.
»Pass auf!«, rief ich und sprang hoch, wobei ich fast eine Pflanze vom Fensterbrett gerissen hätte.
Die Mutter, die sich offenbar gerade eine Zigarette anzünden wollte, konnte mich natürlich nicht hören. Trotzdem erregte plötzlich etwas ihre Aufmerksamkeit, denn sie drehte sich um, erfasste mit einem Blick die Situation, warf ihre Zigarette hin und rannte zur Rutsche. Gerade rechtzeitig, um ihr Kind aufzufangen. Sie presste das orangefarbene Bündel einen Moment lang an sich, bevor sie es zurück auf seine Stiefelchen stellte. Erleichtert atmete ich auf und setzte mich wieder hin.
»Manche Eltern sind eben doch rechtzeitig zur Stelle«, murmelte ich.
Den Kopf in die Hände gelegt, blieb ich mit angezogenen Beinen auf dem Sofa sitzen. Ein paar Minuten erlaubte ich mir, mich meinen Gewissensbissen und dem Selbstmitleid hinzugeben. Dann stand ich wieder auf und nahm die Gelben Seiten zur Hand.

Helga van der Spoel war eine kleine gepflegte Frau mit kräftigen Schultern und einem Kurzhaarschnitt. Sie trug eine cremefarbene Bluse über einer schwarzen Leinenhose.

Wenn ich ihr im Supermarkt begegnet wäre, hätte ich ihr alle möglichen Eigenschaften zugeschrieben: von gemütlich und neugierig bis fürsorglich – hellseherisch wäre mir ganz bestimmt nicht in den Sinn gekommen. Dasselbe galt auch für ihr Haus. Mir war schon klar, dass sie nicht in einem paillettenbesetzten Samtkleid herumlaufen und in einer verfallenen Villa mit knarrendem Dielenboden wohnen würde. Ich erwartete ebenfalls nicht, zu einer Kristallkugel mitten in einem dunklen Zimmer voller Draperien gelotst zu werden. Aber dass sie in einem hellen Appartement über einem Lampengeschäft wohnte und in ihrem Wohnzimmer nur ein paar strenge Designermöbel standen, verblüffte mich schon. Der einzige Hinweis auf etwas Spirituelles hätte die Reihe Buddhafiguren auf der Fensterbank sein können, die der Größe nach aufgestellt waren.

Ich riss mich aus dieser wohlgeordneten Szenerie los und sagte: »Wie schön, dass Sie sich sofort Zeit für mich nehmen konnten.«

Sie gab mir einen kurzen energischen Händedruck. »Sie hatten Glück. Ich wollte gerade für ein paar Tage in Urlaub fahren.« Sie deutete auf einen Koffer in der Ecke. »Aber ich habe Ihrer Stimme angehört, dass Sie dringend Hilfe benötigen.«

»Eh, das stimmt. Bevor wir anfangen, möchte ich Ihnen gestehen, dass ich eigentlich nicht sehr an solche ... paranormalen Dinge glaube. Ich bin nur hier, weil ich mir nicht mehr anders zu helfen weiß. Es schien mir besser, dass Sie gleich wissen, wie ich dazu stehe.«

Sie lächelte mich an und schob einen Stuhl unter dem glänzend lackierten Tisch hervor. Ich nahm Platz.
»Liebe Frau Mendels! Wenn Sie wüssten, wie viele skeptische Leute mir begegnen. Das bin ich schon gewohnt, wissen Sie.« Nickend überlegte ich mir, wie ich sie so geschickt wie möglich nach ihrer Erfolgsquote befragen konnte. Sie setzte sich mir gegenüber, sah mich kurz nachdenklich an und sagte dann: »Sie haben eine Hausarztpraxis in der Bleekstraat, nicht wahr?«
Ich staunte nicht schlecht. Das war ja wohl eine beeindruckende Kostprobe ihrer hellseherischen Fähigkeiten. Oder nein, Augenblick mal, schließlich gab es so was wie Nummernerkennung. Damit war es ein Kinderspiel, mich zurückverfolgen. Ich wollte gerade eine Bemerkung dazu machen, als sie hinzufügte: »Ich arbeite im Schuhgeschäft gegenüber Ihrer Praxis. Da sehe ich Sie oft mit einer großen braunen Tasche vorbeigehen. Ein Arztkoffer, wenn ich mich nicht irre?«
Ich nickte. Wir schauten uns an und mussten laut loslachen. Zum ersten Mal seit Tagen lichtete sich kurz der Nebel, der sich um mich gelegt hatte.
»Sie arbeiten also in einem Schuhgeschäft?«, fragte ich zaghaft.
»Ja«, antwortete sie heiter. »Ein abwechslungsreicher Beruf. Wenn Sie wüssten, was Füße über Ihre Persönlichkeit verraten ...« Sie nahm eine Teekanne aus Chrom vom Stövchen und füllte zwei Gläser, von denen sie mir eines hinschob, ohne mich zu fragen, ob ich überhaupt Tee wollte. Ich holte meine Fotomappe aus der Tasche.
»Sie betrachten Ihre Tochter bereits zum zweiten Mal als vermisst, richtig? Und aus dem, was Sie mir am Telefon

erzählt haben, schließe ich, dass die Polizei die Sache nicht ernst nimmt?«

»Das stimmt«, sagte ich. »Möchten Sie ein Foto von ihr sehen, oder soll ich Ihnen gleich alle geben?«

»Das aktuellste würde reichen.«

Ich nahm den Stapel Fotos aus der Mappe und schaute sie durch. »Dieses hier ist das aktuellste«, sagte ich und reichte ihr das Foto, auf dem Mila am Küchentisch sitzt und konzentriert malt. Sie fertigte gerade eine Skizze an, auf der die Namen sämtlicher Bandmitglieder standen, mit viel Schlagschatten. Die Haare fielen ihr halb vors Gesicht, aber ein Auge war deutlich zu erkennen. Erschrocken hatte sie in die Kamera geschaut. »Hey, jetzt hast du das Poster für unseren Auftritt ja schon gesehen!«, hatte sie ausgerufen. »Das sollte noch geheim bleiben!« Ich hatte ihr versichert, ich hätte nicht mal ein Fitzelchen des Posters gesehen, und ihr nichts davon gesagt, dass das Poster ebenfalls fotografisch verewigt war.

»Dieses Foto habe ich irgendwann Ende Mai gemacht«, erklärte ich. »Damals war sie braungebrannt. Wenn Sie sie jetzt sehen würden ...«

»Ein prima Foto«, sagte Helga van der Spoel, »ich glaube, damit kann ich etwas anfangen.« Sie legte die Unterarme auf den Tisch und konzentrierte sich auf das Gesicht meiner Tochter. Ich rührte mich nicht und beobachtete die Frau: Unter dem Blond zeigte sich ein dunkler Haaransatz, und sie hatte ein wenig Schuppen. Die leichten Verwachsungen der obersten Glieder ihres Mittel- und Zeigefingers deuteten auf eine beginnende Arthritis hin. Es juckte mich am Hals, aber ich traute mich nicht, mich zu kratzen, aus Angst, sie aus der Konzentration zu bringen.

In der Nachbarwohnung drehte jemand laut Musik auf. Es war Hip-Hop. Ich bildete mir ein, dass die Wände im Takt der Musik vibrierten. Helga van der Spoel zuckte nicht mit der Wimper, sie starrte ununterbrochen auf das Foto. Der Tee wurde schon langsam kalt, als sie endlich den Blick hob.

»Ich hatte einen Moment lang befürchtet, es würde nicht klappen«, sagte sie, »und ich müsste Sie wieder mit leeren Händen heimschicken. Manchmal kommt es vor, dass gar keine Verbindung entsteht. Das ist dann für diejenigen, die auf der Suche nach einem Familienmitglied oder Freund sind, sehr unangenehm, da sie meistens gleich davon ausgehen, dass die geliebte Person nicht mehr am Leben ist. Obwohl das natürlich überhaupt nichts heißen will. Es kann ja auch sein, dass sich jemand ganz bewusst abgrenzt, und ...«

»Frau van der Spoel ...«, unterbrach ich sie, »haben Sie denn etwas gesehen? Hatten Sie Kontakt mit Mila?«

»Also, Kontakt würde ich es nicht gerade nennen.« Frau van der Spoel hielt sich bedeckt. »Denn es ist eine einseitige Angelegenheit. Trotzdem habe ich doch ein paar Emotionen auffangen können.«

Unbeabsichtigt rutschte ich auf die Stuhlkante vor.

»Sie ist unglücklich, hat Angst. Möglicherweise ist auch jemand bei ihr.« Helga van der Spoel sah mir jetzt geradewegs ins Gesicht. »Sie haben recht, Ihre Tochter ist wirklich in Gefahr!«

Ich bohrte mir die Fingernägel in die Handflächen. »Woher wissen Sie das, was sehen Sie denn?«

»Was ich sehe ... ist Unsinn. Rauschen. Wir sollten uns nicht so sehr auf den visuellen Aspekt konzentrieren. Es

ist mehr ein Gefühl. Ich nehme eine Atmosphäre wahr, und zwar keine gute.«
»Aber was heißt das jetzt für mich? Können Sie mir denn keinen Hinweis geben? Sie sagen, Sie sehen fast nichts. Das bedeutet doch, dass Sie zumindest ein bisschen sehen.« Ich versuchte, so gut es ging, ruhig zu bleiben.
»Es ist zu vage«, wich sie aus.
»Egal. Völlig egal. Und wenn es nur ein Strohhalm ist, an den ich mich klammern kann. Jetzt steh ich hier mit leeren Händen.«
»Tut mir leid, Frau Mendels. Es gibt Tage, da taugt die visuelle Information nichts, die ich bekomme. Als ob mir ein Quälgeist zusetzt. Ich kann Ihnen nicht weiterhelfen.«
Ich schaute sie mit großen Augen an. Was fehlte der Frau nur? Fürchtete sie auf einmal, das Gütesiegel des Vereins für Quacksalber zu verlieren?
Nervös fuhr sie sich mit den Fingern durch die kurzen Haare.
»Ich habe immerhin fünfzig Euro dafür bezahlt.«
»Und ich habe Sie von vornherein gewarnt, dass es eventuell nicht viel bringt. Sie wissen jetzt, dass Ihre Tochter noch lebt. Das müsste Ihnen doch etwas wert sein. Aber wenn Sie darauf bestehen, gebe ich Ihnen Ihr Geld zurück.«
Mein Rücken war schweißgebadet. »Es geht mir nicht um das Geld, sondern einzig und allein um meine Tochter.« Ich rieb mir die Hände an der Hose trocken. »Hören Sie. Sie sagen, Sie würden Unsinn sehen ... Manchmal, alle Jubeljahre, kommt ein Patient in meine Sprechstunde mit recht vagen, auf den ersten Blick unzusammenhängenden Beschwerden, auf die sich keiner einen Reim machen

kann. Und am Ende entdeckt man eben doch einen Zusammenhang. Was ich damit sagen will: Was Sie für bedeutungslosen Quatsch halten, könnte mich vielleicht auf eine Idee bringen.«
»Nun«, zauderte sie, »wenn Sie wüssten, was ich in letzter Zeit alles sehe, wenn ich müde bin: die seltsamsten Dinge! Es begann mit geometrischen Mustern, so, als sähe ich einen Webteppich vor mir. Und in letzter Zeit sehe ich auch Bäume und Tiere. Vielleicht hätte ich keine stimulierenden Mittel einnehmen sollen … Aber die Sache ist die: Ich hatte Angst vor einem Burn-out. Das hatte ich vor einigen Jahren schon einmal, ich kenne also die Symptome.« Sie sah mich flehentlich an. »Ich bin wirklich urlaubsreif, aber erzählen Sie es bitte niemandem weiter. Die meisten Leute nehmen meine Gabe ja sowieso nicht ganz ernst.« Sie stand vom Tisch auf und ging auf den Schrank in der Ecke des Zimmers zu. Da kramte sie in einer Schublade herum und kam mit einem Portemonnaie in der Hand zurück.
»Bitte schön«, sagte sie, wobei sie mir einen 50-Euro-Schein zusteckte. »Tut mir leid, dass ich Ihnen nicht weiterhelfen kann. Ich hätte Ihnen schon am Telefon sagen müssen, dass Sie Ihr Glück besser bei jemand anderem suchen sollten. Ich will mich nicht an Ihrem Kummer bereichern. Natürlich hatte ich gehofft, noch einen hellen Moment zu haben, aber dem ist anscheinend nicht so. Kurzum, wenn Sie wollen, kann ich Ihnen die Adresse eines Hellsehers geben, der manchmal mit der Polizei zusammenarbeitet.«
Die ganze Zeit hielt sie mir das Geld vor die Nase, doch ich nahm es nicht an.

»Was Sie da über meine Tochter gesagt haben ...« Ich schluckte. »Dass sie unglücklich und ängstlich sei ... Woher wissen Sie, dass es Milas Gefühle waren, die Sie da wahrgenommen haben?«
Helga van der Spoel schüttelte langsam den Kopf und biss sich auf die Unterlippe, als wolle sie verhindern, dass sie in Tränen ausbrach.
»Um ehrlich zu sein«, sagte sie leise, »ich habe gar nichts gefühlt. Das habe ich nur gesagt, weil nichts passiert ist. Ich meine, abgesehen von diesem idiotischen Bild, das plötzlich aufgetaucht ist.« Jetzt legte sie das Geld vor mich auf den Tisch.
»Bitte, was haben Sie denn nun in Gottes Namen gesehen?«, bettelte ich.
Frau van der Spoel verzog den Mund. »Nun gut, wenn Sie es unbedingt wissen wollen ... ich habe Tomaten gesehen, es sah aus wie ein Karton. Tomaten mit kleinen Augen«, fügte sie kaum hörbar hinzu. Beklommen nestelte sie am obersten Knopf ihrer Bluse herum.
Sekundenlang glotzte ich die dickbäuchigen Buddhafiguren auf der Fensterbank an. Alle Energie war aus meinem Körper gewichen. Nach einer Weile nahm ich Milas Foto vom Tisch und steckte es zurück in die Mappe. Den Geldschein ließ ich liegen.
»Einen schönen Urlaub«, wünschte ich, während ich Richtung Tür ging. »Den brauchen Sie anscheinend noch viel dringender als ich!«

13

Völlig aufgelöst fuhr ich mit dem Rad durch die Pfützen, in denen sich ein dunkler Wolkenhimmel widerspiegelte. Auf halber Strecke zwischen meinem Haus und Helga van der Spoels Wohnung hielt ich bei dem kleinen Supermarkt an. Pflichtschuldig schob ich den Einkaufswagen durch die Gänge und warf das Erstbeste, womit ich mir den Magen füllen konnte, hinein. Zu Hause angekommen, schüttete ich die Einkaufstasche auf der Anrichte aus und versuchte es zum wiederholten Mal auf der Nummer von Roland Feenstra, dem Keyborder der Band. Ich machte mich auf die rauhe Stimme seiner Mutter gefasst, die wieder darüber klagen würde, dass ihr Sohn so selten zu Hause war, aber zu meiner Überraschung nahm er selbst ab.

»Bist du das, Roland?«, fragte ich. »Wie schön, dass ich dich mal erreiche! Hier ist Heleen Mendels, Milas Mutter.« Da er nicht reagierte, fuhr ich fort: »Es ist sehr wichtig! Ich möchte mit dir über Stan sprechen.«

»Stan ist tot«, sagte er glattweg, dann machte er eine Pause.

»Ich weiß«, stammelte ich, »ich habe ihn gefunden. Ich kann dir gar nicht sagen, wie schrecklich das war.«

»Rufen Sie mich deswegen an?«, fragte er kühl. »Um mir zu erzählen, wie schrecklich es war, Stan tot aufzufinden?«

»Es war grässlich«, sagte ich. »Ich habe versucht, ihn zu reanimieren, aber dafür war es schon zu spät.«
»Mila fühlt sich jetzt bestimmt schuldig, hoffe ich?«
»Das ist ja der Grund, weshalb ich dich anrufe, Roland. Mila weiß noch von nichts, sie ist nämlich wieder weg, und«, fügte ich schnell noch hinzu, »ich habe die Vermutung, dass zwischen Stans Tod und Milas Verschwinden ein Zusammenhang besteht.«
»Mila ist schon wieder verschwunden?« So, wie er das sagte, klang es seltsam. Ich fragte mich, ob er gerade einen Wein- oder Lachkrampf unterdrückte. Rasch wurde klar, dass Letzteres der Fall war, denn er sagte: »Ich gebe mir alle Mühe, zu verarbeiten, dass mein bester Freund Selbstmord begangen hat, und Sie rufen mich an, um mir zu sagen, dass das Miststück, das ihm den Laufpass gegeben hat, wieder verschwunden ist?« Er seufzte mit zittriger Stimme: »Von mir aus kann sie bleiben, wo der Pfeffer wächst!«
Verzweifelt versuchte ich noch, zu ihm durchzudringen, aber mitten im Satz unterbrach er die Verbindung. Ich starrte eine Weile die Wand an, bis ich mich aufraffen konnte, mit dem Kochen anzufangen.
Während ich Wasser für Reis aufsetzte, fiel mir noch eine letzte Möglichkeit ein, die vielleicht etwas bringen konnte.
»Hast du's dir schon wieder anders überlegt?«, fragte mich mein Ex-Mann, als er den Hörer abnahm. »Ich dachte, du wolltest bis auf weiteres nicht mehr mit mir sprechen.«
»Ich muss dich was fragen«, kam ich gleich zur Sache. »Erinnerst du dich an den Tag, als ich mit Mila zu der Bank im Park gegangen bin?«

»Hey, hey! Mal nicht so eilig! Warst du noch bei so einem Wahrsager?«
»Ja.« In knappen Worten erzählte ich ihm, dass es nichts gebracht hatte.
»Tomaten mit Augen?« Friso lachte spöttisch. »Bekloppter geht's ja wohl nicht. Und was hast du jetzt vor? Mit der Getreidekreisgesellschaft plaudern oder Mitglied im Verein für Opfer von Ufo-Entführungen werden?«
Ohne zu antworten, starrte ich gedankenverloren auf den Reis. Unwahrscheinlich, dass Friso neues Licht in die Sache bringen konnte. Wenn dem so wäre, hätte er das schon längst getan. Auf der Anrichte lagen eine Zwiebel, ein Päckchen Sojasprossen sowie eine Handvoll Hülsenfrüchte bereit, die ich in der Pfanne andünsten wollte. Aber ich konnte mich nicht dazu aufraffen, das Schneidebrett hervorzuholen. Eigentlich konnte ich mich zu gar nichts aufraffen.
Mit dem Hörer am Ohr verließ ich die Küche, schleppte mich mit letzter Kraft die Treppe hoch und ließ mich rücklings aufs Bett fallen.
»Heleen? Was machst du?«
»Ich leg mich aufs Bett.«
»Wächst dir das nicht langsam alles über den Kopf?«
»Nein, nein«, antwortete ich matt.
Für einen Moment war es still, bis Friso sagte: »Ich mache mir Sorgen um dich. Okay, du machst dir Sorgen um unsere egoistische Tochter – meiner Ansicht nach zu Unrecht –, aber das heißt noch lange nicht, dass es mir nicht leid für dich tut. Ehrlich gesagt, mache ich mir im Augenblick mehr Sorgen um dich als um Mila.«
»Ist mir auch schon aufgefallen.«

»Trotzdem freue ich mich über deinen Anruf«, sagte er. »Meinen Aussetzer heute Mittag ... das habe ich nicht halb so ernst gemeint, wie es vielleicht rüberkam. Das weißt du doch, oder?«
Im Moment war mir das so was von egal, aber um die Sache zu beenden, antwortete ich: »Ja, Friso, das weiß ich.«
»Soll ich zu dir kommen? Ich wollte gerade für das Abendessen einkaufen. Wenn du magst, bringe ich etwas mit und koche uns was.«
»Nein danke.«
»Sicher?«
»Sicher.« Ich drehte mich auf die Seite und stützte mich auf den Ellbogen. »Ich rufe dich an, Friso, weil ich dich etwas fragen möchte. Das geht mir schon die ganze Zeit im Kopf herum: Zwei Tage, nachdem man Mila im Park gefunden hat, bin ich mit ihr zu dieser Bank gegangen. Etwas seltsam finde ich es doch, dass sie mir nicht gleich erzählt hat, dass sie mit dir auch schon dort gewesen ist.«
Er reagierte nicht sofort, klang dann aber leicht reserviert: »Wer behauptet das?«
»Na, Mila natürlich. Das sage ich doch gerade!«
»Hat sie das gesagt? Bist du dir ganz sicher?«
Ich wechselte die Seite. »Das bin ich.«
»Wenn das so ist, hat sie gelogen.«
Ein leichter Geruch nach etwas Verbranntem stieg mir in die Nase: der Reis! Ich hatte vergessen, das Gas abzudrehen.
»Hörst du, Heleen? Ich war niemals mit Mila in diesem Park. Okay, damals als sie klein war, vielleicht, um die Enten zu füttern.«

Zum wiederholten Mal rannte ich im Rekordtempo die Treppe hinunter. Ich hatte zwar den Verband von meiner Hand abgenommen, aber es tat immer noch weh. Diesmal gab ich acht, nicht gegen die Wand zu stoßen. Ich rannte in die Küche, drehte das Gas aus, drückte rasch einen Deckel auf die Pfanne und schaltete die Dunstabzugshaube an.
»Menschenskinder, was machst du denn jetzt schon wieder?«
»Mir ist gerade der Reis angebrannt«, keuchte ich und schob hinterher, bevor ich wieder richtig zu Atem gekommen war: »Wieso sollte Mila gelogen haben, Friso?«
»Findest du es wirklich nicht besser, wenn ich nachher zu dir komme?«
»Du antwortest nicht auf meine Frage«, drängte ich. »Wieso hat sie mir gesagt, sie sei auch mit dir bei der Bank gewesen, hm?« Eine Spinne mit silberner Musterung auf dem Rücken ließ sich an einem glitzernden Faden vor dem Küchenfenster herab.
»Tja«, sagte Friso, »ich fürchte, da bin ich überfragt.« Ob es keine gute Idee sei, zusammen etwas essen zu gehen? Er führte Argumente an, wieso es mir guttäte, auf andere Gedanken zu kommen. Doch das Einzige, woran ich denken konnte, war dieser Mittwoch mit Mila im Park vor genau einer Woche.
»Lass uns endlich mal wieder über uns reden«, sagte Friso. »So nachsichtig, wie du immer Mila gegenüber bist, so hart bist du zu dir selbst. Okay, dir ist der Reis angebrannt. Ist doch eine prima Gelegenheit, zum Japaner zu gehen, oder nicht? Jeder muss schließlich was essen!«
Wo hatte ich diesen Satz schon einmal gehört?
Während ich mich abrupt umdrehte, stieß ich den Orega-

no aus dem Kräuterregal. Das Gläschen kullerte von der Anrichte direkt ins Spülbecken. Der Stadtstreicher mit dem undefinierbaren Etwas in der Hand! Ich schloss meine Augen, und sofort sah ich es wieder vor mir: Mila versetzte dem Mann einen Stoß, und ich stürzte herbei, um ihm aufzuhelfen – Helfersyndrom. Er sah, wie ich auf die Pampe in seiner Hand blickte, und entschuldigte sich. Jeder muss schließlich was essen. Dann hatte er sich vor Mila hingestellt und behauptet, er habe sie schon einmal gesehen. Wie hatte er sich ausgedrückt? Ich strengte meine grauen Zellen an. Er sagte irgendwas über Ärger mit ihrem Vater. Aber wenn es nicht Friso gewesen war, mit wem hatte er sie dann gesehen?

»Oder möchtest du lieber in das neue Restaurant am Marktplatz?«, hörte ich meinen Ex-Mann sagen. Für einen Moment spielte ich mit dem Gedanken, ihm von dem Landstreicher zu erzählen. Aber nur für einen Moment. Dann verwarf ich den Gedanken wieder.

»Tut mir leid, Friso, ein andermal. Ich habe keinen Hunger, außerdem muss ich jetzt dringend mit jemand anderem reden.« Ich schaltete das Telefon aus, tauschte die Hose und das graue Jackett, die ich auf Stans Beisetzung getragen hatte, gegen eine Jeans ein. Darüber trug ich eines von Frisos alten Denim-Hemden. Dann ging ich zur Abstellkammer, in der eine wattierte Steppweste hing, die ich immer zur Gartenarbeit anzog. Ich stieg in meine Stiefel, schnappte mir den größten Schirm, den ich finden konnte, und verließ das Haus.

Ich hielt es für ziemlich unwahrscheinlich, den Mann mit dem schmuddeligen Bart im Park anzutreffen. Schon seit

Tagen regnete es ununterbrochen, also gab es dort vermutlich kaum noch ein trockenes Fleckchen Erde. Der Boden um die Bank herum war überschwemmt. Auf den dreckigen Pfützen trieb weißer Schaum. Im ganzen Park war kein lebendes Wesen zu sehen, abgesehen von dem Pony mit Hängebauch, das mir schon vor einer Woche aufgefallen war und nun trübselig Schutz suchte unter dem triefenden Blätterdach einer Rotbuche. Ich drehte eine Runde durch den Park, wobei ich die Anlage mit den Lorbeersträuchern und den niedrigen Koniferen kontrollierte. Keine Menschenseele! Es stand auch niemand unter der Überdachung des Teehauses.
Wieder zu Hause, zog ich mir die Stiefel aus und geschlossene Schuhe an, bevor ich mit dem Auto in die Stadt fuhr. Normalerweise hätte ich erst die Gegend um den Bahnhof abgesucht, wo sich viele Stadtstreicher aufhielten, doch jetzt fuhr ich geradewegs zur Heilsarmee, die seit kurzem in einem ehemaligen Schulgebäude untergebracht war. Die Schule hatte seit ungefähr fünf Jahren leer gestanden. Männer in Overalls waren damit beschäftigt, Fensterrahmen zu reparieren. Kletterpflanzen wurden von der Mauer entfernt und dabei ein weit verzweigtes Geflecht aus alten, braunen Pflanzenteilen bloßgelegt, was das Gebäude kahl und verletzlich wirken ließ. Im Innern wurde ebenfalls gearbeitet. Offenbar legten viele Leute, die hier ein Obdach fanden, selbst Hand an. Ich wandte mich an einen Mann mit wettergegerbter Haut und grauem Stoppelhaar, der gerade mit einem Farbtopf auf eine Leiter klettern wollte.
»Guten Tag«, sagte ich, »wissen Sie, wo ich hier jemanden von der Organisation finden kann?«

Der Mann hängte den Topf oben auf der Leiter an den Haken, bevor er mich ansah.
»Die Organisation? Dann brauchen Sie Hans – oder Peter. Die arbeiten irgendwo da drüben, in dem kleinen Saal.«
Dabei zeigte er grob nach links.
Ich bedankte mich und betrat den Flur. Meine Schritte hallten von den gekachelten Wänden wider. Ein großes Schwarzes Brett, das wahrscheinlich aus der Zeit stammte, als das hier noch eine Schule war, hing in der Mitte des Ganges: vergilbte Jute mit rostigen Reißnägeln, nur ein einziges nagelneu aussehendes Plakat, das einen Kurs Glauben & Leben ankündigte. Nach dem Brett folgte ein breiter Durchgang in einen anderen Flügel des Gebäudes. Weil ich von dort Stimmen hörte, ging ich darauf zu. Die Aula der Schule. Die dunkle Deckentäfelung war abgenommen und ersetzt worden durch Stukkatur. Es roch nach neuem Fußbodenbelag. Zwei Männer stellten gerade Plastikstühle in Reihen auf.
»Darf ich Sie kurz stören?«, fragte ich, während ich auf den älteren der beiden zuging. »Sind Sie von der Heilsarmee?«
Der Mann drehte sich zu mir um und nickte. »Hans Borghuis«, stellte er sich vor. »Ich bin Sozialarbeiter.«
»Heleen Mendels, angenehm! Ich habe eine Frage, ich suche nämlich einen Mann, von dem ich eigentlich kaum etwas weiß.«
Hans Borghuis kratzte sich am Hinterkopf und trat einen Schritt zur Seite, da der andere signalisierte, er wolle einen weiteren Stuhl vom Stapel nehmen.
»Dann sollten Sie es vielleicht besser bei einer Partnerver-

mittlung probieren«, antwortete er. Der Jüngere grinste. Aus Höflichkeit lachte ich mit.
»Also, Scherz beiseite. Was kann ich für Sie tun?«
»Wenn ich Ihnen den Mann beschreibe, könnten Sie mir vielleicht sagen, wo er ist.«
Er zuckte mit den Achseln. »Ich würde sagen, versuchen Sie es mal. Man kann ja nie wissen.«
»Er ist ungefähr sechzig, recht kräftig gebaut und hat einen graumelierten Bart. Ich bin ihm letzte Woche im Saturnuspark begegnet. Da trug er eine graue Jacke, glaube ich. Könnte auch beige gewesen sein.«
»Pfft! Diese Beschreibung trifft auf eine Menge Leute zu. Sind Sie mit dem Mann verwandt?«
»Nein, das nicht.«
Neugierig sah Hans Borghuis mich an.
»Er, eh ... er kennt meine Tochter und weiß wahrscheinlich etwas, das wichtig für mich ist.«
Während er seinem Kollegen einen Stuhl hinreichte, sagte er: »Ach so! Ihre Tochter, wie heißt die denn? Wenn die beiden zusammen unterwegs sind, ist die Wahrscheinlichkeit groß, dass ich sie beide kenne.«
»Nein, verstehen Sie mich nicht falsch. Sie ist nicht obdachlos. Ich kann sie im Augenblick nur ... schlecht erreichen.«
»Hm, so eine Tochter habe ich auch.« Als er meinen Gesichtsausdruck sah, entschuldigte er sich und schnappte sich den nächsten Stuhl. »Vielleicht meinen Sie ja Eddy. Wann hatten Sie ihn noch gleich gesehen?«
»Letzten Mittwoch im Saturnuspark.«
»Oh! Dann ist er es vermutlich doch nicht. Soweit ich weiß, geht Eddy nie dorthin.« Und sich an den jungen

Mann wendend: »Wer von den Jungs ist im Saturnuspark?«
Der junge Mann wischte sich mit einem Ärmel den Schweiß von der Stirn. »Mal überlegen. John, vielleicht? Das ist ein Surinamer mit grauem Lockenkopf.«
Ich schüttelte den Kopf. »Er war Niederländer, mit blauen Augen.«
»Hatte er zufällig eine Narbe unter dem linken Auge?«
»Nicht dass ich wüsste.«
Er setzte sich auf einen der Stühle, stützte die Ellenbogen auf die Knie und starrte nachdenklich auf den Boden. »Um die sechzig, sagten Sie? Jaap ist zwar zweiundfünfzig, aber man könnte ihn leicht älter schätzen.«
»Das gilt so ziemlich für alle«, bestätigte Hans Borghuis. »Die Anti-Aging-Creme ist nicht so der Renner in dieser Bevölkerungsschicht. Und der heilende Effekt eines Lebens unter freiem Himmel wird ebenfalls schwer überschätzt. Packen Sie ruhig zehn Jahre drauf, dann liegen Sie mit Ihrer Schätzung immer noch drunter.«
Ich nickte. »Zweiundfünfzig ... könnte stimmen. Haben Sie eine Ahnung, wo ich ihn finden kann?«
»Wie Sie sehen, stecken wir gerade mitten im Umbau, daher gibt es hier noch keine Betten. Aber Sie können es ja später bei der Nachtunterkunft oder der Stiftung ›Unter Dach‹ versuchen. Sehr wahrscheinlich hat er sich bei diesem Sauwetter zeitig um einen Schlafplatz gekümmert. Soll ich Ihnen die Adresse der Obdachlosenheime geben?«
»Nein danke, ich weiß, wo die sind. Der Mann heißt also Jaap. Und hat er auch noch einen Nachnamen?«
Hans Borghuis lachte hell auf. »Sicher hat er den, und wer

weiß – vielleicht sogar einen Doktortitel. Bloß zählt das in dieser Welt nicht wirklich was. Aber wenn Sie darauf bestehen, kann ich ihn für Sie herausbekommen.«
Ich hob abwehrend die Hand und wandte mich zum Gehen. »Nicht nötig, danke! Ich finde ihn auch so.«

Ein kurzer Anruf ergab, dass die Türen der Nachtunterkunft erst abends um elf Uhr geöffnet wurden. Also fuhr ich erst zur Stiftung »Unter Dach«. Ich parkte das Auto hinter dem Bahnhof und ging an heruntergekommenen Gebäuden vorbei in Richtung Zentrum. Die Maanstraat bestand aus lauter Rückseiten von Warenhäusern. Fast alle Abgrenzungen und Mauern waren zusätzlich mit Zäunen versehen, deren Spitzen oder Stacheldraht abschrecken sollten. Hinter einem der Zäune bei einem Supermarkt ragte ein Turm aus Leergutkisten auf. Nur ein Gebäude hatte seinen Vordereingang auf dieser Seite der Straße: die Stiftung »Unter Dach«. Es war ein schlichtes Gebäude aus dunklem Backstein. Die in leuchtendem Grün angemalte Tür war ein rührender Versuch, ein wenig Optimismus in dieses steinerne Grau in Grau zu bringen.
Ich warf einen Blick durch das Fenster links neben der Tür und sah eine Mischung aus Café und Wohnzimmer. Im Zentrum des geräumigen Zimmers stand ein großer Tisch, auf dem jede Menge Zeitungen und Illustrierte lagen. Auf ein paar seitlich stehenden Stühlen saßen vereinzelt Männer in farbloser Kleidung. Eine Frau in meinem Alter öffnete die Tür. Wie war das noch: Man bekommt nie eine zweite Chance für einen ersten Eindruck? Unser Blickkontakt dauerte zwar nur den Bruchteil einer Se-

kunde länger als üblich, aber in diesem Bruchteil wurde mir klar, dass sie sich fragte, ob ich aus ihrer Welt stammte oder derjenigen angehörte, in der sie sich aus beruflichen Gründen aufhielt. Obwohl sie sich schnell wieder fasste, war ihr kurzes Zweifeln doch nicht zu übersehen. Es war lange her, dass ich mich um mein Aussehen gekümmert und mir etwa die Haare gekämmt oder Makeup benutzt hatte. Wahrscheinlich hatte ich sogar die Steppweste verkehrt herum an. Rasch ließ ich einen Blick an mir hinabgleiten: Eine der Taschen war ausgerissen, der wattierte Stoff fleckig von all den nassen Pflanzen, mit denen ich im Laufe der Jahre in Berührung gekommen war. Außerdem sah ich aus dem Augenwinkel, dass auf Frisos Hemd oberhalb des Reißverschlusses ein Kaffeefleck war.

»Guten Abend! Was kann ich für Sie tun?« Nach kurzer Überlegung schenkte sie mir dann doch ein Lächeln.
Ich nahm die Hand wieder aus der Jackentasche, streckte sie ihr entgegen und stellte mich bewusst als Doktor Heleen Mendels vor.
»Ich suche einen Mann namens Jaap. Hans Borghuis von der Heilsarmee hat mich an Sie weiterverwiesen.«
Prüfend schaute sie mich an. »Hans Borghuis, aha. Und wen, sagten Sie, suchen Sie?«
»Jaap.«
»Jaap und wie noch?«
Kurz überlegte ich, ob ich die zynische Bemerkung des Sozialarbeiters wiederholen sollte, diese Frau schien mir dafür aber nicht besonders empfänglich.
»Wie viele Männer mit diesem Namen kennen Sie denn?«, fragte ich mit eisernem Gesichtsausdruck.

Sie stemmte eine Hand in die Hüfte, verlagerte ihr Gewicht von einem Bein auf das andere und fragte: »Darf ich fragen, was der Anlass für Ihren Besuch ist, Frau ... eh ...«
»Mendels. Ich möchte Jaap etwas fragen. Er kann mir vielleicht eine Auskunft über meine Tochter geben.«
»Richtig. Sie sind also nicht als Arzt hier.«
Ich schüttelte den Kopf.
»Wenn Sie einen Augenblick hier warten, erkundige ich mich mal für Sie.«
»Kann ich nicht kurz hereinkommen? Ich bin mir nämlich nicht hundertprozentig sicher, dass er tatsächlich Jaap heißt. Es könnte auch sein, dass er hier unter einem anderen Namen bekannt ist.«
Sie taxierte noch einmal meine Kleidung »Also gut«, sagte sie mit deutlichem Widerwillen.

Fünf Personen befanden sich in dem Wohnraum, der nach Zigarettendunst und zu lange gekochtem Kohl roch. Eine von ihnen war über eine Zeitung gebeugt. Spindeldürr, mit einer Männerfrisur, einem weiten Sweater über einer schwarzen Hose. Ich entdeckte erst, dass es sich nicht um einen Mann handelte, als sie aufsah und ihren Mund aufmachte.
»Aha, endlich jemand mit ein wenig Grips im Kopf«, sagte sie mit rauher, aber femininer Stimme. »Mir fehlt nur noch eins, dann hab ich's fertig! Weißt du vielleicht ein anderes Wort für vorsätzliche widerrechtliche Freiheitsberaubung? Mit sieben Buchstaben.«
Ein Mann im zerfransten T-Shirt, der auf einem der Stühle am Fenster saß und rauchte, meinte: »Mensch, du immer mit deinen Kreuzworträtseln! Wenn du wenigstens

mal ein wirkliches Rätsel lösen würdest, zum Beispiel, warum das Essen hier immer nach Spülmittel schmeckt. Das wäre mal was Sinnvolles!« Aufgebracht drückte er die Kippe in dem Aschenbecher aus, der neben ihm auf der Armlehne des Stuhls stand. »Und mit wem haben wir die Ehre?«, fuhr er im selben entrüsteten Ton fort.
»Mein Name ist Heleen Mendels, ich suche einen gewissen Jaap«, sagte ich, während ich mir die Anwesenden – einen nach dem anderen – ansah. Keiner der drei Männer, die Karten spielten, ähnelte auch nur im Geringsten dem Mann, den ich im Saturnuspark gesehen hatte.
»Jaap?«, fragte einer der Männer. »Der hat eine Bleibe für den Winter. Sein Sohn hat ihn wieder einmal abgeholt.« Die Frau lachte verächtlich. »Das hält der nie den ganzen Winter durch. Mal schauen, wie lange es diesmal dauert, bis er wieder hier steht mit einer Tasche voller Flaschen. Sein Sohn ist abartig streng.«
»Das kann man wohl sagen«, fand der Mann im zerschlissenen T-Shirt. »Wer gönnt schon seinem alten Väterchen nicht gelegentlich mal einen Drink, he?«
»Was heißt hier gelegentlich? Er hat ihn schließlich nach seinem letzten Delirium gerettet«, bemerkte einer der Männer, der bisher noch nichts gesagt hatte.
»Okay«, unterbrach ich ihn, indem ich mich dem letzten Sprecher zuwandte, »sein Sohn hat ihn also abgeholt? Wann war das denn?«
Der Mann legte seine Karten auf den Tisch und musterte mich kritisch. Er schien keinerlei Schwierigkeiten mit der Frage zu haben, in welche Welt er mich einordnen musste.
»Was wollen Sie eigentlich von Jaap?«

Ich beschloss, ehrlich zu sein. »Letzte Woche war ich mit meiner Tochter im Park. Er schien sie zu kennen. Und weil meine Tochter jetzt zum zweiten Mal vermisst wird, hatte ich gehofft, er könnte mir weiterhelfen.«
Fünf Augenpaare sahen mich neugierig an. Der Mann, der seine Zigarette gerade ausgedrückt hatte, kramte ein schmuddeliges Taschentuch hervor, das er sich an den Mund presste. Er röchelte unter scheußlichen Kehllauten in das Tuch hinein, das er anschließend wieder zusammenknüllte und in den vielen Falten seiner Kleidung verschwinden ließ. Niemand sagte einen Ton oder machte irgendwelche Anstalten, die unterbrochene Beschäftigung wieder aufzunehmen. Auf einmal dämmerte es mir. Ich fischte mein Portemonnaie aus der Tasche und zückte einen 20-Euro-Schein. Der Raucher streckte die Hand danach aus.
»Erst die Information«, forderte ich.
Da holte er noch mal sein Taschentuch hervor und hustete hinein. Als er endlich damit fertig war, sah er mich mit seinen blutunterlaufenen Augen an und sagte: »Sein Sohn heißt Bart-Jan oder Jan-Bart, und der wohnt in einem dieser teuren Häuser an der Strapatskilaan.«
»Strapatskilaan … im Komponistenviertel?«
»Ja, ich glaube schon.«
»Meinen Sie vielleicht die Stravinskylaan?«
»Ja, das habe ich doch gesagt.« Die Finger seiner immer noch ausgestreckten Hand winkten ungeduldig.
»Welche Hausnummer?«, fragte ich.
»Keine Ahnung.«
»Wissen Sie zufällig seinen Nachnamen?«
»Nein, das ist alles. Mehr kann ich Ihnen nicht erzählen.«

Ich sah alle der Reihe nach an, doch sie verneinten und zuckten die Achseln. Ich hielt dem Röchler den Geldschein hin, er grapschte ihn mir sofort aus den Händen. Ich murmelte einen Gruß und verließ den Gemeinschaftsraum.
»Viel Erfolg bei der Suche nach Ihrer Tochter«, rief mir die Frau noch hinterher. »Wissen Sie echt kein Wort mit sieben Buchstaben für …« Der Rest ging im Gespött der anderen unter.
Bevor ich wegging, bat ich die Betreuerin noch, ob sie mir Adresse und Vornamen des Sohnes von Jaap geben konnte. Sie hielt die Türklinke schon in der Hand und guckte bedenklich, ging dann aber in einen kleinen Büroraum, gleich rechts neben dem Eingang. Ich wartete auf dem Flur und sah ihr dabei zu, wie sie anfing, in einem Archivschrank herumzukramen. Statt einer Akte holte sie jedoch einen Notizblock und einen Stift hervor.
»Tut mir leid«, sagte sie, ohne die geringste Spur des Bedauerns. »Ich kann nicht einfach so mit privaten Informationen um mich werfen. Allerdings könnte ich bei der Kommission, die solche Fälle behandelt, eine Anfrage einreichen. Nächsten Dienstag tagen sie wieder, wenn Sie mir also Ihren Namen und die Telefonnummer hierlassen, werde ich mich Ende nächster Woche bei Ihnen melden.«
Ich machte mir nicht die Mühe, mir eine Antwort zu überlegen, und verließ grußlos den Raum.

14

Über schmale Gässchen ging ich zurück zu meinem Wagen. Es war nach sieben Uhr, und weil das tägliche Treiben inzwischen nachgelassen hatte, boten die Supermarkthinterhöfe einen – falls überhaupt möglich – noch trostloseren Anblick als auf dem Hinweg. Tagsüber luden die Lieferwagen ununterbrochen ihre Waren ein und aus; nach Ladenschluss hatte hier niemand mehr etwas zu suchen. An einer Dachrinne hing ein Kunststofffetzen, den der Wind fortwährend gegen die Mauer klatschte. Ein Specht im Betonwald. Das Einzige, was in diesem Elendsviertel noch fehlte, war eine flackernde Neonbeleuchtung und eine zwielichtige Gestalt, die sich mit einem Stiletto in der Hand aus den Schatten der Gebäude herausbewegte, um meine Wertgegenstände einzufordern. Ein Ziehen im Magen erinnerte mich daran, dass ich nichts gegessen hatte.
Ich könnte natürlich erst nach Hause gehen, etwas essen und mich kurz zurechtmachen, bevor ich meine Suche in der Stravinskylaan fortsetzte.
Andererseits – es konnte wieder so eine Aktion werden, die sich ewig hinzog. Wenn dieser Jan-Bart oder Bart-Jan überhaupt dort wohnte, durfte ich mich glücklich schätzen. Im Augenblick wollte ich auch lieber noch nicht darüber nachdenken, wie äußerst klein die Chance war, dass

mir sein Vater etwas Nützliches sagen konnte – wenn er überhaupt da war.

Bevor ich den Autoschlüssel ins Zündschloss steckte, legte ich ganz kurz die Stirn auf das Lenkrad meines Peugeots, damit sich das Rauschen in meinem Kopf etwas legte. Ich tastete in meinen Taschen herum und musste feststellen, dass ich das Valium zu Hause liegengelassen hatte. Mit einem Mal war die Versuchung, doch erst heimzufahren, viel größer. Je näher ich der Kreuzung an der Jupiterstraat kam, umso dringender wurde die Frage, ob ich erst nach Hause fahren sollte, um mich herzurichten, frische Kleider anzuziehen und eine Valium zu nehmen, oder ob ich rechts auf die Umgehungsstraße abbiegen sollte, die mich ins Komponistenviertel führen würde. Im Handschuhfach lagen ein klebriges Stück Lakritz und ein schrumpeliger Apfel. Ich schnappte mir den Apfel, biss kräftig hinein und bog rechts ab.

Wann hatte ich eigentlich zum letzten Mal geschlafen? Richtig geschlafen? Früher machte ich das mit links, einen Nachtdienst schieben und im direkten Anschluss eine Tagesschicht. Schlafmangel verursachte einen geradezu erhöhten Bewusstseinsgrad, und wenn ich in der Morgendämmerung zu meinem Wagen ging, um einen frühen Patienten zu besuchen, zwitscherten die Vögel hell und klar in den stillen Straßen. Sogar die banalsten Gegenstände wirkten im Halbdunkel bedeutungsvoll. Aber diesmal bewegte sich alles Mögliche unkontrolliert am Rand meines Gesichtsfeldes, und was immer es war, ich konnte dem nichts Bedeutungsvolles abgewinnen. Unter den Tannen an der Ecke zur Stravinskylaan hing eine Traube Mücken, durch die ich einfach hindurchspazierte. Auf der anderen Straßenseite kam mir ein blaubehelmter Mann auf einem Rennrad entgegen. Gerade wollte ich den Arm heben, als er in einer Seitenstraße verschwand. Ich schaute mich um: In drei der Villen mit Reetdach und großen, eingezäunten Gärten wohnten Patienten von mir. Eigentlich könnte ich bei einem von ihnen klingeln und fragen, ob sie einen gewissen Bart-Jan kannten, aber dann würde ich möglicherweise in ein Gespräch verwickelt werden, und das wollte ich vermeiden. Weil sich ansonsten niemand auf der Straße befand, entschied ich, einfach bei Hausnummer eins anzufangen. Bevor ich das Gartentor öffnete, strich ich mir das pieksende Haar aus dem Gesicht, knöpfte mir die Jacke zu und streckte mich.

»Van der Vorst«, stand auf einem kupferfarbenen Schild unter der Klingel. Irgendwie kam mir der Name bekannt vor.

Ein gebräunter junger Mann mit markantem Kinn öffnete.

»Guten Abend«, sagte ich. »Entschuldigen Sie bitte die Störung, aber ich suche jemanden, von dem ich nur den Vornamen weiß, und dass er in dieser Straße wohnt. Sagt Ihnen der Name Bart-Jan etwas?«

Mein Gegenüber schaute mich erst einen Moment unverwandt an, dann blinzelte er.

»Wenn Sie Jan-Bart meinen, sind Sie an der richtigen Adresse, denn das ist mein Name«, sagte er.

Ich spürte die Erleichterung bis in meine Knie. »Oh, Gott sei Dank!«, stammelte ich, »dürfte ich bitte kurz hereinkommen? Ich möchte Sie nämlich etwas fragen.«

»Aber natürlich.« Falls dieser Mann überrascht war, ließ

er es sich zumindest nicht anmerken. Er forderte mich auf, in den Flur einzutreten, der so breit wie der gesamte Gemeinschaftsraum der Stiftung »Unter Dach« war. Der junge Mann trug eine marineblaue Hose mit Falte, darüber ein kariertes Hemd. Keine Krawatte.

»Darf ich Ihnen kurz die Steppweste abnehmen?«, fragte er.

Ich dachte an den kaputten Reißverschluss meiner Jeans und das schmuddelige Hemd.

»Nicht nötig, danke! Ich wollte Sie nur etwas fragen.«

Ein kurzes Nicken.

»Eigentlich suche ich nicht Sie, sondern Ihren Vater. Jaap heißt er, richtig?«

Er runzelte die Augenbrauen und sagte: »Mein Vater ist tatsächlich hier, aber er ruht gerade. Kann ich ihm denn etwas ausrichten?«

»Leider muss ich ihn persönlich sprechen. Es ist dringend.« Als ich sein Zögern bemerkte, sagte ich rasch: »Sehr dringend. Ich hoffe, er erinnert sich noch an mich, sonst war alles vergebens.« Zu meinem Ärger begannen meine Lippen zu zittern.

Jan-Barts helle Augen blickten mich voll Besorgnis an, er legte mir eine Hand auf den Arm.

»Ich glaube, Sie ziehen doch besser erst Ihre Jacke aus«, sagte er. »Dann wecke ich meinen Vater, er schläft einen Stock höher, und mache uns einen starken Kaffee. Sie fallen ja gleich um vor Müdigkeit.«

Tränen kamen in mir hoch, aber ich lächelte ihn dankbar an. Ich ließ mir aus der dicken Weste helfen und mich ins Wohnzimmer begleiten, das mit seinem dunklen Parkettboden und mehreren bordeauxfarbenen Sitzen fast wie

ein Theaterfoyer wirkte. Er wies auf ein Sofa neben einem Marmortisch, darauf stand ein cremefarbenes Service. Hinter der Villa erstreckte sich ein Garten, so groß wie ein kleiner Schlosspark.
»Möchten Sie vielleicht ein Glas Wasser?«, erkundigte er sich, ohne meiner schmuddeligen Kleidung Beachtung zu schenken. Der Mann war in jeder Hinsicht tadellos.
Ich schüttelte den Kopf.
»Gut«, sagte er, »dann werde ich jetzt mal meinen Vater wecken. Nehmen Sie etwas in Ihren Kaffee, oder möchten Sie lieber Tee?« Kaum hatte er das gefragt, als ein grauer Struwwelkopf um die Tür lugte. Mein Herz schlug heftig.
»Für mich einen doppelten Whisky«, ertönte die heisere Stimme des Stadtstreichers, den ich vergangene Woche im Park gesehen hatte. Jetzt schlurfte er im gestreiften Pyjama herein, darüber einen Morgenmantel aus Seide mit einem Monogramm.
Ich rutschte auf die Sofakante. Es kostete mich ziemlich viel Mühe, nicht gleich mit meiner Frage vorzupreschen. Der Mann musste sich doch wenigstens hinsetzen dürfen.
»Wohl kaum, Paps! Möchtest du einen Kaffee oder ein Glas Wasser?«
»Dann lieber Kaffee.«
Er streckte mir eine Hand entgegen.
»Van der Vorst, aber sagen Sie ruhig Jaap.«
Mit offenem Mund sah ich ihn an. Na klar, Van der Vorst! Auf einmal fiel mir wieder ein, woher ich seinen Namen kannte. Er war dieser Chirurg, der vor ein paar Jahren unehrenhaft entlassen worden war, weil er einen irreparablen Fehler nach dem anderen beging: Ursache Alkohol.

Man flüsterte sich zu, seine Frau sei bei einem tragischen Unfall ums Leben gekommen. Ächzend ließ er sich in einen Sessel fallen. Sein üppiges graues Brusthaar quoll aus dem V-Ausschnitt seiner Schlafkleidung hervor. Sein Kopfhaar sah noch genauso aus wie im Park, aber er hatte sich den Bart abrasiert.
»Dass man sich so was von den eigenen Kindern bieten lassen muss! Finden Sie nicht?«
Während ich noch nach einer passenden Antwort suchte, kratzte er sich ausgiebig am Hals. Auf einmal hielt er inne und deutete mit dem Zeigefinger auf mich.
»Aber ich kenn Sie doch«, rief er aus.
Sein Sohn blickte von ihm zu mir.
Ich musste ein paar Mal schlucken. »Gott sei Dank!«, antwortete ich. »Jetzt bin ich aber erleichtert!«

»Also, Ihre Tochter, die mich so brutal weggestoßen hat – was ich übrigens ziemlich unfreundlich von ihr fand –, war nicht mit ihrem Vater im Park gewesen?«, fasste Van der Vorst meine Geschichte zusammen.
»Nein. Wahrscheinlich haben Sie sie mit jemand anderem gesehen, den Sie für ihren Vater gehalten haben.«
»Hm.« Er stocherte mit dem Daumennagel in seinen Zahnzwischenräumen herum. »Das konnte ich natürlich nicht wissen.«
»Das verstehe ich, aber vielleicht können Sie sich ja noch daran erinnern, wie der Mann ausgesehen hat?«
Nachdenklich betrachtete er die Ausbeute unter seinem Daumennagel. »Du liebe Güte, da fragen Sie mich aber was. Das ist so lange her!«
»Lange her? Das war doch einen Tag, bevor Sie mich und

meine Tochter im Park gesehen haben, also Dienstag letzte Woche, oder?«
Erstaunt sah er mich an. »Wie kommen Sie denn da drauf?«
»Etwa nicht?«
»Nein. Das mit Ihrer Tochter und ihrem Vater liegt Wochen, vielleicht sogar Monate zurück. Du liebe Güte, mein Zeitgefühl ist auch nicht mehr das, was es mal war. Vielleicht ist es auch schon ein Jahr her.« Mit seinem schwieligen Zeigefinger umfasste er den Henkel seiner Tasse und nahm einen Schluck. »Oder nein, es war wohl doch im Sommer. Jetzt erinnere ich mich wieder, dass sie ins Gebüsch fiel und dabei ein kleiner Vogel aus seinem Nest in dem Goldregen plumpste. Er landete genau vor meinen Füßen, und ich habe noch versucht, ihn wieder zurückzusetzen, aber ...«
»Was sagen Sie da? Was?« Meine Stimme überschlug sich. Auch Jan-Bart sah seinen Vater fassungslos an. Jaap ließ die Kaffeetasse sinken. »Dass ich noch versucht habe, das Vögelchen ...«
»Nicht das! Meine Tochter ist ins Gebüsch gefallen?«
»Mir war nicht bewusst, dass da etwas Ernstes im Gange war. Ihr Vater half ihr wieder auf.«
»Hör doch endlich mal zu, Paps, was Frau Mendels sagt: Der Mann war nicht ihr Vater.«
»Ach ja, stimmt.« Er rieb sich die Stirn und sagte: »Manchmal bringe ich Sachen durcheinander.«
Ich schluckte. »Warum haben Sie nichts unternommen?«
»Ich bin zwar erst dreiundfünfzig, aber durchaus nicht mehr in der Blüte meines Lebens, wie Sie sehen. Außerdem, ich wollte mich da nicht einmischen. Sie sagen zwar

jetzt, dass es nicht ihr Vater war, aber in dem Moment dachte ich das.«

Ich sprang auf. »Aber warum denn das? Wenn ein Mädchen in einem dunklen Park überfallen wird, geht man doch nicht davon aus, dass es ihr eigener Vater ist!«

»Das lag an dem, was er sagte«, verteidigte sich Jaap. »Sonst wäre ich auf jeden Fall dorthin gegangen! Mag sein, dass ich in der gesellschaftlichen Hierarchie etwas gesunken bin, deshalb bin ich aber noch lange kein Feigling. Wenn es darauf ankommt ...«

»Paps«, fiel Jan-Bart ihm ins Wort.

Der alte Mann richtete seine blassblauen Augen auf seinen Sohn. »Schon gut«, sagte er. »Okay! Es tut mir leid. Ich habe später auch noch oft darüber nachgedacht und immer das Gefühl gehabt, dass da was nicht ganz koscher war. Aber in dem Augenblick selbst war ich felsenfest davon überzeugt, dass es ein Streit zwischen Vater und Tochter war.«

»Und das lag an dem, was er sagte?«, wollte ich wissen.

»Genau! Ich kann das jetzt nicht mehr wortwörtlich wiedergeben, aber es war etwas in der Art wie: ›Du musst mit mir kommen! Es ist zu deinem eigenen Besten.‹«

Ich erstarrte, es überlief mich heiß und kalt. »Erzählen Sie mir bitte ganz genau, woran Sie sich sonst noch erinnern.«

Er kratzte sich am Scheitel, wo ein kräftiges Büschel grauer Haare abstand. »Ich werde mir Mühe geben. Wären Sie inzwischen so nett, sich bitte wieder hinzusetzen? Vom Hochschauen wird mir ganz schwindelig.« Und zu Jan-Bart gewandt: »Kann ich nicht doch ausnahmsweise einen kleinen Whisky bekommen? Das würde meinem Gedächtnis wieder auf die Sprünge helfen.«

Sein Sohn verschränkte die Arme vor der Brust. »Nein, Paps. Aber es ist noch Kaffee in der Kanne.«
Der Alte überlegte kurz.
»Also dann«, sagte er.
Jan-Bart stand auf und ging in die Küche. Sobald er außer Sichtweite war, streckte sein Vater die Hand vor und legte sie mir aufs Knie.
»Ich erzähle Ihnen alles, wenn Sie mir eine Flasche Johnny Walker besorgen«, sagte er in gedämpftem Ton, wobei er die Tür im Auge behielt. »Ihr Versprechen, mir eine Flasche zu besorgen, könnte mein Erinnerungsvermögen wieder auffrischen. Meine Schwiegertochter kommt gleich wieder nach Hause, und die ist, falls das überhaupt möglich ist, noch schlimmer als mein Sohn. Haben Sie doch ein wenig Erbarmen mit mir!«
Ich sah in seine trüben blauen Augen. In seinen borstigen grauen Brauen steckten noch einzelne pechschwarze Haare.
»Und?«, zischte er mir zu. »Wie lautet Ihre Antwort?«
»Ja«, log ich, »meine Antwort lautet Ja.«
Verdutzt schaute er mich an, als habe er nicht wirklich erwartet, dass ich mich auf einen Deal einlassen würde. Der erstaunte Ausdruck in seinem Gesicht wich langsam einem freudigen Grinsen.
Im Flur waren Schritte zu hören. Jan-Bart kam mit der Thermoskanne ins Zimmer. Jaap van der Vorst kippte einen Großteil des Kaffees in sich hinein, sobald sein Sohn die Tasse voll geschenkt hatte. Der Mann musste eine feuerfeste Speiseröhre haben. Dann rückte er endlich mit der Sprache heraus.

»Ich war an jenem Abend im Saturnuspark«, sagte er, während er die leere Tasse auf dem Tisch abstellte. »Soweit ich weiß, war ich allein. Es war beinahe dunkel, auf jeden Fall da, wo ich war, auf der Bank vor dem Teich. Dort stehen viele Sträucher und auch einige höhere Bäume. Ich schaute ein wenig zum Mond hinauf, der genau zwischen dem Laub hindurchleuchtete, als ich jemanden singen hörte: Ihre Tochter. Sie ging direkt hinter der Umzäunung, nicht im Park, sondern auf der Seite der Straße. Im Licht der Laternen konnte ich sie gut erkennen.« Er schlug die Augen auf. »Sie trug die Art Kleidung, die besonders hübsche Mädchen öfter anhaben, um nicht so viel Aufmerksamkeit auf sich zu ziehen. Formlos und ein paar Nummern zu groß. Aber sie hatte wunderschönes langes Haar. Wie es so über ihre Schultern und den Rucksack fiel, sah es aus wie Seetang, erinnere ich mich. Und sie sang so schön. Ich war froh, dass gerade kein Verkehr durch die Straße raste und ich dieses unerwartete Gratiskonzert genießen konnte. Auf einmal blieb sie stehen, hörte auf zu singen. Sie war jemandem begegnet, mit dem sie ein Gespräch anfing. Dank der Straßenbeleuchtung konnte ich erkennen, dass es ein Mann war, mittleren Alters, schlank. Mit dunklem Haar.« Er zuckte entschuldigend mit den Schultern. »Leider konnte ich sein Gesicht nicht erkennen, er stand mit dem Rücken zu mir. Später, als sie in den Park gingen, kamen sie viel näher, aber, wie ich schon sagte, es war dort ziemlich dunkel. Allerdings konnte ich einen Teil des Gespräches hören. Das Mädchen, also Ihre Tochter, rief, sie wolle nicht mitgehen. Der Mann blieb zunächst ruhig. Erst als er sie am Arm packte, wurde er lauter. Das war, als ich ihn sagen hörte, es sei zu ihrem Besten. Sie rief, sie würde um Hilfe schreien, wenn er sie nicht augenblicklich losließe. Was genau er darauf antwortete, bekam ich nicht mit, aber ich schnappte Worte wie ›lächerlich‹, ›sich nicht anstellen‹ auf. Der Tonfall klang wie bei einem Vater, der auf sein stures Kind einredet.« Jetzt kippte er auch noch den restlichen Kaffee hinunter, stellte die Tasse hin und sagte: »Das war's. Danach verließen sie zusammen den Park.«

Mein Hals fühlte sich ganz trocken an. »Hat er … hat er sie festgehalten? Wurde sie gezwungen?«

»Nein. Sie gingen einfach nebeneinander her. Sie machte zwar keinen begeisterten Eindruck, aber er hat sonst eigentlich keine Gewalt angewendet.«

»Das klingt ja alles ganz nett, Paps«, mischte sich Jan-Bart in das Gespräch, »aber wie kann das sein, dass du dich noch so detailliert daran erinnerst? An den Abenden, an denen ich dich im Park besucht habe, warst du fast immer sternhagelvoll. Nicht gerade eine Situation, die anderntags zu lebendigen Bildern führt, würde ich mal sagen. Geschweige denn, dass du dich Monate später noch daran erinnerst.«

»Sohn«, beleidigt hob er den Zeigefinger, »erstens hast du keine Ahnung, wie mein Gedächtnis funktioniert. Für einen Anwalt bist du nicht neugierig genug. Du fragst mich nie, woran ich mich noch erinnere und woran nicht. Also darfst du dir darüber überhaupt kein Urteil erlauben. Und zweitens war ich zufällig nüchtern an diesem Abend.«

Streitlustig sahen sich die beiden an.

»An welchem Abend war das denn genau?«, erkundigte ich mich rasch, bevor sie sich tatsächlich in den Haaren lägen.

Der Alte sah mich an. »Also, das weiß ich wirklich nicht mehr. Das ist wirklich zu viel verlangt.«
»Aber du warst doch nüchtern. Nüchtern im Park! Das klingt nach einem denkwürdigen Ereignis.«
Wieder tauschten Vater und Sohn vielsagende Blicke aus.
»Ja, war ich. Und willst du wissen, warum? Willem sollte an diesem Abend was zu trinken holen, aber er tauchte nicht auf. Das war, als er vom Rad fiel und ins Krankenhaus musste.«
»Mit einer Alkoholvergiftung, stimmt. Ich weiß das noch, weil du mich am nächsten Tag angerufen hast und ich dich dort auch noch abgeholt habe. Also«, wandte sich Jan-Bart an mich, »muss ja das Datum herauszufinden sein. Ich führe schließlich Tagebuch.« Er sprang auf, ging zu einem massiven Schreibtisch aus Kirschholz, der einen Großteil der Seitenwand in Beschlag nahm. Darin befand sich eine Schublade, aus der er einen Terminkalender hervorholte.
»Augenblick mal«, meinte sein Vater, »schreibst du darin auch über mich?«
»Hm.«
»Das will ich nicht, hörst du? Ich möchte nicht, dass du über … meine Probleme schreibst.«
Jan-Bart klappte das Büchlein zu und sah mich mit ernstem Blick an.
»Am 15. Juni habe ich meinen Vater abgeholt, also muss es am vierzehnten gewesen sein.«
»Ja«, flüsterte ich. »Am 14. Juni.« Aus einem Impuls heraus holte ich mein Portemonnaie hervor. Ich trug noch immer ein Foto von Friso und mir herum, auf dem Mila zwischen uns stand. Sie war gerade sechzehn geworden,

und wir hatten uns gegenseitig gemessen, um festzustellen, dass Mila schon fünf Zentimeter größer war als ich. Mila stand auf Zehenspitzen hinter mir und blickte lachend auf mich hinunter. Friso schaute prüfend in die Kamera, die er auf Selbstauslöser eingestellt hatte. Mit zitterndem Finger zeigte ich auf ihn.
»Der Mann, den Sie an jenem Abend im Park gesehen haben, könnte er das gewesen sein?«
Ohne zu zögern schüttelte er den Kopf. »Nein. Der hier ist kleiner und dicker. Der Mann, den ich bei Ihrer Tochter gesehen habe, war so jemand, nach dem sich die Frauen umdrehen. Typ italienischer Sänger. Unglaublich gutaussehend. Und mit 'ner Lederjacke.«
Ich war schon halb aufgestanden, als es mir plötzlich den Boden unter den Füßen wegzog. Aus meiner Kehle kam ein Laut, dann sackte ich zurück in die Kissen.

15

Renn, befahl ich mir. Spring in dein Auto und fahr so schnell du kannst in die Veenhofstraat. Jetzt sofort! Doch statt aufzuspringen, krampfte ich mich zusammen, drückte meine Hände auf das Zwerchfell und saß wie festgeklebt auf dem Sofa. Tröstende Hände durften mich berühren, man reichte mir eine Tasse warmen Kaffee. Wie gelähmt starrte ich auf den glänzenden Parkettboden.
»Alles wieder okay? Sie wissen, wer es ist, oder?«, fragte Jan-Bart.
»Ja. Nein …«, stammelte ich. »Ich weiß es nicht. Es kann nicht wahr sein, kann einfach nicht wahr sein.« Ich fragte mich, ob der Druck auf meiner Brust der Vorbote eines nahenden Infarkts war. So weit wie möglich öffnete ich den Mund und schien immer noch nicht genug Luft zu bekommen.
Jan-Bart tätschelte mir den Rücken. »Bleiben Sie ruhig, Frau Mendels! Wer glauben Sie denn ist es?«
Ich gab keine Antwort. Angst verbreitete sich wie eine ätzende Säure in meinem Magen.
»Sie brauchen es mir nicht zu sagen«, fuhr er fort. Er langte an mir vorbei und wedelte mit einem schwarzen Gegenstand vor meinen Augen hin und her. »Hier. Rufen Sie die Polizei an und sagen Sie, dass sie augenblicklich in die Stravinskylaan 1 kommen müssen.«

»Ich denke, sie ist nicht in der Lage zu telefonieren«, meinte sein Vater. »Ruf du bitte bei der Polizei an.«
Das Wort Polizei tat seine Wirkung: Vom einen Moment auf den anderen bekam mein Gehirn wieder Sauerstoff. Beinah wäre ich über den kleinen Tisch mit dem stilvoll aufgebauten Service gestolpert, als ich schließlich doch aufsprang. Als ich mich umwandte, blickte ich in vier entsetzte Augen. Ich öffnete den Mund und schloss ihn wieder, rannte durch den breiten Flur zur Tür hinaus durch den Vorgarten, um mit zitternder Hand die Fahrertür meines Peugeots zu öffnen. Erst da bemerkte ich, dass ich in der anderen Hand Jan-Barts Telefon festhielt. Anscheinend hatte ich es, ohne es zu merken, doch entgegengenommen.
Ich blickte mich um. Er war mir hinterhergegangen und rief irgendetwas, war schon halb in der Auffahrt. Ich legte das Gerät auf den Bordstein und sah zu, dass ich hier fortkam.

Wie blind war ich gewesen! Stockblind. »Lieber Gott, lass es noch nicht zu spät sein«, flüsterte ich. Auf der Digitalanzeige im Auto sah ich, dass es zehn nach acht war. Es war fast kein Verkehr auf der Straße. Das gab mir die Möglichkeit, Kurven zu schneiden. Ich preschte durch das Komponistenviertel zur Zonstraat und schrammte dabei mit dem Auspuff über die Bodenwellen auf dem Bergweg.
Irgendwann meinte ich, blaues Blitzlicht aus einem Gerät kommen zu sehen, von dem ich angenommen hatte, es sei kaputt, weil es schon seit zwei Jahren wie ein verkohltes Stück Metall dastand. Ein mir auf dem Ruiterweg entge-

genkommender Fahrer hupte empört, als ich ihm die Vorfahrt nahm. Mit Lichtgeschwindigkeit raste ich in Richtung Veenhofstraat.
War das alles meine Schuld? War ich tatsächlich derart blind gewesen? Es konnte nicht wahr sein, konnte einfach nicht wahr sein. Trotzdem versuchte ich, mein Ziel nicht aus den Augen zu verlieren und die üblen Schuldgefühle von mir abzuschütteln. Später hast du noch genug Zeit, dich auf Knien im Staub zu wälzen, sagte ich mir. Jetzt musst du deine ganze Energie auf Robert richten. Robert – ich frage mich, ob meine Expertise ausreicht, um Mila zu behandeln – Lindeman. Wenn es tatsächlich stimmte, war ich wie die erstbeste dumme Kuh auf ihn hereingefallen. Wütend presste ich die Kiefer aufeinander. Das war gut. Wut war gut. Sie drängte die Angst in den Hintergrund.
Ich kam auf den Ring und beschleunigte auf hundert Stundenkilometer. Hundertzehn. Aus einer Seitenstraße kroch jetzt ein silberfarbener Wagen heran, dessen Fahrerin dieselbe Haarfarbe hatte. Sicherheitshalber fuhr sie fünf Stundenkilometer unter der zugelassenen Geschwindigkeit. Laut hupend und Lichtsignale gebend, scheuchte ich die arme alte Dame in den Rinnstein, um halsbrecherisch, zwei Räder im Grünstreifen, im Zick-Zack an ihr vorbeizuziehen. Häuser, Bäume, Laternenmasten schossen an mir vorbei wie ein Film, der mit Höchstgeschwindigkeit abgespult wird. Alles erschien mir jetzt in einem scheußlich verzerrten Licht. Wie krampfhaft ich mich auch am Steuer festhielt und versuchte, mich auf mein Ziel zu konzentrieren, ständig kamen Erinnerungsfetzen hoch, die mir durch Mark und Bein gingen. Besonders der

Abend meines Geburtstags, an den ich mich so gern zurückerinnert hatte, weil ich so nette Stunden mit meiner Tochter in einem Restaurant verbracht hatte, schien im Rückblick ein dunkles Kapitel zu sein.
Robert hatte Mila an genau diesem Abend zum ersten Mal getroffen. Einen Tag später, am 23. April, hatte er mich angerufen.
»Es ist lange her, dass ich eine Mutter und eine Tochter gesehen habe, die einander derart ähnlich sind«, hatte er gesagt. »Als du kurz zur Toilette warst, habe ich deine Tochter gefragt, ob ihr denn etwas zu feiern hättet.«
»Ja, meinen Geburtstag.«
»Hm, das hat sie mir verraten. Warum hast du mir nichts davon gesagt?«
Erstaunt hatte ich geantwortet: »Hätte ich das erwähnen sollen?«
»Klar. Schließlich war ich mittags noch zur monatlichen Patientenbesprechung bei dir. Wenn ich Bescheid gewusst hätte, hätte ich dir doch Blumen mitgebracht.« Es hatte herzlich geklungen, und seine Stimme war mir durch die Telefonleitung geradewegs in den Bauch und dann in die plötzlich weich werdenden Knie gefahren. Obwohl ich mich gern so gab, als hätte ich seit der Scheidung wenig Lust auf Männer, war ich ihm – wie so viele andere Frauen – erlegen. In Wirklichkeit akzeptierte ich sein mangelndes Interesse bis zu diesem Moment als etwas vollkommen Logisches: Eine Frau wie ich würde nie einen Mann wie ihn bekommen. Klar – aus – Amen.
Als es dann aber schien, als hätte ich mich getäuscht, war ich wie ein Streichholz im Wind.
In den darauffolgenden Wochen lud er mich ein paar Mal

zu Theater- oder Musikvorstellungen ein. Weil ich mich nicht aufdrängen wollte, wartete ich ab. Eine Woche, bevor Mila zum ersten Mal verschwand, kam es zum ersten und zugleich letzten Kuss. Nachdem er mich nach Hause gefahren hatte, beugte er sich zu mir. Ich wollte gerade aussteigen, wie die anderen Male auch, als seine Lippen meine Wange berührten. Eine kleine Kopfdrehung meinerseits genügte, und schon war es passiert. Überrascht hatte ich ihm die Arme um den Hals geschlungen. Ausgerechnet an dem Tag, als Mila zum ersten Mal verschwand, hatte ich mir vorgenommen, ihn am nächsten Abend zu mir nach Hause einzuladen. Ich hatte mir sogar extra sexy Dessous gekauft und hochhackige Schuhe, die ich sonst nie trage, sowie eine Packung Kondome. Ich erinnerte mich deshalb noch so genau daran, weil mir die Plastiktüte samt Inhalt auf den Kopf fiel, als ich am Abend wie von der Tarantel gestochen alle Schranktüren aufriss, um nachzusehen, ob Mila vielleicht Handtücher oder einen Kulturbeutel mitgenommen hatte. Ich hatte den ganzen Krempel zurück in die Plastiktüte gesteckt und unten in den Schrank gestopft, wo er jetzt wahrscheinlich immer noch lag.

Der Gedanke, dass Robert es von Anfang an auf Mila abgesehen hatte … Es tat unendlich weh. Wie eine verliebte Närrin, die den Verstand verloren hat, hatte ich mich von ihm hinters Licht führen lassen. Ich hätte nicht gedacht, dass ich neben all der Angst und Wut auch noch Scham empfinden könnte. Und doch war es so. Falls das wirklich wahr war, würde ich nie darüber hinwegkommen. Nicht auszudenken, dass ich Mila ausgerechnet zu ihm in Therapie geschickt hatte! Sie ihm regelrecht aufgedrängt hat-

te. Der muss ja vor lauter Freude ein paar Luftsprünge gemacht haben, weil ich es ihm derart einfach gemacht hatte. Ich stöhnte laut auf, kurbelte das Fenster einen Spaltbreit herunter, damit ich wieder etwas Luft bekam. Du musst jetzt ruhig bleiben, Heleen, redete ich mir zu. Fieberhaft suchte ich nach einem Lichtblick in diesem Horrorszenario: Er hatte sie drei Monate gefangen gehalten, ohne sie irgendwie körperlich zu verletzen. Das gab Grund zur Hoffnung. Was auch immer er mit ihr angestellt hatte, er hatte sie jedenfalls relativ gut behandelt. Und im Augenblick ging er arroganterweise davon aus, dass ihm nichts passieren konnte, also musste ich dafür sorgen, dass er sich auch weiterhin in Sicherheit wähnte, bis ich Mila von ihm fortgeholt hatte.
»Ach, Unfug«, herrschte ich mich selbst an. »Du klingelst jetzt gleich an seiner Tür. Er wird dir öffnen und ganz überrascht sein. Es wimmelt überall von unglaublich attraktiven Männern mit Lederjacke und italienischem Aussehen. Es kann nicht wahr sein! Es kann einfach nicht wahr sein!«

Robert wohnte in der Weststadt, in einem der aus hellen Ziegelsteinen gebauten Bungalows, zwischen Grünflächen und dem nagelneuen Viertel Vastenhoek. Ich hatte es noch nie so weit geschafft, dass er mich mit zu sich nach Hause genommen hätte. Allerdings hatte ich sein Haus schon einmal von außen gesehen, als er einmal seinen Geldbeutel vergessen hatte und ich im Auto auf ihn wartete. Der Bungalow war der letzte in der Reihe in einer Sackgasse.
Sobald ich in die Veenhofstraat einbog, sah ich gleich, dass

sein Haus als einziges in der Gegend unbeleuchtet war. Sein Wagen stand nicht in der Einfahrt. Zur Sicherheit stellte ich mein Auto am Anfang der Straße hinter einem großen Baucontainer ab und lief unter den Bäumen hindurch bis zu seinem Haus. Dabei achtete ich darauf, nicht von den beiden Jungs gesehen zu werden, die sich im Lärm ihrer laufenden Mopeds unterhielten. Als ich über den gepflasterten Weg auf Roberts Haustür zu und an der Hecke mit den übermäßig schnell gewachsenen Koniferen vorbeiging, bemerkte ich hinter all dem Grün ein Meer aus Kieselsteinen. In dessen Zentrum war mit einer Harke ein Muster aus mehreren untereinander stehenden Linien angebracht. Du liebe Güte, ein japanischer Garten!
Ich lief am Fenster vorbei und klingelte. Vorbereitung war nicht notwendig. Wenn er aufmachen würde, konnte ich einfach die panische, beunruhigte Heleen sein, die ich in Wirklichkeit war. Ich musste nur aufpassen, dass ich mich nicht verriet. Wenn er tröstend einen Arm um mich legen würde, durfte ich nicht zurückschrecken. Dann blieb mir nichts anderes übrig, als den Kopf an die Schulter dieses Dreckskerls zu lehnen.
Die Klingel hörte sich schrill an, was darauf hindeutete, dass im Gang ein Steinboden lag, ohne Teppich. Es hallte lange nach. Sonst war da nur das Rauschen in meinem Kopf und das Knattern der Mopeds ein paar Häuser weiter. Ich formte mit beiden Händen ein kleines Dach über meinen Augen, so dass ich durchs Wohnzimmerfenster nach drinnen sehen konnte: eine Couchgarnitur, so blass wie der japanische Kieselgarten. Auf dem Tisch lag eine aufgeschlagene Zeitung. Die Küche befand sich in der

Verlängerung des Wohnzimmers. Vage erkannte ich einen hohen Apparat mit chromfarbenem Griff. Nachdem ich mich davon überzeugt hatte, dass mich niemand sehen konnte, folgte ich dem Pflasterweg, der seitlich ums Haus herumführte, bis ich auf ein massives Holztor stieß, das, wie ich gleich befürchtet hatte, nicht nachgab, als ich die Klinke herunterdrückte. Ich lehnte mich einen Moment dagegen und dachte fieberhaft nach, was jetzt zu tun wäre. Angenommen, Mila wäre hier drinnen eingesperrt, uns würden nur wenige Meter voneinander trennen ... Ich musste da rein! Sollte sich herausstellen, dass Robert unschuldig war, würde ich mich in hunderttausend Entschuldigungen winden, aber mir blieb keine andere Wahl. Ich musste in dieses Haus, musste es einfach wissen. Trotzdem wollte ich sichergehen, nicht unerwartet auf ihn zu stoßen. Darum lief ich zurück und rief vom Auto aus bei ihm zu Hause an. Nach siebenmal Klingeln sprang der Anrufbeantworter an. Dann rief ich auch noch auf seiner Handynummer an.
Er nahm fast sofort ab. »Heleen?«
Es lebe die Nummernerkennung! Ich verschluckte mich an meinem eigenen Speichel und musste husten.
»Heleen? Bist du das? Geht es wieder einigermaßen?«, erkundigte er sich, als ich fertig gehustet hatte. Im Hintergrund hörte ich ein gleichmäßiges Geräusch – wahrscheinlich saß er im Auto.
»Ja«, antwortete ich heiser, »ich hatte mich verschluckt.«
»Hast du Neuigkeiten von deiner Tochter?« Seine Stimme klang hoffnungsvoll.
Nein, dachte ich, so gut kann niemand Theater spielen. Also ist es doch nicht wahr. Ich spitzte die Ohren, weil ich

hoffte, irgendein Geräusch aufschnappen zu können, das darauf hindeutete, dass Mila sich bei ihm im Wagen befand.

»Neuigkeiten? Leider nicht.« Um mich zu beruhigen, legte ich eine Hand auf mein Herz, das wie wild schlug. »Du verstehst sicher, dass ich mir immer noch wahnsinnige Sorgen mache, aber ich habe noch einmal gründlich über das nachgedacht, was du gesagt hast. Und ich habe beschlossen, deinem Rat zu folgen, Robert. Ruhig abwarten. Ich kann ja doch nichts anderes tun.«

»Wer hätte das gedacht!«, sagte er hörbar erleichtert. »Dir bleibt tatsächlich nicht viel anderes übrig.«

Ich seufzte einmal übertrieben, was mir nicht sehr schwerfiel. »Sehen wir uns bald wieder?«

»Ja klar, gern sogar.«

»Wie wäre es jetzt gleich?«, fragte ich.

»Jetzt sofort?«

»Ja. Hast du jetzt etwas Zeit für mich? Ich könnte ein wenig Zuspruch gut gebrauchen.«

»Ähm ... das geht leider nicht. Ich sitze gerade im Auto.«

»Wo bist du denn?«

»Wo ich bin? Ich ähm ... komme gerade von einem Besuch bei einem Bekannten zurück. Bis ich zu Hause bin, ist es elf.«

Statt ihn zu fragen, wo dieser Bekannte denn wohnte, sagte ich: »Wie wär's mit morgen?«

Robert räusperte sich. »Morgen könnte schwierig werden. Ich habe eine Menge Patienten und abends eine Tagung, die sich bestimmt in die Länge ziehen wird. Aber weißt du was? Ich rufe dich Ende der Woche oder Anfang nächster Woche an. Dann machen wir etwas aus, gut?«

»Hm.«
»Versprochen, ich ruf dich an! Versuch dich in der Zwischenzeit ein wenig zu entspannen, Heleen. Deine Tochter wird sich bestimmt bald wieder bei dir melden.«
»Ja.«
»Okay, meine Batterie ist fast leer, ich muss einhängen. Also bis bald!«
»Ja«, sagte ich, »bis bald, Robert. Und das mit dem Hängen ist gar keine so schlechte Idee«, schob ich hinterher, nachdem ich die Verbindung unterbrochen hatte.

Die Leute denken sich manchmal super ausgetüftelte Vorrichtungen aus, um ihr Haus gegen Eindringlinge zu schützen, vergessen aber so etwas Banales wie ein Tor, an dem dann auch noch ein altmodisches Schloss angebracht ist. Ich tippte darauf, dass ich das Schloss mit Hilfe der Pinzette aus meinem Arztkoffer wohl aufbrechen könnte, und ging noch einmal zum Wagen. Die Pinzetten lagen zwischen dem Ampullenetui und den Kompressionsbinden. Ich hastete zurück zum Tor und stocherte und rüttelte mit verschiedenen Pinzetten herum, aber es funktionierte nicht. Mein minutenlanges Herumfummeln führte zu nichts, da versetzte ich dem Holz einen wütenden Tritt, wodurch das Tor zu meinem Erstaunen aufflog. Es war anscheinend gar nicht abgeschlossen gewesen! Das ließ mich wieder zweifeln: Wenn er hier ein Mädchen versteckt hielt, würde er sein Haus doch gewiss in ein zweites Fort Knox verwandeln.
Stimmt, sagte meine innere Stimme, es sei denn, er glaubt, er habe nichts zu befürchten.

Bevor ich den Garten hinter dem Haus betrat, blickte ich mich kurz nach allen Seiten um. Niemand zu sehen.
In weiter Ferne befanden sich ein paar Häuser. Das bedeutete, wenn mich jemand erwischen wollte, musste der- oder diejenige schon mit einem Teleskop oder Fernrohr am Fenster stehen. Leise schloss ich das Tor hinter mir, ging in die Hocke und wischte mir erst einmal mit dem Hemdsärmel den Schweiß von der Stirn. Langsam gewöhnten sich meine Augen an das Dunkel, und ich konnte die Umrisse des Gartens erkennen. Die Rabatten waren in einem geometrischen Muster aus niedrigen, buchsartigen Pflanzen angelegt. Drei abstrakte Skulpturen markierten die äußersten Punkte: ein formalistischer Garten. Durch das staubige Fenster in dem kleinen Geräteschuppen erkannte ich außer Werkzeug nur ein Herrenrad und ein paar Holzgartenmöbel. Der Hintereingang zum Haus befand sich in einem länglichen Anbau, welcher, der Farbe des Backsteins nach zu urteilen, späteren Datums sein musste als das Hauptgebäude. Abgeschlossen. Also versuchte ich es mit den Gartentüren. Ebenfalls verschlossen!
Auf der Suche nach einem offen stehenden Fenster blickte ich nach oben. Völlig sicher war ich mir nicht, aber das Fenster neben dem Anbau schien etwas weiter aus dem Rahmen herauszustehen als das der anderen Zimmer. Ich holte einmal tief Luft, dann prüfte ich die Stabilität des Pergola-Gerüstes, das an der Mauer befestigt war. Mit ein wenig Glück konnte es meine sechzig Kilo aushalten. Ich schloss die Hände fest um eine der Latten über mir und stellte vorsichtig einen Fuß auf die unterste Sprosse. Unterdessen versuchte ich, dem verblühten Geißblatt aus-

zuweichen, das sich durch das Holzgerüst geschlängelt hatte.

Mein Körper hielt das anscheinend für den geeigneten Zeitpunkt, mich spüren zu lassen, über welche Organe er so alles verfügte: Meine Haut zog sich zusammen, und gleichzeitig begannen diverse Verdauungsorgane einen peristaltischen Tanz aufzuführen. Dennoch gelang es mir relativ schnell, hinaufzuklettern und mich auf das Flachdach zu hieven. Von dieser Position aus konnte ich die Straßen und Weiden hinter den Häusern gut überblicken. Was aber entscheidend war: Im Mondlicht mussten sich meine eigenen Umrisse wahrscheinlich auch messerscharf vor der Backsteinmauer abzeichnen. Ein Wagen fuhr am gerade erst abgeernteten Maisfeld hinter den Häusern entlang. Der Fahrer achtete aber nur auf die Straße. Ich umfasste den Fensterrahmen fest mit beiden Händen und zog mich daran hoch. Es genügte, ein paar Mal hin- und herzurütteln, um den Bügel aus dem Bolzen zu hieven und das Fenster auf mich zuzuziehen. Bäuchlings schob ich mich über die Fensterbank ins Schlafzimmer hinein und landete mit beiden Händen auf einem hochflorigen Teppich. Auf Hüfthöhe blieb ich mit meiner Jeans an einem Nippelchen auf der Fensterbank hängen, so dass ich in ziemlich unbequemer Position in der Fensteröffnung hängen blieb. Ohne viel Federlesens zog ich ruckartig und riss mir dabei eine der Gürtelschlaufen aus. Mucksmäuschenstill blieb ich danach eine Weile mit gespitzten Ohren auf dem Boden sitzen. Als das laute Klopfen in meiner Brust endlich nachließ, hörte ich irgendwo im Haus das Surren eines Apparates. Sonst war alles still. Keine quietschenden Türen, keine schleichenden Schritte auf der

Treppe. Niemand, der vor meiner Nase ein Loch mit dem Beil in die Tür hackte. Nur mein Atem.

Ich war in einem quadratischen Zimmer mit einer Schlafcouch und einem Schreibtisch gelandet. An einer Seite bogen sich weiße Kunststoffbretter unter der Last schwerer Bücher, offenbar alles wissenschaftliche Arbeiten. Ein kleiner Block mit Leineneinband lag neben dem Schreibtischstuhl auf dem Boden. Ich fischte mein Telefon aus der Tasche und hielt das grün leuchtende Display über das Blöckchen. »Polytechnisches Notizbuch« stand darauf. Ich schlug es auf, sah lauter Formeln und legte es wieder dahin zurück, wo ich es gefunden hatte.

Auf Zehenspitzen schlich ich in den Flur. Derselbe hochflorige Teppich. Im gleichen Stockwerk befanden sich noch zwei weitere Zimmer. Eines wurde als Abstellraum benutzt. Das Mondlicht fiel auf Zeitschriftenstapel, meist medizinische, ein Rennrad, ein Rudergerät, eine WC-Schüssel aus Porzellan, drei Tennisschläger und noch ein paar andere Sportutensilien. Rechts entdeckte ich einen kleinen Schreibtisch, dessen Arbeitsfläche fast vollständig von einem plumpen Lampenfuß verdeckt war. Das andere Zimmer wurde eindeutig als Schlafzimmer genutzt. In der Mitte stand ein Doppelbett. Die Schränke waren hinter hohen Schiebetüren verborgen, von denen manche mit Spiegeln versehen waren. Ich öffnete eine nach der anderen: verschiedene Kleidungsstücke, ein Smoking unter einer durchsichtigen Schutzhülle, Schuhe, ein Bügelbrett, Toilettenartikel. Erschreckend normal für einen Psychopathen.

Bevor ich mich aus dem Zimmer schlich, sah ich mir noch das Bett an. Ein schwarzer Deckbezug mit weißen Streifen. Ähnlich wie das Muster in den Kieselsteinen: sechs Streifen untereinander. Der zweite und fünfte waren unterbrochen, das übrige Muster bestand aus durchgezogenen Linien. Eine Weile stand ich da, starrte das Muster an in der Hoffnung auf eine Eingebung, aber ich konnte kaum etwas anderes denken, als dass dies die Decke war, unter der das Ungeheuer vielleicht mit meiner Tochter geschlafen haben könnte.

Fokus, Heleen! Denk an deinen Fokus. Behutsam schloss ich die Tür wieder hinter mir und ging die Treppe hinunter. Obwohl ich wusste, dass Robert nicht zu Hause war, achtete ich darauf, kein Geräusch zu machen.

In dem großen, L-förmigen Wohnzimmer standen nur wenige Möbel, abgesehen von der weißen Couchgarnitur und drei bis an die Decke gefüllten Bücherregalen. Nachdem ich auch die Küche und sogar die Toilette kontrolliert hatte, blieb nur noch der Gang übrig, auf dem sich die einzige Tür befand, die ich bisher noch nicht geöffnet hatte.

Meine Hand griff nach der Klinke. So feucht sich mein Körper auch anfühlte, so trocken wurde es in meinem Hals.

Es ist bloß eine Tür, sprach ich mir selbst Mut zu. Nur eine graue Tür. Ich wischte mir die Hand an der Jeans ab und öffnete diese ganz normale graue Tür.

16

Modriger Geruch schlug mir entgegen. Ich ertastete den Lichtschalter im Dunkeln. Vor mir eine farblose Holztreppe. Geriffelter Fußbodenbelag unterhalb der Treppe. Anzeichen, dass hier jemand wohnte. Es überlief mich eiskalt. Einen Fuß vor den anderen setzend, stieg ich nach unten. Ein Einzelbett und eine altertümliche Schulbank mit einer Mulde für ein Tintenfass. Ein Holzstuhl, dem eine Sprosse fehlte, die ihm, das war an dem gesplitterten Holz zu erkennen, gewaltsam herausgerissen worden war. Neben dem Bett ein Wasserkaraffe aus Plastik. Das hier war ein Gefängnis, kaum größer als drei auf vier Meter.

»O Gott, oh, mein Gott!«

Nur die verstaubten Regalbretter an den Wänden dienten noch wie früher als Kellerablageflächen. Sie standen voll Konservenbüchsen: Apfelkompott, Brechbohnen sowie weiße und braune Bohnen. Und ungefähr zwanzig Dosen geschälte Tomaten. Wie vom Donner gerührt glotzte ich auf die Etiketten, die aussahen wie von einem Comiczeichner gemalt.

Rote Tomaten mit kleinen gelben Augen. Mich schauderte.

Allmächtiger Gott! Helga van der Spoel! Sie hatte gesehen, was Mila gesehen hatte. Ich schlang die Arme um meinen Körper, mir wurde schwindelig. Vor Schreck hätte ich mich fast auf das Bett gesetzt. Helga van der Spoel hatte nicht einfach so etwas dahergefaselt. Das war der Beweis. Hier, in diesem feuchten Loch war meine Tochter eingeschlossen gewesen. Dieses Monster von einem Psychopathen! Wie hatte sie das alles überlebt? Wie hatte sie es geheim halten können in der Woche, die sie zu Hause war? Ich fiel nur deshalb nicht auf der Stelle in Ohnmacht, weil ich wusste, dass Mila aus freien Stücken zurück zu Robert gegangen war. Was auch immer das heißen sollte. Tatsache blieb, dass sie überzeugt davon war, ihn zu lieben.

Irgendwann in ferner Zukunft musste ich versuchen, das alles zu verstehen und zu verarbeiten. Der Tag würde kommen, an dem ich mich wieder über Frisos Tendenz, sich in alles einzumischen, ärgern würde oder über die Bürokratie im Gesundheitswesen, über Bodenschwellen. Dieser Tag würde jedoch nur dann eintreffen, wenn Mila heil aus dieser Sache herauskäme. Wo steckte sie jetzt? Was sollte ich tun?

Robert hatte mich also in der Nacht von Freitag auf Samstag nur deshalb in seine Praxis bestellt, statt zu sich nach Hause, damit Mila meine Stimme nicht hören und sich verraten konnte. Ich massierte meine Nackenmuskulatur, die so verspannt war, dass sie die Blutzufuhr in meinen Kopf beeinträchtigte. Mit den Augen durchforstete ich den Raum auf der Suche nach irgendetwas, das Mila vielleicht liegengelassen hatte, etwas, das vielleicht ein Hinweis war, mit dem ich zur Polizei gehen konnte. Meine Geschichte von einem Keller, der bewohnt aussah, würde nicht ausreichen. Schließlich bestand das Risiko, dass Robert Mila töten würde, wenn er merkte, dass die Polizei ihn für einen potenziellen Verdächtigen hielt. So weit würde er mit Sicherheit gehen. Das bedeutete, mein Beweis musste absolut hieb- und stichfest sein. Ich schaute unter dem Bett, unter der Treppe nach, schob Essensvorräte auf den Regalen beiseite, vielleicht hatte Mila ja dort irgendetwas versteckt. Nichts außer Staub und Spinnen, die sich eilig in eine Ecke verzogen. Für einen Moment überlegte ich, ein Buch oder irgendeine Zeichnung aus meinem Haus zu holen, und der Polizei die Story aufzutischen, ich hätte den Gegenstand hier in diesem Keller gefunden, aber mir war klar, dass diesmal alles stimmen und hundert Prozent wasserdicht sein musste, bevor ich die Kommissare wieder anrufen würde. Noch einmal untersuchte ich jedes Regalbrett und jede Ecke.

Gerade als ich die Matratze auf irgendwelche aufgerissenen Nähte hin überprüfte, die mich zu einem möglichen Versteck führen konnten, klingelte das Telefon im Wohnzimmer. Zum soundsovielten Mal an diesem Tag bekam ich fast einen Herzinfarkt. Ein paar Sekunden blieb ich unschlüssig stehen, dann rannte ich die Treppe hinauf ins Wohnzimmer, gerade zur rechten Zeit, um den Anrufbeantworter anspringen zu hören.

»Robert«, rief eine Frauenstimme, »hier spricht Wendela. Geh dran, wenn du zu Hause bist! Du weigerst dich zwar, mit mir zu reden, aber vielleicht änderst du ja deine Meinung, wenn ich dir erzähle, dass ich dich mit einem Mädchen gesehen habe. Ist sie deine neue Versuchsperson? Ich habe beobachtet, wie sie einen Koffer in dein Auto gelegt hat. Viel Phantasie war nicht nötig, um zu erraten, wo ihr beide hingeht: natürlich in das Häuschen im Mückeneck.

Du hättest mich ruhig kurz vorwarnen können. Du weißt ja, ich bin immer bereit für ein kleines Experiment. Zur Not teile ich mir meinen Platz mit ihr ...« Jetzt klang sie weinerlich. »Du kannst mich nicht einfach so ausrangieren, Robert! Nicht nach allem, was wir zusammen erlebt haben!«

Wie angewurzelt blieb ich neben dem Eingang stehen. Was hatte das zu bedeuten? Hatte Robert etwa einen Kompagnon?

»Also, ich an deiner Stelle«, jammerte die Frau, »würde bald mal zurückrufen, damit wir uns verabreden können. Ich finde nämlich, dass ich darauf ein Recht habe.« Sie holte tief Luft, um noch etwas zu sagen, überlegte es sich dann aber anders und legte auf.

Ich betrat das Wohnzimmer und löschte die Nachricht dieser Frau. Das Gerät zeigte noch vier weitere Nachrichten an, die ich mir eine nach der anderen anhörte. Das dauerte nicht lang, weil sämtliche Anrufer wieder aufgelegt hatten, ohne etwas daraufzusprechen. Der dritte Anrufer atmete laut und schnaufte – vermutlich dieselbe Frau wie gerade eben. Ich warf einen Blick auf die Uhr: Viertel nach neun. Robert würde um elf Uhr zu Hause sein, also hatte ich noch jede Menge Zeit, das Haus zu durchsuchen. Vielleicht sollte ich am besten mit dem kleinen Zimmer, über das ich hereingekommen war, anfangen. Einmal oben angekommen, zog ich die Vorhänge zu, bevor ich das Licht einschaltete. In dem Schreibtisch befand sich nur eine Schublade, und die war abgeschlossen. Also konzentrierte ich mich zunächst auf die Bücherregale. Fachliteratur. *The Monkey Wars* von Deborah Blum und *Jenseits von Freiheit und Würde* von B. F. Skinner, dem Mann, der die Pawlowschen Konditionierungsversuche weitergeführt und ausgebaut hatte und oft in eine faschistische Ecke gesteckt wurde, weil seine Forschungsergebnisse in einem totalitären Staat leicht zu Missbrauch führen konnten. Bücher über die Funktionsweise des Gehirns. Auffallend viele Bücher über die Funktionsweise des Gehirns. Im Grunde wusste ich selbst nicht genau, wonach ich eigentlich suchte, außer dass es irgendwo versteckt sein musste. Mein Blick fiel auf die Schreibtischschublade. Wie konnte ich die nur aufbekommen, ohne sie zu beschädigen? Ach ja, natürlich! Ich hatte noch die Pinzetten hinten in meiner Jeanstasche. Hastig ging ich vor dem Schreibtisch in die Knie und probierte eine nach der anderen aus. Zu meiner großen Enttäuschung brachte mich mein Herumstochern auch diesmal nicht weiter. Er hatte seine Schreibtischschublade besser abgesichert als den Zugang zu seinem Garten. Ich überlegte. Wo könnte er den Schlüssel aufbewahrt haben? Ich selbst hatte sämtliche Schlüssel auf zwei Schlüsselbunde verteilt, die ich immer bei mir trug. Auch jetzt hatte ich beide in der Innentasche meiner Steppweste. Wenn Robert dieselbe Angewohnheit hatte, hatte ich Pech. Mich rücklings unter dem Tisch durchschiebend, tastete ich an der Hinterseite eine Leiste ab. Dabei fiel mir ein kalter Gegenstand auf die Stirn: der Schlüssel.

Rasch öffnete ich die Schublade. Darin befand sich ein einziger Gegenstand, ein bordeauxfarbenes Schreibheft, auf dem mit schwarzem Filzstift geschrieben stand: *Das Stockholm-Syndrom. Ein Überblick.* Mein schlimmster Alptraum wurde wahr! Ich hielt den Atem an. Die Buchstaben begannen vor meinen Augen zu tanzen. Ich hielt

den Blick darauf. Es kostete mich viel Überwindung, bevor ich es wagte, die Hand in die Schublade zu stecken. Vorsichtig holte ich das Heft heraus und schlug es auf. Die erste Seite diente als Titelblatt, auf dem in Großbuchstaben noch einmal *Das Stockholm-Syndrom* stand. Darunter: Das Stockholm-Syndrom. Ein Überblick von Robert J. Lindeman.
Während ich noch vor dem Schreibtisch niederkniete, begann ich mit wachsendem Entsetzen zu lesen:

Vorwort

Das Stockholm-Syndrom wurde zum ersten Mal beschrieben nach dem Banküberfall, der 1973 in der schwedischen Hauptstadt Stockholm stattfand. Zwei Kriminelle hielten vier Bankangestellte sechs Tage lang als Geiseln. Nach ihrer Befreiung sprachen diese – drei Frauen und ein Mann – in lobenden Worten über ihre Entführer und sammelten Geld für deren Verteidigung. Eine der Frauen löste sogar ihre Verlobung, um anschließend eine Affäre mit einem der Geiselnehmer zu beginnen.
Das Stockholm-Syndrom kann in Situationen entstehen, in denen der Geiselnehmer absolute Kontrolle ausüben kann und innerhalb dieser Phase die Grundbedürfnisse des Opfers befriedigt, wie Nahrung und Schutz. Es erscheint paradox: Obwohl sich das Opfer dessen bewusst ist, sich in einem Abhängigkeitsverhältnis als Folge der Handlungen des Entführers zu befinden, entwickelt er/sie dennoch Sympathie für den Entführer.

Meine Augen flogen über die Zeilen hinweg. Die Entführung der Enkelin des amerikanischen Millionärs William Hearst wurde genannt, die später gemeinsam mit ihren Kidnappern eine Bank überfiel. Die Zugentführung im Drenter Ort Wijster durch Molukker. Und weiter unten auf der Seite sah ich schließlich den Namen der Österreicherin Natascha Kampusch, die vom zehnten bis zum achtzehnten Lebensjahr von einem arbeitslosen ITler gefangen gehalten worden war.
»Gründliche Untersuchungen« behauptete Robert zum Stockholm-Syndrom angestellt zu haben, und wie hinter einem Nebelschleier sah ich Worte wie »schwache Persönlichkeitsstruktur«, »Bindung« oder »Identifikation« vorüberziehen. Jeder einzelne Muskel meines Körpers war steif. Ich war mir nicht sicher, ob ich tatsächlich umblättern und weiterlesen sollte. Ich kniff die Augen fest zu und öffnete sie wieder. Erst dann blätterte ich die Seite um.

14. Juni, 22.05 Uhr:
Plan gelungen! Versuchsperson M. um 21.15 am Saturnuspark angesprochen und um 21.40 Uhr in Keller gebracht. Sträubte sich anfangs, wollte weglaufen, konnte im Park aber auf andere Gedanken gebracht werden. Suggestion einer Pistole unter meiner Jacke genügte. Autofahrt verlief ruhig. Versuchsperson in geduckter Haltung, still. Beim Erblicken des Kellers kurzer Panikanfall und körperlicher Widerstand. Zweifel bezüglich Geräuschisolation Keller zu Unrecht. Ausreichend isoliert, um Geräusche seitens Versuchsperson nicht nach außen dringen zu lassen.

Vorläufige Schlussfolgerungen: rasche Anpassung an neue Situation, Temperament Versuchsperson auf den ersten Blick leicht zu handhaben. Falle: Verhalten zu gefügig. Nur Schein. Augenbewegung Versuchsperson ununterbrochen auf Fluchtmöglichkeiten gerichtet. Besonders gut in der Lage, Gefühle zu verbergen. Daher Aufmerksamkeit geboten.

15. Juni, 7.40 Uhr:
Haltung Versuchsperson beim Hereinkommen: neben dem Bett stehend, Decke schützend um Körper gewickelt. Blickkontakt: ja. Augen rot vom Weinen. Offenbar wenig geschlafen. Stellte kaum hörbare Fragen. Nicht beantwortet. Frühstück: zwei Graubrote mit Schinken, dazu ein Becher Milch. Schob Brot zur Seite, gab an, Vegetarier zu sein. Innenseite Kellertür beschädigt. Zwischenstück aus Stuhl herausgebrochen und damit Schloss gewaltsam bearbeitet. Schaden nur oberflächlich. Stabile Identität, soweit gut eingeschätzt. Umso besser für das Experiment. Frühstück wieder mitgenommen, einschließlich der Milch. Kein neues Frühstück gebracht.

Ein hohes Fiepen kam aus meiner Kehle, die sich so rauh anfühlte, als hätte ich mehrere Stunden hintereinander geschrien. Dieser Dreckskerl! Dieser miese Dreckskerl! Meine Tochter war seine Laborratte. Damit ich nicht anfing zu hyperventilieren, formte ich mit beiden Händen eine kleine Schale über dem Mund, in die ich hineinatmen konnte. Wie lange hatte das verdammte Schwein dafür gebraucht, sie zu konditionieren? Ihren Willen zu brechen und sie an sich zu binden? Ich musste mit diesem Heft zur Polizei. Das war der Beweis, nach dem ich gesucht hatte. Endlich! Aber zuallererst musste ich wissen, wohin er sie verschleppt hatte. Ich blätterte weiter, überflog Passagen, in denen Mila ihn angefleht hatte, ihr zu sagen, warum er sie gefangen hielt. Worin sie sich schlafend gestellt hatte, um ihn in dem Augenblick zu attackieren, als er gerade das Tablett mit einer warmen Mahlzeit vor dem Bett abstellen wollte. Er spickte seinen Bericht über ihre Emotionen mit sachlichen Mitteilungen über die Urinmenge, die sie in dem von ihm bereitgestellten Eimer hinterließ, und fragte sich, wie lange sie es wohl ohne Nahrung durchhalten könne. Er hielt es für denkbar, dass sie ihren Hungerstreik bis zum Eintritt des Todes durchziehen würde. »Das wäre jammerschade, weil ich dann mit einer neuen Versuchsperson von vorne beginnen müsste«, notierte er. Ich ballte die Fäuste, biss hinein, um nicht laut loszuschreien. Fast hätte ich beim Umblättern die dünnen Heftseiten eingerissen. Im Bericht vom 23. Juni blieb ich an dem Wort »nackt« hängen. An jenem Tag, genau neun Tage nach ihrer Entführung, unternahm meine Tochter den ersten, erschütternden Versuch, ihre Freiheit auf anderem Wege wiederzuerlangen. Ich dachte, meine Tränendrüsen müssten längst ausgetrocknet sein, aber ich fing wieder an zu weinen, als ich Folgendes las:

23. Juni, 18.40 Uhr:
Haltung: auf der Bettdecke liegend. Versuchsperson war nackt! Mahlzeit rutschte fast vom Tablett, bevor ich die Treppe herunter war. Konnte gerade noch rechtzeitig Gleichgewicht wiederfinden. Es wird so-

wieso nichts gegessen. Versuchsperson schwer abgemagert, aber immer noch sehr schön. Mühe, nicht auf Angebot einzugehen. Zum ersten Mal seit Tagen sprach sie wieder. Diesmal nicht die ewige Frage nach dem Warum, sondern ob ich mit ihr schlafen wolle. Ausnahmsweise geantwortet und gesagt, ich wolle nur dann mit ihr ins Bett, wenn sie es aus freiem Willen täte und nicht, um mich unversehens anfallen zu können. Versuchsperson schluchzte. Es geht in die richtige Richtung. Kummer tritt mehr und mehr an die Stelle von Angst und Wut.

Vor meinen Augen war alles so verschwommen, dass es auch nicht mehr half, die Tränen wegzuwischen. Ich sah nur noch ein Gewirr aus Buchstaben. Meine Augen produzierten so viel Flüssigkeit, dass ich sie gar nicht so schnell laufen lassen konnte. An mehreren Stellen verlief die Tinte. Ich ließ das Heft sinken und starrte auf das Bücherregal über dem Schreibtisch. »Kummer tritt mehr und mehr an die Stelle von Angst und Wut.« Mein Kopf hämmerte wie verrückt, während ich nun lesen musste, wie Mila in den darauffolgenden Tagen immer stiller wurde, keinen Blickkontakt mehr suchte, wenn das Ungeheuer in den Keller kam. Danach folgten Passagen, in denen sie immer mehr Annäherung an ihn suchte, bis er am 15. September schrieb:

Versuchsperson zeigt sich in jeder Hinsicht loyal. Hat sogar geweint, als ich ihr die Geschichte von meiner verstorbenen Frau und dem Kind, das nur kurz gelebt hat, erzählte. Nie gedacht, dass es so schnell ge-

hen würde, obwohl Versuchsperson W. Widerstand bereits nach einer Woche aufgab. Wenn man sie einmal gebrochen hat, kann man sich ihrer ewigen Treue sicher sein. Darum geht es schließlich.
Heute Mittag geht es los. Setze sie am Stadtrand aus, im Saturnuspark. Sie wird partiellen Gedächtnisverlust vortäuschen. Ein Risiko, aber es ist nahezu sicher, dass sie auch außerhalb meines Einflussbereichs loyal bleibt. Ein Durchbruch in der Forschung zum Stockholm-Syndrom. Schade, dass ich es nie unter eigenem Namen werde veröffentlichen können.

Irgendwo in meinem Gedächtnis speicherte ich die Information über Versuchsperson W. Sollte das die hysterische Frau vom Anrufbeantworter sein? Diese Wendela? Vollkommen zermürbt blätterte ich weiter und stieß auf Berichte über seine sogenannten therapeutischen Sitzungen mit ihr bis heute.

19. September, 23.30 Uhr:
Versuchsperson hat Abkommen gebrochen. Konnte achtzehnten Geburtstag nicht abwarten, hat unsere Beziehung ernsthaft gefährdet. Timing Rückkehr konnte nicht schlechter sein. Gerade noch rechtzeitig Spuren meiner Arbeit bei der Bauernscheune verwischt. Niemand wird glauben, dass wir von einer normalen Arzt-Patient-Beziehung in einer Liebesbeziehung gelandet sind. Die Polizei war hier, um mich zum Tod des kleinen Punkers zu vernehmen. Versuchsperson verhielt sich mucksmäuschenstill im Keller. Hundertprozentige Loyalität, wir dürfen

allerdings nie zusammen gesehen werden. Risiko zu groß. Zu allem Unglück gelang es Versuchsperson W., mich ausfindig zu machen. Zeigt Verhalten von Stalking, eine extreme Ausartung des Stockholm-Syndroms. Vom Standpunkt der Untersuchung aus gesehen interessant, aber hinderlich. Zudem gefährlich. Auch hiergegen werde ich bald Maßnahmen ergreifen müssen.

23. September, 23.00 Uhr: Versuchsperson jetzt seit zwei Tagen im Ferienhaus. Hält sich an Abmachung, drinnen zu bleiben, Vorhänge geschlossen und kein Lärm. Morgen Grab im Wald vorbereiten, anschließend Mutter ausloten und zu Fortschritten in polizeilicher Untersuchung befragen. Wenn alles im grünen Bereich, muss es Donnerstag passieren. Schade, Studie jedoch bereits abgerundet. Experiment gelungen. Versuchsperson hat alle Zwischenphasen auf der Skala von Hass zur Liebe vorbildhaft durchlaufen. Gehaltreicher als Experiment mit W. Eine Sache des Charakters. Frage, wie Material zu verwerten und zu veröffentlichen, für später. Vielleicht in Romanform.

Schon seit dem Grab im Wald hatte ich aufgehört zu atmen. Als es mir endlich wieder gelang, pfiff die sauerstoffarme Luft durch meinen zugeschnürten Schlund. Ein – und – aus, ein – und – aus, ein – und – aus. Die ganze Zeit hatte ich auf Knien vor dem Schreibtisch gesessen. Meine Oberschenkel zitterten so stark, dass ich befürchtete, sie würden mich nicht mehr tragen. Ganz ruhig. Jetzt zählte jede Sekunde. Denk nach! Ich drückte die Hände in meinen Bauch. Was war heute für ein Tag? Mit der Rechten zog ich mich an der Tischkante hoch. War heute nicht Donnerstag? Oder Freitag? Ich geriet in Panik. Hatte mit einem Mal kein Zeitgefühl mehr, starrte entgeistert auf mein Handgelenk, um festzustellen, dass meine neue Armbanduhr – im Gegensatz zur alten – kein Datum anzeigte. In meinem Kopf pulsierte es. Stimmte es, dass es erst Mittwoch war? Und die Beisetzung von Stan noch keine zwölf Stunden zurücklag? Es fühlte sich eher an wie ein Jahr. Falls heute tatsächlich Mittwoch war, bedeutete das, Mila lebte noch, und Robert hatte vor, sie morgen zu töten. Sofort zur Polizei, Beeilung! Zur Polizei! Ich rollte das Heft zusammen, steckte es in den Bund meiner Hose und stolperte die Treppe nach unten. Aber das Schicksal wollte es anders. Kaum hatte ich den obersten Riegel der Haustür zur Seite geschoben, als ein Auto in die Straße einbog.

17

Das Auto bremste vor dem Haus. Ich duckte mich hinter der Tür. Das Knirschen von Reifen auf dem Schotter. Rote Rücklichter blitzten im Rahmen des kleinen Seitenfensters auf. Was war da los? Es war noch lange nicht elf Uhr. Ich spurtete wieder die Treppe nach oben, drei Stufen auf einmal nehmend. Hatte ich unten Spuren hinterlassen, die meine Anwesenheit verrieten? Eigentlich glaubte ich das nicht. Hoffentlich hatte ich die Kellertür wieder geschlossen! Rasch verbarg ich mich hinter der Tür des Arbeitszimmers, die ich einen Spaltbreit offen ließ. Notfalls könnte ich den Schreibtisch vor die Tür schieben, dann wäre ich längst vom Flachdach gesprungen und zu meinem Auto gerannt, bevor er drinnen wäre.

Ich spitzte die Ohren, als sich der Schlüssel im Schloss drehte. War Mila bei ihm? Aus meiner Position heraus würde ich den Eingang nur sehen können, wenn ich den Kopf weiter hinter der Tür hervorschob, aber das traute ich mich nicht. Auf dem Granit im Flur klapperte nur ein Paar Absätze, die Schritte eines Mannes. Wohin sie gingen, war nicht auszumachen, bis ich plötzlich Stimmen vernahm. Ein winziger Anflug von Hoffnung erlosch gleich wieder, als mir klar wurde, dass es nicht Milas Stimme war, sondern jemand auf dem Anrufbeantworter. Er hörte seine Nachrichten ab. Es könnte sich um dieselbe Frau handeln wie gerade eben, aber von meinem Platz aus war nicht zu verstehen, was sie sagte. Ich musste auf der Stelle handeln, sofort, und mir blieb keine Zeit, die Spuren meines Besuchs zu beseitigen. Also ließ ich mich durch das Fenster im Arbeitszimmer auf das Flachdach sacken, um an der Pergola entlang hinunterzurutschen. Dabei regnete es Geißblatt und abgebrochene Zweige auf mich. Frisos Hemd zerriss, übrig blieb ein schmerzhaft zerkratzter Bauch. Hoffentlich würde die Doppelverglasung verhindern, dass Geräusche nach innen drangen. Den Bruchteil einer Sekunde, bevor ich mich duckte, um im Dunkeln des Gartens unter dem Fenster entlang zum Tor zu schlüpfen, sah ich Robert im Zimmer stehen. Mit zusammengekniffenen Augen schaute er gedankenverloren vor sich hin. Wahrscheinlich hörte er immer noch den Anrufbeantworter ab. Ich öffnete so behutsam wie möglich das Tor, wobei ein Scharnier lauter quietschte, als ich es vom Hinweg her in Erinnerung hatte. Geräuschlos huschte ich über den kleinen gepflasterten Weg und versteckte mich im Gebüsch zum angrenzenden Grundstück. Von dort aus kroch ich durch hohes Gras neben dem Haus der Nachbarn. Erst als ich mir heftig den Kopf an dem herausstehenden Stück Draht eines Maschenzauns schrammte, richtete ich mich auf, klopfte mir Gras und Dreck ab und lief in kurzen Schritten zu meinem Peugeot. Es war ziemlich wahrscheinlich, dass Robert innerhalb kürzester Zeit merken würde, dass jemand in sein Haus eingedrungen war. An mehreren Stellen war das Geißblatt zerknickt, Konservenbüchsen im Keller waren verschoben, die Schreibtischschublade geöffnet und sein Notiz-

buch verschwunden. Er würde sich schnell einen Reim darauf machen können, wer in seinem Haus gewesen war. In meinem Wagen blieb ich zunächst mit den Händen am Lenkrad sitzen und brachte meinen Atem unter Kontrolle. Was sollte ich jetzt tun, zur Polizei gehen? Die würden mir bestenfalls nach einem quälend langen Verhör endlich glauben und zu Roberts Haus fahren, um sich dort erst einmal umzusehen. In der Zwischenzeit hätte er aber die Situation längst erfasst, das heißt, er würde die Beine in die Hand nehmen und Mila umbringen. Daran gab es nichts zu rütteln, was also tun? Was sollte ich in Gottes Namen nur tun?
Mit dem Tuch, das ich immer benutzte, um die beschlagene Frontscheibe sauber zu machen, wischte ich mir den Schweiß von der Stirn. Rasch warf ich einen Blick auf meine Armbanduhr: zwanzig vor zehn. Die gesamte Aktion zwischen Roberts Rückkehr und meiner Flucht hatte nicht mehr als fünf Minuten gedauert. Wie hatte ich so dumm sein können, ihm zu glauben, als er behauptete, erst gegen elf Uhr nach Hause zu kommen? All die kostbare Zeit, die ich im Schockzustand auf dieses grauenerregende Heft gestarrt hatte ... ich könnte mich dafür ohrfeigen! Wäre ich doch sofort aus diesem verfluchten Haus abgehauen. Dann hätte ich allerdings den Anruf dieser Frau verpasst. Wie groß war die Chance, dass Mila tatsächlich an dem Ort war, den diese wütende Frau genannt hatte? Ein Ferienhaus im Mückeneck. Irgendwie kam mir der Name bekannt vor. Ich blickte meinem Spiegelbild in der Scheibe direkt in die Augen. Hoffentlich ließ mich mein Gedächtnis nicht im Stich!
»Mückeneck«, flüsterte ich. »Wo lag das noch mal? Denk

nach, Heleen!« Letztens war davon noch die Rede gewesen. Wer hatte davon gesprochen? Mit zitternden Fingern öffnete ich das Handschuhfach, aus dem ich das TomTom herausnahm. Ungeduldig holte ich das Navigationssystem aus der Hülle. Kaum war der grüne Schirm mit dem Startsymbol einer alphabetischen Liste gewichen, als ich auch schon das gesuchte Wort eingab. Wie befürchtet, hatte das Gerät noch nie etwas vom Mückeneck gehört. Es war ja auch keine Stadt, sondern ein Naturgebiet mit Ferienhäusern. Irgendwann würde der Groschen fallen, aber er fiel verdammt langsam. Ich wusste zwar, dass man das System auch anders benutzen konnte, aber es gelang mir nicht, mich auf die bunten Icons auf dem Schirm zu konzentrieren.

Mit beiden Fäusten hämmerte ich auf das Lenkrad ein und stieß einen Schrei der Verzweiflung aus. Wo war dieses verflixte Mückeneck? Was sollte ich bloß tun? Die Polizei einschalten? Oder Friso bitten herauszufinden, wo das war? Auf gut Glück losfahren und unterwegs jemanden fragen, ob er wusste, wo das Mückeneck lag? Ich schloss kurz die Augen und versuchte, wieder ruhiger zu atmen. Entscheide dich, Heleen! Entscheide dich jetzt! Je länger du hier sitzen bleibst, umso geringer ist die Chance, dass du Mila je lebend wiedersehen wirst.

Jemand klopfte ans Seitenfenster. Vor lauter Schreck stieß ich mir fast den Kopf an der Decke des Wagens. Ein Greis mit einem länglichen Gesicht lugte besorgt in den Wagen. Er bewegte die Lippen, aber mehr als ein paar undeutliche Laute bekam ich nicht mit. Ich öffnete das Fenster einen Spaltbreit.

»Alles in Ordnung mit Ihnen?«, rief er mit zusammenge-

zogenen Augenbrauen. »Sie sehen aber nicht so aus, als könnten Sie noch fahren. Soll ich einen Arzt holen?«
»Vielen Dank«, sagte ich, »nicht nötig, ich bin selbst Ärztin.« Hastig drehte ich den Zündschlüssel im Schloss und fuhr vom Parkplatz. Im Rückspiegel sah ich, dass der Mann einen hellen Labrador an der Leine hielt. Verblüfft sahen Herr und Hund mir hinterher. Ihn nach dem Mückeneck zu fragen, war nicht mehr nötig. Auf einmal wusste ich es wieder: Robert selbst hatte mir davon erzählt. Als Kind war er mit seinen Eltern mehrere Male dort gewesen.
Ich zog das zusammengerollte Heft, das mir ziemlich in den Magen zwickte, hinter meinem Hosengummi hervor und warf es auf den Beifahrersitz. Es war voller Blutflecke von den Kratzern, die das Geißblatt auf meinem Bauch hinterlassen hatte.

Um Viertel vor elf bog ich auf die Autobahn in südwestlicher Richtung. Obwohl ich schon dreimal das Handy in der Hand gehalten hatte und kurz davor gewesen war, die Polizei zu verständigen, konnte ich mich nicht dazu durchringen. Was, wenn sie Robert alarmierten, statt ihm Handschellen anzulegen? Er würde natürlich auch den Wagen nehmen, und da er den Weg genau kannte, wäre er noch vor mir dort. Ich konnte nur hoffen, dass er vor dem Schlafen nicht mehr in sein Arbeitszimmer ging. Das würde mir den Vorsprung einer ganzen Nacht verschaffen.
Fast zwei Stunden fuhr ich einfach geradeaus. Nach dem Tanken holte ich im dazugehörigen Shop die letzte Krokette aus dem Automaten sowie drei Büchsen Energy

Drink, obwohl ich die eigentlich nicht mehr nötig hatte. Meine Nebennieren produzierten nämlich gerade genügend Adrenalin. Aber die Nacht könnte lang werden. Auf der Autobahn war so gut wie nichts los. Die orange leuchtenden Laternen warfen ein unwirkliches Licht auf den Asphalt, und die Striche, die unter meinem Peugeot dahinsausten, schienen zu phosphoreszieren. Ein leuchtender Weg. Ich fragte mich, ob ich vor lauter Stress schon Farbeffekte wahrnahm oder ob es hier nachts immer so aussah. Ich drückte das Gaspedal noch mehr durch, bis ich bei hundertfünfzig Stundenkilometern angekommen war. Weide- und Waldflächen machten Betrieben Platz, zwischen denen hier und da auch ein Appartementhaus stand. Nur vereinzelt war noch Licht hinter den Fenstern. Die meisten Menschen schliefen schon. Sogar die Wiederholung der Late-Night-Talkshow war vorbei.

18

Kurz vor halb zwei kam ich endlich bei dem Gehöft an, von dem Robert mir erzählt hatte. Wenn ich mich recht erinnerte, lag das Mückeneck südlich davon. Ich hatte mir noch nicht die Zeit genommen herauszufinden, wie man das TomTom auch anders hätte nutzen können. Wenn ich mir keinen Rat mehr wüsste, könnte ich das Navigationsgerät später immer noch einschalten. Mit dreißig Stundenkilometern fuhr ich in das Dörfchen, keine Menschenseele weit und breit. Das einzige Café hatte geschlossen, nirgends brannte noch Licht. Halt, doch! Hinter einem der Fenster sah ich eine verzweifelte Mutter mit ihrem Baby im Arm hin und her gehen, dem sie den Rücken klopfte. Fast hätte ich dort geklingelt und sie um eine Landkarte zu dieser Gegend gebeten, aber ich spekulierte lieber darauf, dass irgendwo am Waldrand ein Schild von der Naturschutzorganisation stehen würde, auf dem ich eine Karte und Informationen fand. Das würde mir eine Menge Zeit und umständliche Erklärungen ersparen. Und wer weiß, vielleicht würde sie gar nicht öffnen.
Ich ließ das Dorf auf der Hauptstraße hinter mir, kam an einer Mühle und einem niedrig ummauerten Friedhof vorbei und bremste ab, als ich einige schlecht angebrachte Schilder entdeckte. Das unterste zeigte den Weg in Richtung Mückeneck an. Ich bog rechts ab. So weit das Auge

reichte, erstreckten sich hier leicht abschüssige Äcker, von Wallhecken umgeben. Darüber stand der Vollmond, glänzend wie eine Silberscheibe. Zu einem anderen Zeitpunkt hätte ich diese Aussicht genossen. Dort, wo die Äcker aufhörten, begannen die Wälder. Links gewaltige Tannen, rechts war Laubwald. Der Weg endete auf einem runden Parkplatz mit überdachtem Häuschen. Gott sei Dank, hier war ja das Infobrett, auf das ich gehofft hatte. Ich stellte den Peugeot so ab, dass mir seine Scheinwerfer genug Licht boten, was sich aber als überflüssig herausstellte. Der Mond hätte völlig gereicht.

Meine Hoffnung brach jedoch gleich wie ein Kartenhaus in sich zusammen, als ich sah, dass das Gebiet sieben mal acht Kilometer umfasste und auf der Karte keinerlei Häuser angegeben waren. Aus irgendeinem Grund war ich davon ausgegangen, dass es nur wenige waren. Wenn es hier große Erholungsparks gäbe, wäre mir der Name Mückeneck doch bestimmt schon öfter begegnet. Jetzt wurde mir allerdings klar, dass selbst nur zwanzig Häuser in diesem Gebiet unmöglich zu kontrollieren gewesen wären, geschweige denn fünfzig oder mehr. Wo um Himmels willen sollte ich nur anfangen? Niedergeschlagen starrte ich die dunkel- und hellgrünen Flächen auf der Karte an, auf denen feine weiße Wege eingezeichnet waren und ein Bach, der von Nord nach Süd verlief. Ein roter Wanderweg mit gelben Pünktchen schlängelte sich wie ein zackiges Oval um das Naturschutzgebiet herum.

Meine Beine waren vor Erschöpfung bleischwer geworden. Gegen die Wagentür gelehnt, zerbrach ich mir den Kopf. Was hatte Robert noch von seinen Ferien mit den Eltern erzählt? Auf jeden Fall musste das Häuschen über

dreißig Jahre alt sein, da er bereits seit seinem achten Lebensjahr dorthin kam. Jedenfalls, wenn er nicht gelogen hatte. Aber von irgendetwas musste ich ja ausgehen. Okay, das war Punkt eins. Also konnte ich neuere Häuser außer Acht lassen.
Ich rieb mir die Schläfen, dachte an den Abend zurück, als Robert und ich im Kino gewesen waren. Der Film handelte von einem Naturmenschen, der sich nicht an das Leben in der Stadt gewöhnen konnte. Im Anschluss daran hatte Robert mit einem verträumten Lächeln, das ich damals sehr anziehend gefunden hatte, vom Mückeneck erzählt. Na klar, der Bach! Jetzt erinnerte ich mich wieder! Dort hatte er als Junge oft gespielt.
Aufgeregt ging ich zu der Karte zurück. Nur an drei Stellen reichten weiße Wege bis an den Bach. Einer von ihnen führte sogar über das Wasser. Dass Robert am Bach gespielt hatte, musste nicht zwangsläufig bedeuten, dass gleich dort das Haus stand, aber ich schöpfte Mut, stieg wieder ins Auto und folgte dem asphaltierten Weg, der von Ost nach West verlief. Auf halber Strecke bog ich rechts ab. Hier war der Asphalt brüchig. Ein Kaninchen saß am Wegrand und starrte mit trüben Augen in meine Scheinwerfer – ein klarer Fall von Myxomatose.
Am Ende des Sträßchens lag ein Bauernhof mit verschiedenen Anbauten. Nirgends war ein Ferienhaus zu entdecken. Also fuhr ich den Weg zurück, wie ich ihn gekommen war, und bog nun zweimal rechts ab. Obwohl sich im Naturschutzgebiet selbst nichts als Bäume, Pflanzen und Tiere befanden, entdeckte ich auf der gegenüberliegenden Seite des Baches, hinter einem Stacheldrahtzaun, mehrere kleine Häuser. Um dorthin zu gelangen, müsste

ich wieder zurück zum Ausgangspunkt und außenherum fahren. Sicherheitshalber prüfte ich erst noch den dritten Weg, der direkt bis an den Bach führte. Auch von hier konnte man nur Häuser auf der anderen Seite des Baches erkennen. Entmutigend viele, die noch dazu auf den ersten Blick nicht neu wirkten. Mehr noch, diese rechteckigen Steingebäude strahlten die für die sechziger Jahre so typische Atmosphäre aus. Es war jetzt fünf nach zwei. Ich gönnte mir zehn Sekunden, in denen ich die Augen zumachte und meinen Energy Drink hinunterkippte, bevor ich meine Suche fortsetzte.

Das war nicht zu schaffen, einfach nicht zu schaffen. Kreuz und quer im Wald verteilt lagen vierunddreißig Häuser auf großen Parzellen, die viel Privatsphäre boten. Allein schon herumzugehen, um sie zu zählen, dauerte eine Dreiviertelstunde. Die meisten von ihnen waren mit Stacheldraht abgesichert, und die vielen Warnhinweise auf irgendwelche Alarmsysteme hielten mich davon ab, die Gelände zu betreten. Nur vor drei Bungalows parkte ein Auto. Die Urlaubssaison war zu Ende. Erst im Oktober, in den Herbstferien, würde sich der Park wieder mit kinderreichen Familien füllen. Langsam wirkte sich die Erschöpfung auch auf mein Denkvermögen aus. Mein Lendenwirbelbereich fühlte sich an, als hätte ein Elefant darauf herumgetanzt. Ich stellte meinen sinnlosen Gang über Sand- und Muschelpfade ein, die nur Sicht auf dunkle Bungalows mit geschlossenen Gardinen boten, und setzte mich auf einen Birkenstamm. Die Vorstellung, ausgerechnet hinter den Mauern eines dieser Häuser befände sich meine Tochter, felsenfest von den guten Absichten dieses

Scheusals überzeugt, machte mich ganz krank. Kälte und Feuchtigkeit drangen durch den Jeansstoff. Ich konnte mich nicht gleich dazu durchringen, wieder aufzustehen, schob die Hände unter meinen Po und dachte – mit Sicht auf einen cremefarbenen Bungalow – über meinen nächsten Schritt nach. Eins war sicher: Wenn ich in diesem Tempo weitermachte, würde es nicht hinhauen. Aus dem Schornstein des Gebäudes war plötzlich ein Kratzen zu hören. Ein Schatten flog auf, gleich dahinter kam ein zweiter. Sich zankende Krähen. Sie produzierten eine Menge Dezibel in der Nacht und verfolgten sich gegenseitig von Baum zu Baum. Würde ich, wenn ich ein Entführer wäre, mein Opfer in einem dieser Häuser gefangen halten, die ungefähr so viel Privatsphäre boten, wie die Wohnungen in typisch niederländischen Neubausiedlungen? Nicht sehr wahrscheinlich. Wer Böses im Sinn hat, der sucht die Abgeschiedenheit. Ohne auf meinen schmerzenden Rücken zu achten, stand ich auf, um mein Handy aus einer Innentasche zu fischen. Ohne eine Sekunde zu zögern, wählte ich die Nummer von Iris. Auch wenn ich sie vernachlässigt und in letzter Zeit nie zurückgerufen hatte, war ich davon überzeugt, ein paar Worte würden reichen, und meine treue Freundin würde sofort in Aktion treten. Leider war sie diesmal diejenige, die nicht abnahm. Über die Voicemail teilte sie mir mit, dass sie so schnell wie möglich zurückrufen würde, wenn ich meine Nummer hinterließ. Das wollte ich aber nicht abwarten. Das Plastikgehäuse an meinem Ohr fühlte sich kalt an. Kam jetzt etwa auch noch Fieber dazu? Sollte ich also doch bei Friso anrufen? Der würde allerdings die Polizei verständigen – das heißt, falls er mir glaubte. Eigentlich

glaubte ich es ja selbst nur zur Hälfte. Wer weiß, vielleicht lag ich ja mit erhöhter Temperatur zu Hause im Bett und hatte einen Alptraum, der gerade erst angefangen hatte. Und Mila schlief einfach ruhig im Zimmer nebenan. Klar, und in Islamabad unterzeichnete man gerade ein Abkommen zum Weltfrieden!
Auf dem Display meines Handys leuchtete ein rotes Pfeilchen auf, wie ich jetzt bemerkte. Jemand hatte versucht, mich zu erreichen. Ich schaute auf der Anrufliste nach: Vonnes Nummer stand ganz oben. Ich rief sie sofort zurück, aber sie hob nicht ab. Gerade als ich aufgeben und das Gerät wieder ausschalten wollte, hörte ich eine schläfrige Stimme etwas murmeln. Als sie begriff, mit wem sie sprach, klang sie auf einmal hellwach.
»Frau Mendels? Vor ein paar Stunden habe ich versucht, Sie zu erreichen. Ist Mila wieder da?«
»Leider nein.« Laut hallten meine Worte zwischen den Bäumen wider. Ich drehte mich zu der Buche um und sagte diesmal leiser: »Aber ich hatte gehofft, du könntest mir etwas Neues sagen.«
»Kann ich auch. Ich war doch bei Ferdi, wie Sie wissen?«
»Ja.«
»Sie werden staunen, was ich für Neuigkeiten habe. Er wollte erst nicht mit mir reden, als er dann aber hörte, dass Mila wieder vermisst wird, schon. Das ist vielleicht ein spröder Kerl, kann ich Ihnen sagen! Ich musste ihm so ziemlich jedes Wort aus der Nase ziehen. Ferdi denkt wie seine Eltern, dass Stan aus Verzweiflung und Liebeskummer Selbstmord begangen hat. Stan hatte ihm erzählt, dass er Mila gefolgt war, und Ferdi, der seinen Bruder für verrückt erklärte, hatte nicht weitergeforscht. Deshalb dau-

erte es ein wenig, bis er sich wieder an die Adresse erinnerte, die Stan erwähnt hatte. Mila ging in die ... einen Moment, ich habe es irgendwo aufgeschrieben.«

Ich hörte sie am anderen Ende der Leitung etwas durchstöbern, dann murmelte sie: »Mist, wo hab ich das bloß wieder draufgeschrieben?«

»Du kannst dir die Mühe sparen, Vonne. Es war nicht zufällig die Veenhofstraat?«

»Ja genau!«, rief sie. »Genau die war es! Stan erzählte Ferdi, dass er sie dort in ein Haus hineingehen sah. Dann hat er sich am Seitenfenster versteckt. Er sagte außerdem, sie hätten sich geküsst. Ferdi hat noch auf Stan eingeredet und ihm gesagt, er solle Sie nicht anrufen, und ... aber anscheinend wissen Sie das schon, ich meine, das mit der Adresse?«

»Stimmt. Hör mal, Vonne, ich habe jetzt keine Zeit, alles zu erklären, aber du musst mir einen Gefallen tun. Habt ihr zu Hause einen Computer?«

»Natürlich, einer steht sogar in meinem Zimmer.«

»Prima, schalte ihn mal an, bitte!«

Ohne jeden Einwand tat sie, worum ich sie bat.

»Kennst du Google Earth?«

«Ja, das benutze ich manchmal.«

»Gut so, dann musst du es nicht extra herunterladen?«

»Nein.«

»Okay«, sagte ich, »such bitte für mich ein Naturschutzgebiet, ich buchstabiere den Namen. Da drin müsste es isoliert liegende Ferienhäuser geben, die müssen wir finden.«

»Wieso das denn? Ist Mila etwa in so einem Haus?«

»Das erkläre ich dir alles später, Vonne. Mach jetzt bitte genau, was ich sage, okay?«

Während ich zum Wagen ging, gab ich ihr die Daten zum Gebiet durch und erzählte ihr, dass das gesuchte Häuschen vermutlich in der Nähe des Baches lag. Ich buchstabierte auch den Namen des Baches. Während Vonne recherchierte, fuhr ich zurück zu der Stelle, wo die Landkarte stand. Ich stellte das Auto gleich neben dem Infoschild ab. Voll Spannung wartete ich auf Vonnes Ergebnis. Mein fiebriger Schädel hämmerte. Vielleicht sollte ich mal etwas essen. Die Krokette war auch schon wieder Stunden her. Ich nahm das harte Stück Lakritz aus dem Handschuhfach und kaute darauf herum. Mit dem Handy am Ohr schaute ich aus dem Fenster und lernte so viele Wegbezeichnungen wie möglich auswendig. Ich war beim Krommeweg angelangt, als mich ein Piepsen warnte, dass mein Akku fast leer war. Ich stöhnte auf.
»Frau Mendels!« Vonne reagierte erschrocken. »Alles in Ordnung?«
»Ja, ja«, rief ich, »aber mein Akku ist fast leer. Beeil dich, Vonne!«
Ich hörte, wie ihr Atem am anderen Ende der Leitung jetzt schneller ging. Nach einer Ewigkeit sagte sie endlich: »Ich habe drei gefunden. Eins am Laagbroekweg und eins etwas weiter südlich. Ich glaube nicht, dass es ein offizieller Weg ist, aber das Häuschen steht zumindest näher am Bach als die anderen. Es ist rechteckig, von oben sieht es schwarz aus. Und dann wäre da noch das dritte Häuschen, das liegt am ...«
Verbindung unterbrochen. Vor lauter Frust schrie ich laut auf, suchte wider besseres Wissen nach dem Ladegerät, das ich zu Hause auf dem Tisch liegen gelassen hatte.
Es war jetzt nach drei Uhr. Die Zeit verging so rasch, als

stünde gar nichts auf dem Spiel. Mir blieb keine andere Wahl, es musste einfach eines der beiden Häuser sein. Die Karte gab keinen Weg südlich vom Laagbroekweg an. Vermutlich war es ein Sandweg. Ich ließ den Wagen an und folgte dem Wegenetz, das mich immer tiefer in den Wald hineinführte. Fünf Minuten später traf ich auf den Laagbroekweg. Gleich nach dem Einbiegen drosselte ich das Tempo und hielt zwischen den Bäumen nach einem abgelegenen Häuschen Ausschau. Daran, dass mit Google Earth eine Menge Bungalows unter den Baumkronen einfach nicht zu sehen gewesen sein könnten, dachte ich lieber nicht.

»Lass mich dieses eine Mal Glück haben!«, flehte ich laut.

Es klang hohl innerhalb der Wände meines Peugeots. Im Schritttempo fuhr ich bis an eine Auffahrt, die zu einer geräumigen Villa führte. Der Rasen an der Vorderseite lief rund um das Haus und war mit Rosenhecken abgegrenzt. Ich stellte den Motor ab und kurbelte das Fenster herunter. Die Wohnung selbst, die halb hinter ein paar alten Kastanien verborgen lag, machte einen dunklen, verlassenen Eindruck. Trotzdem war es theoretisch möglich, dass Mila da drin war, aber für ein Ferienhaus fand ich es irgendwie zu luxuriös. Außerdem wirkte es zu einladend. Mein Instinkt sagte mir, ich hätte bessere Chancen bei dem anderen Häuschen. Doch er hatte mich auch schon öfter im Stich gelassen. Dennoch wollte ich ihm noch eine letzte Chance geben. Was blieb mir anderes übrig?

Der schmale Weg, der in südlicher Richtung parallel zum Laagbroekweg verlief, dürfte tatsächlich keinen Namen

haben. Wenn ich nicht extra danach gesucht hätte, wäre ich bestimmt daran vorbeigefahren. Logisch, dass ich ihn bei meiner ersten Erkundungsfahrt übersehen hatte. Es war noch nicht einmal ein richtiger Sandpfad. Tiefe Morastspuren mit einer hohen Gras- und Unkrautwölbung in der Mitte wanden sich in eine ziemlich unholländische Wildnis hinein. In dem Morast waren eindeutig frische Reifenprofile zu erkennen.
Meine Haut prickelte. Das Hämmern in meinem fiebrigen Kopf ließ nach, vergessen waren die lästigen Rückenschmerzen. Hier war der Bungalow, hier war Mila, ich war mir ganz sicher!
Ich parkte das Auto ein paar Meter weiter vorne neben einem Wassergraben. Sicherheitshalber stopfte ich Roberts Heft in das Aufbewahrungsfach unter dem Lenkrad, den Verbandskasten stellte ich obendrauf. Dann kletterte ich über den Vordersitz nach hinten, nahm auf der Rückbank den Arztkoffer auf meinen Schoß und ließ das Schloss aufschnappen. Das Fläschchen mit Äther war noch halb voll. Das würde im Notfall reichen. Ich stopfte es, zusammen mit einem losen Stück Verbandsmull und einem Skalpell, in die Innentasche meiner Weste, verriegelte die Türen und machte mich auf den Weg, der mich endlich wieder mit meiner Tochter vereinen würde.
Schon nach den ersten Schritten begann ich zu rennen. Je weiter ich vordrang, umso dichter wurde das Gebüsch. Birken und Wildwuchs schlugen mir ihre Äste ins Gesicht. Ich hielt mir schützend den Arm vor und rannte weiter. Ab und zu rutschte ich mit den Füßen vom Gras in den Morast und musste mich befreien. Bis an die Knie war ich voll Schlamm. Roberts Wagen musste völlig ver-

dreckt sein. Gut möglich, aber ich hatte nicht darauf geachtet.
»Mi-la, Mi-la«, ging mein Atem, und mit jedem Zug wurde mir leichter zumute. Vorsichtshalber sagte ich mir, ich könnte mich auch täuschen. Die Enttäuschung würde umso größer sein, wenn dort kein Bungalow stand oder bloß ein unbewohntes kleines Haus, doch das wiedergewonnene Vertrauen in meinen Instinkt wuchs mit jeder Sekunde. Das Strauchwerk wich nun wieder. Da, auf einer Lichtung, stand es, von hohen Tannen umgeben, deren Äste traurig herabhingen: das dunkle Rechteck eines Bungalows.
Die letzten Meter legte ich langsamer zurück, wischte mir den Schweiß von der Stirn und scannte die Umgebung. Vielleicht hatte er ja Fallen ausgelegt. Ich wusste inzwischen, dass er zu allem imstande war. Fallen mit zackigen Eisenzähnen um das ganze Haus herum verteilt – es würde mich nicht wundern. Es sah aber nicht danach aus, als lauerte hier irgendwo ein Hinterhalt. Anscheinend wähnte er sich sicher. Gut so!
Ein Pfad im hohen Gras, darauf hier und da eine mit Moos bedeckte Natursteinplatte, führte zum Eingang. Ich blieb einen Moment unter den Tannen stehen und observierte das kleine Gebäude, bei dem, wie bei allen anderen Ferienbungalows, die Vorhänge geschlossen waren. Kurz hatte ich den Eindruck, als habe sich da etwas im Fenster bewegt, doch es war nur der Schatten einer Wolke, die sich vor den Mond geschoben hatte. Es wimmelte hier von Mücken. Voll Hingabe saugten sie sich an den unbedeckten Stellen meiner Haut fest. Ich zog den Reißverschluss meiner Steppweste bis ganz nach oben und schlich

auf Zehenspitzen über die Natursteine zum Eingang. Da es keine Klingel gab, probierte ich es mit dem Türknauf, was selbstverständlich nicht funktionierte. Man musste hier doch irgendwie hineinkommen können. Wenn ich anklopfte oder ihren Namen riefe, geriet Mila vielleicht in Panik und würde sich verschanzen. Also schlich ich um den niedrigen Bau herum. Wahrscheinlich schlief sie gerade. Im Augenblick konnte ich nur beten, dass eines der Fenster geöffnet war.

Ich kam an einem Fenster vorbei, das ein bisschen kleiner aussah als das vom Wohnzimmer. Es war geschlossen, aber die Gardinen waren nicht ganz zugezogen. Das Gesicht gegen das Glas gepresst, spähte ich hinein: eine altmodische steinerne Anrichte, das Spülbecken mit kleinen schwarzweißen Kacheln ausgekleidet. Zwei schmutzige Teller, Messer und Gabeln lagen überkreuz. Ein geringeltes Stück Orangenschale. Ich biss mir fest auf die Innenseiten meiner Wangen. Auf der Rückseite des Hauses befanden sich zwei quadratische Fenster, von denen eines einen Spaltbreit offen stand. Fast hätte ich laut aufgeatmet, so erleichtert war ich. Ein Weilchen blieb ich stehen und lauschte. Es musste möglich sein, Mila im Schlaf atmen zu hören. Aber irgendwo in der Nähe saß eine Eule, die ununterbrochen uhu-uhu rief. Behutsam drückte ich gegen das Fenster, tastete herum und stieß dabei auf denselben altmodischen Haken wie in Roberts Haus. Also brauchte ich bloß meine Finger hindurchzuzwängen und das Metall hochschnalzen zu lassen. Zentimeter um Zentimeter zog ich das Fenster auf. Hoffentlich quietschte es jetzt nicht! Mein Wunsch wurde erhört. Beim Weitertasten stieß ich auf ein Drahtgeflecht. Ein Fliegengitter. Glückli-

cherweise hatte ich das Skalpell mitgenommen. Ich holte es hervor und schnitt das Gitter in zwei Richtungen auf. Leider ging das nicht völlig geräuschlos, aber wenn Mila schlief, wurde sie nicht so schnell wach. Jetzt musste ich hindurchlangen, also entfernte ich das ausgeschnittene Gitterstück, warf es hinter mich auf den moosigen Rasen und reckte die Hand nach den Vorhängen. Plötzlich erstarrte ich. Was, wenn dort jemand anderes lag und schlief. Oder wenn das Bett leer war. Oder wenn sie mit aufgerissenen und schwarzen Fingernägeln tot dalag. Ich ließ den Baumwollstoff wieder los. Im selben Augenblick hörte ich ein Matratze knarzen. Jemand drehte sich im Bett um. Jemand hustete im Schlaf. Das war Mila!
Ich verkniff mir einen Freudenschrei. Hier war sie, mein Mädchen!
Mit vollem Gewicht stützte ich die Ellenbogen auf die kalten Fensterbankfliesen und legte meine Stirn auf die Unterarme. Jetzt bloß nicht ächzen, weinen, lachen oder jubeln. Weitermachen! Die eigentliche Arbeit lag noch vor mir.

19

Ein kleines Schlafzimmer mit gewelltem Linoleumboden, in der Ecke ein großer Schrank, ein schmales Doppelbett. Darin lag völlig entspannt meine Tochter, die Arme hinter dem Kopf verschränkt. Wehrlos. Ich konnte sie zunächst nur ansehen, im Halbdunkel. Mit angewinkelten Beinen saß ich neben ihr auf dem kalten Linoleum und nahm jedes noch so kleine Detail ihres Gesichts in mich auf. Die hochgewölbte Stirn, die Linie ihrer kleinen, geraden Nase. Die Haarlocke, auf der sie im Schlaf herumkaute.

Es kostete mich Mühe, sie nicht zu streicheln. Ich bebte vor Erschöpfung und Erregung.

»Mila«, flüsterte ich.

Sie stöhnte im Schlaf.

»Mila.«

Sie drehte sich um, zog die Decke über den Kopf. Behutsam hob ich sie hoch.

»Mila, wach auf!«

Ihr stockte der Atem. Abrupt drehte sie sich um und blinzelte. Dann ein schriller Schrei. Mila schlug die Hand vor den Mund.

»Mama?«, rief sie mit rauher Stimme. Rief es ein zweites Mal und blinzelte vor Erstaunen mit den Augen: »Mama? Bist du das wirklich?« Sie arbeitete sich auf den Ellen-

bogen nach oben und zog die nasse Locke aus dem Mundwinkel. »Träum ich?«
»Nein«, antwortete ich, »ich bin es wirklich! Endlich hab ich dich gefunden.« Ich schluckte. »Darf ich dich kurz an mich drücken?«
Sie nickte wortlos und ließ sich von mir in die Arme nehmen. Obenherum war sie nackt und warm, und ihr Hals roch nach Schlaf und dem süßlichen Parfüm, das sie seit ein paar Wochen trug. An einem Finger steckte ein Ring, den ich bisher noch nicht an ihr gesehen hatte. Das war wohl der Ring, von dem Stan geredet hatte. Es war nichts Besonderes daran zu erkennen. Einfach ein goldener Ring. Ich spürte an ihrem Herzschlag, wie verunsichert sie war. Am liebsten wäre ich für alle Zeit so sitzen geblieben.
»Aber wie ... wo ist denn Robert?«, wollte sie wissen. Ihre Augen bekamen jetzt einen panikartigen Glanz.
»Robert ist bei sich zu Hause.«
»Oh! Weiß er, dass du hier bist?«
»Nein.« Ich achtete genau auf Milas Reaktion. Sie öffnete den Mund, sagte aber nichts. Schlug die Bettdecke auf und setzte einen Fuß auf den Boden.
Als sie gerade aufstehen wollte, fragte ich sie: »Was hast du jetzt vor, Mila?«
»Ich ... ähm ... ich will Robert anrufen.«
»Um diese Uhrzeit?« Ich warf demonstrativ einen Blick auf meine Uhr. »Es ist erst kurz vor fünf. Er schläft doch jetzt. Lass ihn sich ruhig noch ein Weilchen ausruhen. Inzwischen können wir uns miteinander unterhalten.«
»Unterhalten? Ist das okay für Robert? Ich meine, hast du mit ihm darüber gesprochen?«
»Nein. Wie ich schon gesagt habe: Er weiß nicht, dass ich

hier bin. Aber das ist auch egal. Wann wollte er denn wiederkommen?«
»Morgen, am Nachmittag. Er hat Klienten bis drei, danach wollte er sofort ins Auto steigen und hierher fahren. Denk bitte nicht allzu schlecht von ihm, Mama. Das hier ist ihm wirklich nicht leichtgefallen.«
»Ja?«, fragte ich zähneknirschend.
Sie schnaubte nervös. »Du bist bestimmt wütend. Auf ihn, und auf mich …«
Irgendwie gelang es mir, den Kopf zu schütteln und auf eine möglichst glaubwürdige Art zu lächeln.
»Hasst du mich jetzt sehr?«
Ich legte ihr eine Hand auf den Arm. »Mein liebster Schatz, wie könnte ich dich jemals hassen?«
»Hasst du mich wirklich nicht?« Mila fiel mir geradezu in die Arme. »Gott sei Dank«, flüsterte sie. »Da bin ich aber froh! Du hast dir doch sicher Sorgen um mich gemacht.«
»Ach«, brachte ich hinter zusammengebissenen Zähnen hervor, »ein bisschen schon.«
»Wie hast du mich eigentlich gefunden?«
»Das ist eine lange Geschichte, Liebes. Dazu bräuchte ich einen Kaffee. Einen heißen Kaffee.«
»Oh, na klar! Ich zieh mich nur schnell an, dann mache ich dir gleich einen.« Mit nichts als einem schwarzen Rüschenslip bekleidet ging meine Tochter zur anderen Seite des Zimmers. Flüchtig streifte mich eine salzige Duftmarke. Der Geruch von Sex. Ich biss so fest beide Kiefer zusammen, dass ich mir fast den Zahnschmelz kaputt machte. Mila schaltete das Licht an. Mit dem Rücken zu mir schlüpfte sie rasch in ein Sweatshirt und eine Jeans. Obwohl sie noch nicht wieder ihr gesundes Gewicht von

früher hatte, sah sie schon wesentlich besser aus als vor zwei Wochen auf der Parkbank, wo sie allen Gedächtnisverlust vorgetäuscht hatte. Ich wollte gerade eine Bemerkung darüber machen, da drehte sie sich zu mir um und schrie auf.

»Argh! Mama, wie siehst du denn aus! Was um alles in der Welt ist bloß mit dir passiert?«

Ich sah an mir herab. Unter meiner Weste lugte ein Zipfel von Frisos Hemd heraus, zerrissen und voller Blutflecken. Meine Schuhe und die Hose waren völlig verdreckt und die Unterarme zerschrammt. Wahrscheinlich war das passiert, als ich mir einen Weg durchs Gestrüpp bahnen musste. Mila schob mich zu dem hohen Schrank in der Schlafzimmerecke und öffnete eine Tür mit einem Spiegel an der Innenseite. Meine Augen starrten mir aus einer geschwollenen, roten Kraterlandschaft entgegen.

»Ach das!«, sagte ich, »ich habe den Wagen etwas weiter oben geparkt und unterwegs ein paar fiese Äste abbekommen. Und Insekten. Dabei fällt mir ein: Ich habe ein Stück Fliegengitter durchgeschnitten. Vielleicht machst du besser das Fenster zu, wenn du nicht bald so aussehen willst wie ich.«

»Du siehst aus, als hättest du gekämpft.« Kopfschüttelnd schloss Mila das Fenster und lotste mich in die Küche, wo sie mich auf einen Stuhl an den Küchentisch setzte und mit feuchten Tüchern meine Verletzungen abtupfte.

»Wenn wir doch nur eine Dusche hier hätten«, sagte sie.

»Dann könntest du dich gleich gründlich sauber machen. Möchtest du etwas Essig?«

»Nein danke, ich nehme doch lieber den Kaffee.«

»Essig gegen die Mückenstiche, meine ich.« Sie lächelte

schwach. »Nicht zu fassen, dass du in diesem Zustand noch Witze reißen kannst.«
Ich sah ihre schmalen blassen Hände, die geschickt mit den Küchengegenständen hantierten, ihren schlanken Hals, der stolz aus dem ausgeleierten Rand des alten Sweatshirts ragte, und ihren wilden Haarschopf. Wie geisteskrank musste man sein, eine so verletzbare junge Frau in eine derartige Horrorsituation zu bringen? Und wie hatte sich das alles vor meinen Augen abspielen können? Was sagte das über mich als Mutter?
Alles zu seiner Zeit, Heleen. Du wirst später noch genug Gelegenheit haben, darüber nachzudenken. Oberste Priorität hat jetzt, Mila hier wegzuholen, ohne dass sie argwöhnisch wird.
»Erzählst du mir jetzt, wie du mich gefunden hast, Mama?«, unterbrach sie meinen Gedankengang.
»Das war gar nicht so schwierig«, antwortete ich. »Robert hat mir selbst erzählt, dass ihr beide hier seid.«
Mila machte große Augen. »Wirklich? Davon hat er mir ja gar nichts gesagt.« Sie lief rot an. »Er meinte, ich müsse es noch ein wenig für mich behalten, dass wir uns lieben. Bis zu meinem achtzehnten. Ich wollte dich ja anrufen, Mama, ehrlich! Ich habe ihm noch gesagt, dass ich es dir und Papa nicht antun könnte, noch einmal ohne Nachricht zu verschwinden. Aber er hat es mir nicht erlaubt. Ich durfte dir aber einen Brief schreiben. Den hast du doch gefunden, oder?«
Ich nickte.
»Aber wieso ich euch nichts davon erzählen durfte und er es dann selbst tut, das kapiere ich nicht«, überlegte sie laut.

»Ach«, murmelte ich, während ich meine dreckigen, eingerissenen Nägel inspizierte, »wahrscheinlich hat er Mitleid mit mir bekommen und ist deshalb mit der Wahrheit herausgerückt. Und ihm liegt natürlich Artikel 249 auf dem Magen.«
»Was für ein Artikel?«
»Unzucht mit Macht- und Vertrauensmissbrauch.«
Sie drehte sich um und sah mir geradewegs in die Augen. »Aber es war keine Unzucht«, sagte sie scharf. »Ich war damit einverstanden. Mehr noch: Ich war es, die ihn verführt hat, nicht umgekehrt.«
Das versetzte mir einen Stich. »Ist das so?«
»Ja, das ist so.« Mila war in Kampfstellung.
Ich seufzte. »Das ist letztlich egal, Mila. Er war dein Therapeut, du bist siebzehn und musstest dich darauf verlassen können, dass eine Vertrauensperson, wie ein Therapeut, die Situation nicht ausnutzt.«
»So gut wie achtzehn.«
»Selbst wenn du achtundachtzig wärst, wäre es immer noch strafbar. Er hätte dich beschützen müssen, statt mit dir ins Bett zu gehen.«
Flehend sah sie mich an. »Du musst mir glauben, Mama, dass es mir schrecklich leidtut! Ich wünsche mir nichts sehnlicher, als dass du auch wieder glücklich wirst.« Mila blickte nach draußen auf die Tannenspitzen. »Ich konnte nichts dagegen tun«, sagte sie mit belegter Stimme. »Ich bin einfach völlig auf ihn abgefahren. Seit dem Moment, als du mich zum ersten Mal in seine Praxis gebracht hast.« Sie senkte den Kopf und wartete darauf, wie ich reagierte.
Ich massierte meine Schläfen. »Hör zu, Mila. Wir beide werden das alles bald ausführlich miteinander besprechen.

Natürlich ist das wichtig, ich will mich auch gar nicht davor drücken, aber im Augenblick bin ich dafür einfach zu müde. Aber glaube mir bitte, dass ich es nicht halb so schlimm finde, wie du denkst.«
Jetzt entkrampften sich ihre Schultern.
»Ist das dein Ernst?«
»Ja, Liebes.«
»Wie kann das denn sein? Sind Papa und du ...«
»Nein, das zwar nicht, aber nimm es jetzt einfach mal von mir an, bitte.«
»Okay.« Nach einiger Überwindung: »Und Robert hat sich trotzdem strafbar gemacht, auch wenn die Initiative von mir ausging?«
»Ja, das hat er.«
Sie nickte, senkte den Blick. »Zeigst du ihn an?«, fragte sie im Flüsterton.
Wenn ich sichergehen wollte, dass sie gleich freiwillig mit mir ins Auto steigen würde, musste ich jetzt lügen.
»Nein«, sagte ich, »ich zeige ihn nicht an, es sei denn, du sagst mir hier und jetzt, dass er doch seine Macht missbraucht hat.«
Mila richtete ihre anthrazitfarbenen Augen auf mich. Es musste sich doch jetzt ein Widerstreit in ihr abspielen. Irgendwie musste sie doch verstehen, dass ich ihr die Geschichte vom Gedächtnisverlust nicht mehr abkaufte. Und wenn sie mich auch nur ein klein bisschen kannte, wüsste sie, dass ich niemals gutheißen würde, wie das alles hier gelaufen war. Das war nicht meine Mila, die da ein leidenschaftliches Plädoyer für einen durchgeknallten Medikus hielt. Das war nicht meine Mila, die sprach, es war das Stockholm-Syndrom.

»Du darfst ihn nicht verurteilen, Mama. Er hat es wirklich sehr schwer gehabt. Und als ich ihm erzählte, ich hätte mich in ihn verliebt, weigerte er sich erst, mich anzufassen. Wie gesagt, ich habe ihn verführt«, behauptete Mila und bekam feuerrote Ohren. »Er hat mich die ganze Zeit gewarnt, es sei nicht richtig und wir müssten warten, bis ich achtzehn bin, aber ich konnte nicht so lange warten. Also ist doch alles meine Schuld.«

Wie sehr war ihm sein Experiment doch gelungen, stellte ich bitter fest.

»Und wie steht es eigentlich mit Stan?«

Falls Mila erschrak, als sie diesen Namen hörte, ließ sie es sich jedenfalls nicht anmerken.

»Stan? Das war schon aus, bevor ich Robert kennengelernt habe, das weißt du doch.« Mit dem Fuß öffnete sie die Klappe des Plastiktreteimers, fischte die Orangenschale zwischen Daumen und Zeigefinger aus dem Spülbecken und warf sie hinein.

In der kleinen Küche duftete es langsam überall nach Kaffee. Die Ellenbogen auf die rot-weiß karierte Tischdecke gestützt, legte ich müde das Kinn in die Hände.

»Gehört das Häuschen Robert?«, erkundigte ich mich nach einer langen Pause, in der Mila die Teller mit einem Spülschwamm schrubbte, um sie anschließend in ein abgenutztes Abtropfgestell zu setzen. »Oder hat er es gemietet?«

»Ich bin mir nicht sicher. Ich glaube, es ist von irgendeinem Verwandten, oder so.« Sie nahm zwei Keramiktassen aus dem Unterschrank und goss beide voll. In ihre gab sie zwei gehäufte Löffel Zucker und einen Schuss Kaffeesahne, in meine träufelte sie ganz behutsam ein kleines

bisschen fettarme Milch. Ich schmiegte die Hände um die warme Tasse und blies hinein. Ihre Stimme vibrierte und sie verzog dabei die Mundwinkel, als sie sagte: »Ich begreife ja, dass du wissen wolltest, wie es mir geht. Trotzdem hoffe ich, du verstehst, dass ich nicht mehr mit dir nach Hause komme. Ich bin jetzt eine erwachsene Frau.«
Das war der Moment, um meinen Trumpf aus dem Ärmel zu ziehen. Wenn das nicht funktionierte, musste das Fläschchen Äther in meiner Westentasche zum Einsatz kommen.
Ich machte ein furchtbar trauriges Gesicht und sagte: »Das würde ich vollkommen verstehen. Aber es ist etwas geschehen, das du wissen solltest. Gestern bekam ich einen Anruf aus dem Krankenhaus.« Ich stand auf und legte ihr eine Hand auf die Schulter. »Mach dich auf das Schlimmste gefasst, Kind: Dein Opa ist schwer krank. Opa Jan.«
Sie machte eine unkontrollierte Handbewegung mit der Spülbürste. »Opa? Krank? Aber er hat mir erst kürzlich die neue Tasche geschenkt. Da war alles noch in Ordnung mit ihm.«
»Ja, da schon. Aber in der Zwischenzeit hatte er einen Schlaganfall. Er war gerade im Obstgarten, Äpfel pflücken, als er zusammenbrach. Er hatte aber Glück, weil seine Nachbarin zu Besuch war. Die hat sofort den Krankenwagen gerufen.«
»Oh, wie schrecklich!« Ihr Gesicht war ganz grau geworden. »Und jetzt?«
»Jetzt liegt er im Koma. Ab und zu brabbelt er etwas vor sich hin, aber ich fürchte, er schafft es nicht mehr bis zum Ende der Woche.«

Tief bestürzt starrte mich meine Tochter an. Spülwasser tropfte von der Bürste auf ihren nackten Fuß.

»Man kann nicht viel von seinen Worten verstehen, nur deinen Namen nennt er immer wieder ganz deutlich«, ergänzte ich in dramatischem Ton.

Sie zog die Brauen zusammen. »Wieso hast du mir das nicht gleich erzählt, dass Opa im Krankenhaus liegt?«

»Ach du lieber Himmel, Mila, ich wollte dir doch keinen Schrecken einjagen. Die ganze Situation ist doch schon absurd genug, findest du nicht?«

Schüchtern nickte sie. »Ja«, sagte sie leise.

Erbarmungslos schob ich rasch noch hinterher: »Also musst du mit mir ins Krankenhaus.«

Mit lautem Knall stellte sie ihre unangerührte Kaffeetasse wieder auf die Anrichte. »Damit ist Robert bestimmt nicht einverstanden«, rief sie. »Ich muss ihn erst anrufen. Hoffentlich hat er dafür Verständnis. Vielleicht ja schon, wenn ich sage, dass es um meinen Opa geht. Er weiß, wie viel er mir bedeutet.« Sie wollte schon aufspringen, da packte ich sie am Arm.

»Du brauchst Robert nicht anzurufen«, sagte ich mit eindringlichem Blick. »Er muss es ja gar nicht erfahren.« Ich schaute auf meine Armbanduhr. »Es ist jetzt sechs Uhr. Morgen Mittag, also nachher, wenn er die Tür seiner Praxis hinter sich zuschließt, bist du längst wieder hier. Ich bring dich zurück.«

Plötzlich hellhörig, sah sie mich an. »Wirklich? Meinst du das ernst? Geht dir das alles nicht ein bisschen zu weit?«

Zeit für das ganz große Geschütz. Ich schlug mir die Hände vors Gesicht und rief: »Was bleibt mir anderes übrig? Du lässt mir ja keine Wahl. Mir platzt vor lauter Sorgen

bald der Schädel. Komm bitte mit mir, Mila. Es ist wahrscheinlich das Letzte, was du für deinen Opa tun kannst.«
Sie lehnte sich gegen die Anrichte, verschränkte die Arme und schaute mich an, als sähe sie mich zum ersten Mal. Hatte ich etwa zu dick aufgetragen? Was ging ihr bloß durch den Kopf? Draußen war nur das Rauschen des Windes in den Bäumen zu hören. Sogar die Eule gab keinen Mucks von sich.
Nach einer halben Ewigkeit kam Mila in Gang.
»Also gut«, sagte sie. »Ich ziehe mir noch schnell Schuhe an, und dann gehen wir eben.«

20

Es war immer noch dunkel, als der letzte sanft gewellte Acker aus meinem Rückspiegel verschwand und sich stattdessen Grünflächen mit Industriegebäuden abwechselten. Ein nebliger Schleier hing über dem Gras, was den von Neonreklame beleuchteten Büros ein gespenstisches Aussehen verlieh. Als ob es den Gebäuden an Fundament fehlte.

Mila hatte die Augen geschlossen, hing auf dem Beifahrersitz, den Kopf gegen die Stütze gelehnt. Mit jeder Sekunde entfernten wir uns weiter von dem Ort, an dem der geistesgestörte Psychiater ein Grab für meine Tochter hatte schaufeln wollen. Wir hatten es geschafft! Obwohl ich mich nicht zu früh freuen wollte, kam in mir ein wahnsinniges Glücksgefühl auf. Alle paar Sekunden warf ich einen Blick auf meine kostbare Tochter. Am besten wäre es, jetzt direkt zur Polizeiinspektion zu fahren. Mila würde mich zwar dafür hassen, aber erst wenn Robert hinter Schloss und Riegel wäre, könnte das Leben wieder seinen gewohnten Gang gehen. Mila hatte wieder eine Zukunft.

Wie funktionierte das, jemanden vom Stockholm-Syndrom zu heilen? War das so ähnlich wie beim Umprogrammieren von Sektenfanatikern, nachdem sie von ihren Familienmitgliedern befreit worden waren? Oder musste man einfach Geduld haben und viel reden? Eins wusste ich sicher: Da half nur die Methode kalter Entzug. Wie ein Heroinabhängiger von seiner Droge loskommen konnte, indem er von jetzt auf gleich damit aufhörte, ohne schrittweise abzubauen, so musste meine Tochter einen Entzug von ihrem Entführer machen. Ich hoffte inständig, dass sie ihm nie wieder unter die Augen treten musste und der von ihm verfasste Folterbericht im Rahmen seiner sogenannten Forschung zum Stockholm-Syndrom als Beweismaterial ausreichen würde, um ihn für den Rest seines Lebens hinter Gitter zu bringen. Da konnte er der Nachwelt einen schönen Überblick verschaffen, wie es sich anfühlte, an seinen Gefängniswärtern zu hängen – oder an dem Kreuz, auf das ihn seine Mithäftlinge hoffentlich nageln würden.

»Mama?«, sagte Mila, die mich jetzt mit weit geöffneten Augen prüfend ansah und meine Rachephantasien unterbrach. »Ich finde das so schrecklich mit Opa«, sagte sie leise. Dabei wischte sie sich mit dem Ärmel ihres Sweatshirts über die Augen. »Bist du ganz sicher, dass er stirbt? Gibt es kein bisschen Hoffnung?«

Ich zuckte die Achseln. »Vielleicht geschieht ja ein Wunder, aber ehrlich gesagt, habe ich nicht viel Hoffnung.« Bevor sie noch mehr zu dem Thema fragen konnte, sagte ich rasch: »Hast du inzwischen eine Ahnung, Mila, was mit dir nach dem 14. Juni passiert ist? Sind noch Erinnerungen hochgekommen?«

Sie saugte ihre Unterlippe ein. Es dauerte eine Weile, bis sie antwortete.

»Nein, nicht wirklich. Vielleicht bleibt es ja für immer ein schwarzes Loch.«

»Und findest du das schlimm?«
»Früher oder später werde ich mich damit abfinden müssen. Mein Leben muss doch weitergehen.«
Es klang wie ein auswendig gelernter Satz, was es natürlich auch war.
Obwohl ich mich damit aufs Glatteis begab, fragte ich: »Kannst du dich noch daran erinnern, wie du Robert vor deinem Verschwinden fandest?«
Sie drehte den Kopf zum Seitenfenster, das gerade Sicht auf einen Lärmschutzwall aus Wellblech bot, und antwortete: »Damals kannte ich ihn natürlich nicht gut. Und ich wollte nichts mehr auf der Welt, als dass Papa und du wieder zusammenkämt. Er war eine Bedrohung, auf die ich völlig kindisch reagiert habe. Ich war einfach ein großes, verwöhntes Kind.«
»Und das bist du jetzt nicht mehr?«, erkundigte ich mich, nicht ohne ein gewisses Gefühl von Trauer.
Keine Reaktion. Sie starrte immer noch aus dem Fenster und auf die Schatten, die in der Dunkelheit vorbeisausten. Wieso sollte sie auch auf so eine rhetorische Frage eingehen?
Die Straßendecke war hier besonders dunkel, anscheinend hatte es ordentlich geregnet. Die orange leuchtenden Laternen warfen ihr verfremdendes Licht auf den Flüsterasphalt, weswegen ich kurz die Augen zukneifen musste, um den Fokus nicht zu verlieren.
»Könnte es nicht auch so gewesen sein«, platzte ich plötzlich heraus, »dass du dir unbewusst vorgenommen hast, dich in Robert zu verlieben, damit ich wieder frei wäre, und du deinem Vater somit die Chance geben wolltest, zurückzukehren?« Mein Herz raste wie eine frisch aufge-

zogene Spieluhr. Mein Gott, fand dieses Gespräch wirklich statt? Worauf wollte ich eigentlich hinaus? Das arme Kind in diesem Stadium schon so unter Druck zu setzen, ich war wohl nicht ganz bei Sinnen!
Sie wollte gerade etwas sagen, als im selben Moment ein marimbaartiger Ton zu hören war – der Klingelton ihres Handys. Verflixt und zugenäht! Völlig vergessen, ihr Telefon auszuschalten. Wie konnte ich nur so dämlich sein! Mir brach der Schweiß aus. Ihr offensichtlich auch. Sie nahm das Gespräch nicht an, starrte aber wie hypnotisiert auf das Display.
»Ist das Robert?«, erkundigte ich mich so beiläufig wie möglich.
»Ja.«
»Es ist erst kurz nach sechs. Lass ihn ruhig in dem Glauben, dass du noch schläfst.«
»… okay.«
Die Marimba hörte auf, und gleich darauf meldete ein eindringliches Geräusch, dass Mila eine Nachricht hatte. Sie hörte den Bericht ab und wurde bleich.
»Er weiß es«, flüsterte sie, »er weiß, dass ich nicht in dem Häuschen bin.«
»Wie meinst du das?«
»Wie ich es sagte!«, rief sie panisch. »Robert weiß Bescheid!«
»Sagt er das?«
»Ja.« Nervös fing sie an, am Saum ihres Sweatshirts herumzuzupfen. »Ich muss ihn zurückrufen.«
»Neeein! Nein«, schob ich sofort in etwas ruhigerem Ton hinterher. »Überleg mal, Mila. Woher sollte er es denn wissen? Er ist doch in seinem eigenen Haus. Er wird ja

schließlich keinen Minisender in dein Handy eingebaut haben, oder?« Beim Aussprechen kam mir das auf einmal gar nicht mehr so unwahrscheinlich vor.
Aber meine Tochter antwortete: »Er ist im Ferienhaus.«
»Das ist unmöglich!«, sagte ich scharf. »Ich dachte, er wäre nach Hause gegangen, weil er heute den ganzen Tag arbeiten musste, stimmt's?«
»Trotzdem ist es so«, sagte sie. Mila presste die Lippen aufeinander. »Ich muss ihn anrufen.« Ihre Stimme wurde schrill.
»Hör mal«, sagte ich, einen anderen Kurs einschlagend, »ihr habt eine Beziehung. Und in einer gesunden Beziehung sind beide Partner gleichwertig.« Dass ich diese Worte, ohne mich an meiner eigenen Zunge zu verschlucken, über die Lippen brachte, dafür wollte ich nachher eine Medaille. »Robert ist nicht dein Chef. Und selbst wenn er das wäre, hätte er noch nicht das Recht, dich zu zwingen. Du hast die Wahl, einen freien Willen!«
Sie mahlte mit dem Kiefer.
»Hörst du? Einen freien Willen«, betonte ich noch einmal.
Sie nickte und ließ ihr Mobiltelefon von einer Hand in die andere gleiten.
»Nun? Oder bist du anderer Ansicht?«
Wieder nickte sie.
»Antworte bitte, Mila.«
Sie wandte mir ihr aschfahles Gesicht zu. »Du kapierst überhaupt gar nichts, Mama«, sagte sie verzweifelt. »Wir, Robert und ich, hatten eine Abmachung. Und die habe ich verletzt.«
Der Einzige, der hier etwas verletzt hat, ist dieser völlig durchgeknallte Psychopath!

Ich streckte die Hand nach ihr aus. »Gib mir mal dein Handy. Ich rufe ihn selbst an.«
Mila wich mir aus.
»Komm schon«, bat ich, »hab keine Angst. Ich werde ihm keine Vorwürfe machen. Ich will ihm bloß sagen, dass ich dir nur die Gelegenheit geben will, von deinem Opa Abschied zu nehmen, und dass ich dich gegen Nachmittag wieder zurück zum Mückeneck bringe.« Weil ich eine ausholende Bewegung machte, um das Gerät zu bekommen, wäre ich um ein Haar auf den Sattelschlepper vor uns aufgefahren. Schnell warf ich das Steuer nach links und zog an dem Laster vorbei.
»Pass doch auf, was du tust! Wir hätten jetzt tot sein können!« Rote Flecken in ihrem weißen Gesicht.
»Gib mir jetzt dein Handy, Mila.«
»Nein.«
Es fing an zu regnen. Dicke Tropfen spritzten auf der Frontscheibe nach allen Seiten. Ich schaltete die Scheibenwischer ein.
»In Ordnung«, sagte ich, »aber glaub ja nicht, dass ich jetzt kehrtmache und dich zurückbringe.«
Mila hörte mir gar nicht zu. Mit vorgebeugtem Kopf bearbeitete sie ihr Handy mit dem Daumen. Sie schickte ihm eine SMS. Und wenn schon, dachte ich bei mir. In eineinhalb Stunden sind wir bei der Polizei, dann können wir diesen Alptraum endlich hinter uns bringen. Mehrere Minuten saßen wir schweigend nebeneinander, nur das monotone Geräusch der Scheibenwischer war zu hören. Ich versuchte so gut wie möglich die Konzentration zu behalten. In weiter Ferne war ein erster Lichtstreifen am Horizont zu sehen. Hoffnung ist ein Lichtstreifen am

Horizont ... Mila simste in einem fort. Ich war so müde, mein Gott, so müde. Mitten im Tippen warf mir mein Kind einen abschätzigen Blick zu. Obwohl keine von uns etwas sagte, schlug die Stimmung komplett um, ohne dass ich etwas dagegen hätte tun können, außer zu sagen, dass ich sie liebte. Was ich dann auch tat. Sie reagierte mit einer Kopfbewegung, die eher nach Verachtung als nach Zustimmung aussah. Ich blieb trotzdem dabei, dass es bloß eine Frage des Weiterfahrens und Durchhaltens war.
Nach einer Weile schaute sie von ihrem Telefon auf und sagte: »Ich muss mal pinkeln.«
Ich nickte.
»Ich auch.« Bei der erstbesten Parkgelegenheit hielt ich an. Mehr als ein Schlenker im Asphalt mit ein paar Abfalleimern war es nicht. Picknickbänke in hohem Gras. Ein paar Trampelpfade, wo man die zusammengeknüllten Papiertücher schon von weitem liegen sehen konnte. Überbleibsel von menschlichen Exkrementen oder anonymem Sex. Mila machte Anstalten auszusteigen, doch ich drückte auf die Zentralverriegelung, und alle Türen schnappten ins Schloss. Empört drehte sie sich nach mir um.
»Woher weiß ich, dass du nicht wieder wegläufst?«, fragte ich ruhig.
»Warum sollte ich, hm? Und vor allem, wo sollte ich um Himmels willen hin?«
»Gib mir endlich dein Handy.« Wieder streckte ich die Hand aus.
»Wozu?«
»Ich will sicher sein, dass du nach dem Pinkeln auch wiederkommst. Ohne Handy kannst du Robert nicht erreichen. Dann habe ich dich vor ihm gefunden.«

»Und was, wenn ich's nicht hergebe?«
»Dann rufe ich die Polizei.«
Wütend bohrten sich ihre Augen in meine. Hinter ihr peitschte der Regen gegen das Beifahrerfenster. Keine Spur mehr von der liebenden, besorgten Mila.
»Lass mich hier raus!«
Schweigend streckte ich die Hand aus.
»Soll ich etwa auf den Sitz pinkeln?«
Ich war knallhart, schlug den gleichen unterkühlten Ton an wie sie. »Du musst tun, was du für richtig hältst, Mila. Es lässt mich völlig kalt, ob du auf den Sitz pinkelst oder nicht. Du musst ja selbst die ganze Fahrt über darauf sitzen.«
Nun lieferten wir uns einen Kampf in der Disziplin, wer hält dem Blick des anderen am längsten stand. Ich gewann, Mila wandte zuerst den Blick ab und stieß einen dramatischen Seufzer aus. »Kriege ich mein Handy zurück, wenn wir gleich weiterfahren?«
»Ja.«
»Versprochen?«
»Versprochen.«
Sie rümpfte die Nase. »Was ist ein Versprechen von dir eigentlich wert?«
»Du wirst es darauf ankommen lassen müssen.«
»Okay, aber dann schütze ich erst einmal meine Privatsphäre.«
Sie drückte noch auf ein paar Tasten, ich nahm an, dass sie Roberts Nachrichten löschte, und warf mir das Ding desinteressiert hin. Ich fing es auf, ließ es in einer der Taschen meiner Steppweste verschwinden und entriegelte das Auto. Sie stieg aus. Während sie einen der Pfade hinter

den Picknickbänken nahm, begab ich mich zu einer dicken Eiche auf der anderen Seite des Parkplatzes. Ich redete mir ein, Mila sei gleich wieder besser drauf. Notfalls würde ich eben die Geschichte von ihrem Opa weiter ausmalen, um sie gefügiger zu machen. Da kannte ich keine Skrupel. Und mein Vater fände es sicher nicht schlimm, wenn ich seinen fiktiven Leidensweg im Krankenhaus noch ein wenig aufbauschte. Nur noch hundertdreißig Kilometer, sprach ich mir Mut zu, während ich mich niederhockte, um mich zu erleichtern. Was waren schon hundertdreißig Kilometer?
Kaum hatte ich den Reißverschluss meiner Hose wieder geschlossen, hörte ich jemanden rennen.
Es war Mila. Sie lief nicht vom Parkplatz weg, sondern auf den Wagen zu. Erschocken klopfte ich meine Taschen ab. Was für ein Glück, ich hatte die Schlüssel bei mir. Ein alberner Reflex, schließlich konnte Mila überhaupt nicht Auto fahren. Aber warum rannte sie dann? Völlig perplex beobachtete ich, wie sie sich auf den Fahrersitz fallen ließ und vorbeugte. Irgendetwas machte einen Klick. Im Auto und zur gleichen Zeit auch in meinem Kopf. Ich legte einen Sprint ein. Meine Tochter stieg wieder aus dem Peugeot aus, eilte vor zur Motorhaube und zog sie nach oben. Mehr als drei Sekunden brauchte sie nicht, um zu finden, wonach sie suchte. Ich konnte beim besten Willen nicht erkennen, was sie da machte. Als ich am Wagen ankam, schmiss sie mit triumphierendem Blick die Motorhaube zu.
»Was treibst du da?«, japste ich. »Was fällt dir denn ein?«
»Das wirst du gleich merken, wenn du versuchst, den Wagen zu starten.«

Ich öffnete die Motorhaube wieder und starrte auf das aus Kolben, Zylindern und Kabeln bestehende Puzzle. Ich hatte nicht den blassesten Schimmer von Automotoren. Wie lang ich auch darauf starrte, ich konnte nichts Abweichendes entdecken.
»Was hast du getan, Mila? Etwas abgerissen oder herausgeholt?« Ich drehte mich um. «Du hast etwas weggenommen, stimmt's?« Jetzt packte ich sie am Handgelenk. »Mach die Hand auf! Zeig her, was du da hast!«
Sie öffnete ihre Faust nicht. Hochmütig blickte sie auf mich herab.
»Mach die Hand auf!«, wiederholte ich.
»Nein.«
»Muss ich es mir mit Gewalt holen? Ist es das, was du willst, dass ich dir weh tue?«
Ihr Mund war ein einziger Strich. Mit meiner freien Hand versuchte ich, ihre zusammengepressten Finger aufzubiegen.
»Lass sofort los!«, schnaufte ich, bebend vor Wut und Erschöpfung. »Sonst breche ich dir die Finger.«
Wie eine Sphinx, über alles Irdische erhaben, stand sie da und blickte auf mich herab, wie ich in der dreckigen Böschung herumsprang und mit meinen schmutzigen, zu lang gewachsenen Fingernägeln die zarte Haut ihrer Hand aufkratzte.
Der Regen hörte auf, aber ich war ja sowieso durchnässt. Von außen der Regen, von innen der Schweiß. An meinem erschöpften Leib war keine einzige trockene Faser mehr. Unter der Straßenbeleuchtung wirkte die Haut ihrer Hand unglaublich weiß, mit roten, von mir verursachten Kratzern.

Schneewittchen und die gemeine, dreckige, böse Hexe. Augenblicklich ließ ich von ihr ab.

»Dein Opa«, stammelte ich. »Ich verstehe ja, dass du wütend auf mich bist, aber denk an deinen Opa! Gib mir bitte her, was du da unter der Motorhaube weggenommen hast, und dann bringe ich dich zu ihm. Eines Tages werden wir über all das reden müssen, ich habe so viel falsch gemacht, Mila, und es tut mir unendlich leid.« Ich ließ die Hände sinken. »Aber jetzt müssen wir …«

»Hör endlich auf zu lügen!«, schrie sie mich an. »Opa liegt überhaupt nicht im Krankenhaus – er ist zu Hause! Du hast mich betrogen!«

»Das stimmt nicht, Mila. Wie kommst du denn darauf? Lass es mich dir beweisen. Bitte«, flehte ich sie an.

Sie verschränkte die Arme und schüttelte den Kopf. Vollkommen unbeugsam.

»Du hättest Schauspielerin werden sollen, Mama. Mit deinem panischen Blick und der zitternden Stimme.« Sie lachte verächtlich. »Oh, was habe ich doch für eine liebevolle, besorgte Mutter! Bei Nacht und Nebel macht sie sich auf die Suche nach ihrer Tochter, damit sie von ihrem Opa Abschied nehmen kann. Wie rührend! Du solltest dich mal sehen! Mit diesem Haar und den zerrissenen Kleidern siehst du wie eine Vogelscheuche aus. Du bist sogar ein paar Kilo abgemagert, um deine Rolle überzeugender spielen zu können.«

Wenn Mila mir mit einem knüppelharten Baseballschläger in den Magen geschlagen hätte – sie hätte mich nicht härter treffen können. Ich taumelte und sah für einen winzig kleinen Moment sogar Sternchen.

»Und all die Tränen, ha! Applaus, Applaus!« Mila klatschte in die Hände, ihr Gesichtsausdruck veränderte sich. »Hör bloß auf mit deiner erbärmlichen Show! Robert hat bei Opa angerufen. Der schlief noch, fühlte sich aber offensichtlich pudelwohl. Ach, fast hätte ich's vergessen. Ich soll dich schön von ihm grüßen.«

21

Es gab sicher keinen Ort auf der Welt, der so gut zu meinen Gefühlen passte wie dieser Parkplatz. Trist und grau in der Morgendämmerung, ohne Hoffnung auf Trost in Form von Wärme, Nahrung oder Mitleid.
Mila hatte sich wieder ins Auto gesetzt und schaute mit leerem Blick vor sich hin ins Halbdunkel.
In meinen nassen Kleidern zitterte ich vor Kälte, versuchte die Gemeinheiten, die sie mir an den Kopf geworfen hatte, nicht an mich herankommen zu lassen, indem ich mir immer und immer wieder sagte, es sei das Stockholm-Syndrom, das da sprach, und nicht meine Tochter. Vergeblich wiederholte ich meine flehende Bitte, mir das Teil zurückzugeben. Wäre ich stärker gewesen, hätte ich darum kämpfen können, aber wir wussten beide, dass ich dabei den Kürzeren ziehen würde. Sicherheitshalber machte ich doch einen Versuch, den Wagen anzulassen. Vielleicht war die ganze Aktion ja nur ein Bluff gewesen. Dem war aber nicht so, und inzwischen war mir auch völlig klar, von wem sie diese Information bekommen hatte. Robert hatte ihr in einer seiner SMS erklärt, was sie tun musste, um den Motor lahmzulegen. Und das konnte nur bedeuten, dass er auf dem Weg zu uns war. Also stieg ich aus und entfernte mich ein paar Meter vom Auto. Hinter einem armseligen Bäumchen, das kaum Sichtschutz bot,

nahm ich das Handy meiner Tochter aus der Tasche, um Friso anzurufen.
Heb ab, Friso, bitte.
Meine Bitte wurde erhört.
»Mila?« Er klang erstaunt und müde vom Schlafen.
»Nein«, sagte ich, »Heleen. Von Milas Handy aus.« Ich lehnte mich mit meinem ganzen Gewicht gegen den kleinen Baum, dessen komplette Ladung Regen, die er abbekommen hatte, sich prompt über mich ergoss. Ich wischte mir eine nasse Haarsträhne aus dem Gesicht. Mir war auf einmal, als müsse ich einen Riesenkloß herunterschlucken.
»Heleen? Was gibt's, wo steckst du?«
»Auf einem Parkplatz auf der A2, kurz vor Nieuwegein«, brachte ich endlich heraus. »Ich habe Mila gefunden! Robert hat sie in einem Ferienhaus in Brabant gefangen gehalten.«
Einen Augenblick war es still. Dann stieß er ein seltsames Lachen hervor. »Robert? Robert Lindeman? Du machst wohl Witze!«
»Ruf sofort Wissink an, Friso! Mila hat das Auto lahmgelegt, und Robert kann jeden Moment hier sein. Er will Mila umbringen!«
»Was? Was? Ich verstehe nicht, Heleen. Was meinst du mit ...«
»Lass die Kontakt zur Polizei von Nieuwegein oder Utrecht aufnehmen«, sagte ich tonlos. »Sonst ist Robert eher hier als die Polizei.«
»... ein Parkplatz an der A2?«
Ich sah es vor mir, wie er sich auf der Bettkante sitzend die Augen rieb.

»Ruf die Polizei, Friso! Oder gib mir die Nummer. Ja, das ist wahrscheinlich besser. Gib mir Wissinks Nummer.«
»Aber wie ist es möglich, dass ...«
Mehr bekam ich nicht mit. Mich traf plötzlich ein harter Schlag ins Gesicht, und meine Tochter riss mir das Telefon aus den Händen. Ich hatte sie nicht kommen hören. Sie schaltete sofort das Gerät aus. Ihre Augen sprühten Funken.
»Da haben wir's wieder! Man kann dir einfach nicht trauen! In einem Moment sagst du, es täte dir leid und du hättest so viel falsch gemacht, und im nächsten Moment lockst du die Polizei hierher.« Sie wies mit dem Zeigefinger auf mich. »Ich bin fast achtzehn, schon vergessen? Du bist einfach nur eifersüchtig. Eine eifersüchtige Scheißmutter. Und weil Robert mich liebt und nicht dich, willst du mir mein Leben verderben.«
»Mila, ich ...«
Sie gebot mir aufzuhören. »Mit wem hast du da geredet? Mit Papa?«
Ich nickte stumm.
Mit dem Handy am Ohr ging sie auf den Wagen zu. Wie gelähmt starrte ich ihr hinterher. Was hielt sie davon ab, mich hier allein stehen zu lassen mit einem Auto, das nicht ansprang, und einem leeren Akku? Sie hatte ihren eigenen Apparat zurück und konnte Robert von jedem x-beliebigen Ort aus anrufen.
Hatte ich noch eine Wahl? Natürlich hatte ich die, aber es war vielleicht meine letzte Chance. Jedenfalls musste ich sofort handeln.
Ich drehte mich um, so dass sie, falls sie zu mir herüberschauen sollte, nicht bemerkte, wie ich unten an meinem

ausgefransten Hemd zwei, drei Streifen abriss. Ich schraubte das Ätherfläschchen auf und hielt es unter der Weste an meinen Bauch gepresst. Anschließend ging ich, so ruhig wie möglich, mit dem blutigen Stofffetzen hinter meinem Rücken zu meiner Tochter.
Auf den letzten Metern drückte ich den Äther kopfüber auf den Lappen, bis der Stoff vollkommen durchtränkt war.
»Okay, Papa. Freut mich, dass du die Polizei nicht verständigt hast«, hörte ich sie sagen. Einen Ellenbogen auf das Dach des Peugeots gestützt, stand sie da. »Wir kommen, so schnell es geht, zu dir. Mach dir keine Sorgen ..., nein, du brauchst nicht nach Nieuwegein zu kommen. Wie schon gesagt, wir kommen zu ...«
Genau in dem Moment legte ich Mila meinen linken Arm um den Hals und presste ihr mit der Rechten den Lappen ins Gesicht. Ihr Körper versteifte sich, das Telefon fiel ihr aus der Hand und landete ein ganzes Stück entfernt auf dem Asphalt. Nach dem ersten Schreck widersetzte Mila sich wie eine Wilde. Ihre Schreie erstickten im Stoff. Sie umklammerte meinen Arm, fing an, daran herumzuziehen, während sich ihr Oberkörper aufbäumte. Weil ich kleiner und leichter war, flog ich wie eine Stoffpuppe durch die Luft. Mit aller Macht hielt ich den Pfropfen auf ihre Nase gedrückt, während sie mich hin- und herschleuderte. Wie lang dauert das denn, bis es wirkt? Gütiger Gott, wie lange noch? Und wieso hatte mir keiner gesagt, dass meine Tochter eine Löwin war? Gerade als ich befürchtete, sie würde mich an meinem eigenen Auto zerquetschen, spürte ich, wie ihre Kräfte nachließen. Ich fasste wieder Mut und verstärkte meinen Griff. Dann war

es schneller um sie geschehen, als ich zu hoffen gewagt hätte, und sie sank in meinen Armen in sich zusammen.
Fast wäre ich unter ihrem Gewicht in die Knie gegangen, während ich sie möglichst behutsam auf die Rückbank schob. Dabei geriet sie in eine eigenartige Position – den Rücken gegen die Lehne, ihr langes nasses Haar im Dreipunktegurt verheddert. Ich lief auf die andere Seite des Wagens, stieg von dort ein, machte ihre Haare los und zog Mila behutsam weiter. Danach holte ich das Abschleppseil aus dem Kofferraum und band ihre Hände mit mindestens sechs Knoten an der Kopfstütze des Beifahrersitzes fest. Weit und breit keine Spur von dem Teil, das Mila aus dem Motor entfernt hatte, auch nicht in ihren Hosentaschen, soweit ich das ertasten konnte. Vielleicht hatte sie es ja weggeworfen. Ich musste wohl zwischen den Zigarettenstummeln suchen und den durchnässten Papiertüchern, den Schrauben und klebrigen Plastikdeckeln, von denen der Parkplatz übersät war. Und das, ohne überhaupt zu wissen, wonach. Auch ihre Kleidung war feucht, aber nicht halb so durchnässt wie die meine. Ich rieb ihr Haar mehr schlecht als recht mit dem Zipfel einer alten Decke trocken, die ich seit dem ungewöhnlichen Schneesturm vom 25. November 2005 in meinem Auto aufbewahre.
Anschließend breitete ich die Decke über sie. Eine blaue Ader pochte sanft auf ihrer Schläfe. Ihr Mund war leicht geöffnet, und ich sah feine Risse auf ihrer trockenen Unterlippe. Das brachte mich darauf, dass das seltsame Gefühl in meiner Kehle wahrscheinlich Durst war. Ich musste irgendwo Wasser herbekommen. Aber zunächst wollte ich prüfen, ob das Telefon noch funktionierte. Also stieg

ich wieder aus und schnappte mir das Gerät. Die Rückseite war herausgeflogen, das winzig kleine Plättchen lag ein Stückchen weiter im Dreck, gleich daneben die Batterie. Ich nahm das Handy mit ins Auto, wo ich das Licht einschaltete und alle Bestandteile wieder ineinandersetzte. Als jedes Teil am richtigen Platz war, schaltete ich das Handy ein. Es funktionierte noch. Nun brauchte ich nur noch die PIN einzugeben.

Ratlos schaute ich auf das Display: ganze vier Ziffern von der Rettung entfernt. Ich gab diverse denkbare Zahlenkombinationen ein, wie Milas Geburtsdatum, kombinierte Hausnummern, ja ich versuchte es sogar mit Roberts Geburtsjahr, doch alles ohne Ergebnis. Das Bedürfnis, den Fahrersitz nach hinten zu klappen und einfach die Augen zu schließen in Erwartung von Roberts Kommen, war riesengroß. Ich ächzte.

Wäre es nicht herrlich, nur für fünf Minuten die Augen zu schließen? Fünf Minuten nur. Danach würde ich bestimmt wieder klarer denken können und eine Lösung finden, wie ich hier wegkäme. Wäre die Gefahr, dann nicht wieder aufzuwachen, nicht so groß gewesen, hätte ich meinem Bedürfnis sofort nachgegeben.

Augenblick mal! Mila war jetzt gefesselt, also konnte ich doch zur Straße laufen und eines der sporadisch vorbeifahrenden Autos anhalten. Es wurde langsam heller, sicher kam der Verkehr bald richtig in Gang.

Ja, und sofort dem nächsten Psychopathen begegnen, warnte mich meine innere Stimme. Ich schaute um mich und blieb an der Betriebsanleitung hängen, die mit einer Ecke aus dem Seitenfach in der Wagentür herauslugte. Na klar! Dass ich da nicht eher draufgekommen war. Hastig

blätterte ich das Büchlein durch, wobei ich mich auf die Abbildungen der Innenausstattung unter der Motorhaube konzentrierte. Ich öffnete die Klappe und machte mich an einen langwierigen und schwierigen Vergleich zwischen den Abbildungen und dem, was ich in Wirklichkeit sah. Das ging nicht so rasch, weil es draußen noch zu dunkel zum Lesen war und ich mich immer wieder ins Auto hineinsetzen musste, um zu kontrollieren, was ich da gelesen hatte. Wenn ich nur wüsste, was fehlte, wäre klar, wonach ich suchen müsste. Als ich zum dritten Mal mit geschwollenen, brennenden Augen den Motorblock anstarrte, fiel mir plötzlich auf, dass eines der Kabel, das hinter einer Gummiabdeckung verschwand, nicht richtig angeschlossen war. Vorsichtig zog ich daran. Das Ding hing einfach lose!
Die Betriebsanleitung gab an, dass es sich um ein Kabel zwischen der Zündspule und der Verteilerkappe handelte. Auf der Abbildung war es allerdings angeschlossen. Aufgeregt drückte ich das Kabel wieder dorthin, wo es hingehörte, und versuchte noch einmal, den Wagen anzulassen. Es war wie Musik in meinen Ohren. Ich jubelte so laut, dass Mila sich rührte und die Augen öffnete.
»Du hattest ja überhaupt nichts herausgenommen!«, rief ich.
Geistesabwesend blickte sie mich an. Sie war noch nicht völlig wieder bei Bewusstsein, aber das würde nicht mehr lange auf sich warten lassen.
Eilig warf ich die Motorhaube wieder zu, prüfte, ob alle Türen gut geschlossen waren, und verließ den Parkplatz. Vom Rückspiegel aus konnte ich sehen, dass Mila nun langsam zu sich kam.

Sie fand auch ihre Sprache wieder. Vergeblich an den Fesseln zerrend, brüllte sie herum. Ich solle sie losmachen. Dürfe ihr das Glück mit Robert nicht missgönnen. Ich sei eine jämmerliche Mutter, die völlig versagt habe und ihr persönliches Glück über das ihrer Tochter stellte.
Als sie ihre Tirade kurz unterbrach, sah ich sie über den Spiegel an und sagte: »Ich habe dich auch furchtbar lieb, Mila.«

Noch eine Viertelstunde auf der Autobahn, und dann noch mal zehn Minuten vom Stadtrand bis ins Zentrum. In einer halben Stunde würde ich mich auf der Polizeiinspektion melden. Ich hielt das Lenkrad fest im Griff und erhöhte die Geschwindigkeit auf hundertfünfzig Stundenkilometer. Es war ja fast niemand auf der Straße – außer hier und da ein Lieferwagen. Ich konnte einfach auf der linken Fahrbahn bleiben.
In der letzten halben Stunde war Mila still geworden. Dem Anschein nach schlief sie, den Kopf gegen das Fenster gelehnt, aber es konnte genauso gut sein, dass sie bereits über eine Fluchtmöglichkeit nachdachte, sobald ich sie von ihren Fesseln befreit hätte.
Plötzlich tauchten wie aus dem Nichts gigantische Scheinwerfer hinter mir auf. Ich bekam fast einen Herzinfarkt. Welcher Idiot glaubte, er müsse mit Fernlicht so nah auf den Vordermann auffahren? Rasch zog ich den Wagen auf die rechte Spur, aber statt mich zu überholen, schwenkte das Auto ebenfalls nach rechts und fuhr weiter hinter mir her. Die Polizei natürlich! Das Spiel hatten sie schon einmal mit mir gemacht. Erst schikanemäßig hinter mir herfahren und gleich mit viel Tamtam und Blaulicht überho-

len und einen Strafzettel ausstellen. Aber wie groß war meine Freude, dass sie da waren. Ich hätte sie knutschen können. Was gab es für eine bessere Eskorte für den Weg zum Polizeiamt als die Polizei selbst?
Ich ließ das Gaspedal hochkommen und drosselte die Geschwindigkeit bis auf hundertzwanzig Stundenkilometer, die Höchstgeschwindigkeit. Die Polizei verlangsamte ebenfalls ihr Tempo. Gespannt wartete ich ab, bis das Wort Polizei in meinem Rückspiegel aufleuchten würde, was jedoch nicht geschah. Ich geriet ins Zweifeln. Die Art, wie sie mich die ganze Zeit über die Spiegel blendeten, konnte man wohl kaum als Warnung begreifen.
Und dann fiel der Groschen: Es war Robert.
Es war Robert, und der war nicht zur Patienteneinschätzung gekommen. Reflexhaft drückte ich kräftiger aufs Gas. Der Zeiger des Kilometerzählers stieg auf hundertsechzig. Mein Verfolger zog mit. Trotz der Dämmerung erkannte ich etwas Dunkelblaues. Eine Schnauze wie ein zähnefletschender Hai. Unverkennbar Roberts Mercedes. An der Ausfahrt 11 erhöhte ich die Geschwindigkeit auf hundertsiebzig und überholte einen Opel, der wie eine Schnecke vorwärtskroch. Mein Bedränger ging mit und schloss wieder auf. Ausfahrt 12 kam immer näher. Was konnte ich tun? Was hatte er vor? Wollte er mich aufhetzen, bis ich irgendwo zerschellte? Oder mich einkeilen, sobald wir von der Autobahn herunter waren?
Fieberhaft dachte ich nach. Er hatte auf allen Gebieten einen Vorsprung. Sein Mercedes, der allerneuste Typ, war wesentlich stabiler als mein Auto. Außerdem hatte er nichts mehr zu verlieren. Wenn es mir gelänge, mit Mila die Polizeiinspektion zu erreichen, war sein Leben gelaufen.

Und er wusste, dass ich dorthin unterwegs war. Die einzige Art, ihn zu schlagen, war, etwas Unerwartetes zu tun.
Er ging davon aus, dass ich Ausfahrt 14 nehmen würde. Als mir klar wurde, was zu tun war, stieß ich einen Klagelaut aus. Meine Haut spannte wie eine Regenjacke, die zu eng war – so stark brach mir der Schweiß aus. Ich musste es riskieren.
Ich warf rasch einen Blick in den Rückspiegel: Mila schlief noch immer, da war ich sicher. Sonst hätte sie ja längst auf die Anwesenheit ihres Geiselnehmers reagiert. Das war jedenfalls etwas, wofür ich dankbar sein konnte.
Ausfahrt 13 kam immer näher. Gott sei Dank blieb mir keine Zeit mehr, darüber nachzudenken. Ich musste es einfach tun. Das Lenkrad fest in den Händen, trat ich das Gaspedal bis zum Anschlag durch. Der Kilometerzähler stieg jetzt auf hundertneunzig. Die gesamte Karosserie vibrierte, laut Kilometerzähler müsste der Peugeot bis zu zweihundertzwanzig Stundenkilometer schaffen, in Wirklichkeit würde das Auto vermutlich auseinanderfallen, sobald die Zweihundert-Marke erreicht wäre.
Die Leitplanke bildete einen regelrechten Rennstreifen in einer vorbeirasenden Landschaft aus undefinierbaren Formen. Ich sprach mir selbst Mut zu, was wegen des Motorlärms kaum zu hören war und eher wie ein ächzendes Flüstern klang: »Du schaffst das, du schaffst das ...«
Ein Schweißtropfen rollte mir vom Haaransatz über die Stirn bis in einen Augenwinkel. Es brannte, aber ich konnte ihn nicht fortwischen, da das Steuer in meinen Händen zu sehr vibrierte. Fast waren wir an der Ausfahrt 13 vorbei, aber nur fast! Ich biss mir in die Unterlippe. Die gestrichelte Markierung der Ausfahrt zerfloss wieder

zu einer durchlaufenden Linie; Böschung und Leitplanke kamen beängstigend nah. In allerletzter Sekunde riss ich das Steuer nach rechts. Und gleich darauf scharf nach links. Mit aller Gewalt bremsend, tat ich mein Bestes, um nicht in der Böschung zu landen. Und es schien zu klappen. Die ganze Aktion schien zu klappen, nur eines ging mächtig schief: Robert war es ebenfalls gelungen!
Mit einem lauten Knall bohrte sich die Schnauze seines Wagens in den Kofferraum des Peugeots.
Mein Kopf flog nach vorn, ich sah nur noch Gebüsch auf mich zukommen, und dann wurde es dunkel.

22

Stimmen. Ich hörte Stimmen, konnte aber nichts sehen. Wo war ich?
»Sie muss sofort ins Krankenhaus.« Das war Mila. Mila war doch weggelaufen? Das war doch der Grund, weshalb ich nach ihr suchte. Also hatte sie jetzt mich gefunden statt ich sie. Nachdenken tat weh. Warum dachte ich ständig an Mücken? Hier waren doch keine, soweit ich wusste. Aber ich konnte nichts sehen. Vielleicht klebten sie ja zu Tausenden an dem Fliegengitter.
»Du musst auf der Stelle das Krankenhaus anrufen«, hörte ich wieder die Stimme meiner Tochter. Es klang eindringlich. Warum forderte sie mich dazu auf? Wusste sie denn nicht, dass mein Telefon kaputt war? Ich sah die kleine Kunststoffabdeckung noch vor mir im Gebüsch liegen. Oder war das gar nicht mein Telefon?
Ich machte den Versuch, meinen Kopf in Richtung des Geräusches zu bewegen, ließ es aber wieder sein. Besser nicht. Es war sowieso stockfinster hier. Irgendetwas stimmte da nicht. Gerade war es doch alles andere als dunkel gewesen? Die Welt war voller Farben. Der Mond hatte eben noch geleuchtet. Silbern. Wunderschön silbern. Ich sah weiße Streifen, die unter mir wegsausten. Weiß auf Schwarz. Bröckeliger Asphalt. Orange leuchtende Laternen. Ein grauer, kleiner Bungalow unter den Tannen. Die

Bilder verschwammen. Machten anderen, älteren Bildern Platz. Ich fuhr eines Abends spät vom Bauernhof meines Vaters nach Hause und entdeckte plötzlich einen Wagen, der kopfüber im Graben lag. Der Fahrer war hinter dem Steuer eingeklemmt, überall war Blut. Damals hatte die Nacht auch viele Farben gehabt, besonders rot. Der Fahrer lebte noch und schaute mich aus großen Augen an, ohne mich aber zu sehen. Er war blind, erblindet durch den Aufprall. Arterielle Embolie. Mir blieb nichts anderes übrig, als einen Krankenwagen zu rufen, ein Kissen zwischen seinen Kopf und das Steuer zu schieben und seine Hand festzuhalten, bis medizinische Hilfe kam. Wieso sah ich auf einmal diese Bilder vor mir? Das lag alles Jahre zurück.
Ausfahrt 13. Warum Ausfahrt 13? Grelle Scheinwerfer in meinem Rückspiegel. Ein Knall. Das Gefühl, aufgespießt zu werden.
Jetzt dämmerte es mir allmählich: Ich hatte selbst einen Unfall gehabt. War es das, was mir mein Unterbewusstsein deutlich machen wollte? Versuchte es mir beizubringen, dass ich blind war? Ich geriet in Panik. Ich musste auf der Stelle ins Krankenhaus, damit man einen Ultraschall von meinem Herz machen konnte. Wenn es kein Blut mehr in die Retina pumpte, wäre es vorbei.
»Hast du das Krankenhaus angerufen?«, hörte ich Mila rufen. «Schicken sie einen Krankenwagen?«
Ich wollte ihr noch sagen, dass ich in meinem Zustand doch unmöglich in der Lage war, ein Krankenhaus anzurufen, als ich die Stimme einer dritten Person hörte.
»... kann jeden Augenblick hier sein.«
Die Stimme kam von weiter weg, aber ich erkannte sie aus

Tausenden: Robert! Mit einem Mal war ich völlig bei Bewusstsein.
Ich schlug die Augen auf. Da war sie, meine Tochter. Ihr Gesicht war so nah, dass ihre langen Haare meinen Hals streichelten. Augen, besorgt und dunkel wie Gewitterwolken. Ich war überhaupt nicht blind, und meine Tochter lebte. Das waren gute Nachrichten. Mein Sitz war aber seltsam nach vorn geklappt, die Fahrertür schwer deformiert. Die schlechte Nachricht war, dass ich irgendwie dazwischen eingeklemmt war. Mein Genick schmerzte, mein Kopf hämmerte, immerhin konnte ich meine Beine und den rechten Arm bewegen.
»Mama«, sagte Mila erleichtert, »ein Glück!« Sie wollte schon das Gesicht abwenden, um Robert zu rufen, aber ich schnappte mir das Erstbeste, das ich erwischen konnte. Eine Locke.
»Au, was machst du ... Mama?« Sie runzelte die Brauen. »Was ist denn?«
»Nicht ... rufen«, flüsterte ich unter Schmerzen. Unter- und Oberkiefer saßen nicht mehr richtig aufeinander. »Er will ... uns ... töten.«
Sie betrachtete mein Gesicht von oben bis unten. Ich sah, wie sich ihr Ausdruck veränderte. Sie fürchtete, ich hätte sie nicht mehr alle beisammen.
»Ich weiß, dass ... er dich in seinem Keller ... eingesperrt hatte«, schob ich unter großer Anstrengung hinterher.
Sie federte kurz nach hinten und verschwand aus meiner Sicht. Erschrocken fuchtelte ich mit der Hand herum. »Nicht weggehen ...«
Jetzt erschien ihr Gesicht wieder über meinem.
»Das ist jetzt vorbei, Mama«, antwortete sie ebenfalls flüs-

ternd. »Ich weiß, dass das ein Verbrechen war, und er weiß das auch. Aber jetzt ist alles anders. Weil ich ihn liebe! Wir wollen gemeinsam neu anfangen. Zuerst müssen wir aber versuchen, dich in ein Krankenhaus zu bekommen. Wo hast du Schmerzen?«
»Du musst Hilfe ... holen, Mila.«
»Robert hat einen Krankenwagen gerufen, der kann jeden Moment hier sein.«
»Das bezweifle ich.«
»Wie bitte?«
»Ich bezweifle, ... dass er einen Krankenwagen gerufen hat. Was drückt da so gegen ... meinen Hinterkopf?«
»Die Kopfstütze.«
»Nimm sie weg.«
»Hab ich schon probiert, aber ich hatte Angst, dass dabei dein Körper verrutscht. Du hast mir selbst beigebracht, nicht an eingeklemmten Leuten herumzuzerren.«
»Nimm sie trotzdem weg ... ich gehe ein vor Schmerzen!«
»Sollte ich nicht doch besser Robert bitten, dass ...«
»Kann ich etwas tun?« Roberts Gesicht tauchte auf. Nach dem ersten Schreck stellte ich mit grimmiger Genugtuung fest, dass seine komplette linke Gesichtshälfte voller Blut war.
»Meine Mutter möchte, dass wir die Kopfstütze wegnehmen.«
»Gut, dann versuchen wir das. Lass mich mal ran.«
»Nein!«, flüsterte ich. Sogar meine Zunge tat mir weh.
Mila hob die Hand. »Sie ist ziemlich verwirrt. Besser, ich probiere es. Moment! Wenn ich sie gleich festhalte, kannst du dann schauen, ob sich der Sitz weiter nach hinten be-

wegen lässt?« Sie kniff mir zur Ermutigung leicht in die Hand. »Halte durch, Mama. Das kommt schon in Ordnung.«
Robert verschränkte die Arme. »Ich habe eine bessere Idee. In meinem Kofferraum steht ein Werkzeugkasten.« Er hielt ihr einen Schlüsselbund hin. »Holst du mir da bitte einen Engländer und einen Schraubenzieher heraus?«
Meine Augen bohrten sich flehentlich in die von Mila.
Sie gab die Schlüssel wieder zurück. »Keine Ahnung, wie so ein Engländer überhaupt aussieht«, sagte das Mädchen, dem ihr Vater, seit sie laufen konnte, beigebracht hatte, alle möglichen technischen Problemchen zu beheben. »Vielleicht holst du ihn besser selbst.«
Roberts Blick wanderte von Mila zu mir und wieder zurück zu Mila. »Okay«, sagte er besonnen und verschwand außer Sichtweite.
Wenn ich jetzt noch einmal behauptete, Robert wolle uns ermorden, würde sich Mila wahrscheinlich von mir abwenden. Es musste etwas passieren, und zwar sehr, sehr schnell. Viel Phantasie brauchte es nicht, um darauf zu kommen, was er mit dem Engländer und dem Schraubenzieher vorhatte. Ein Stückchen weiter hörte ich einen Wagen bremsen und in unsere Richtung kommen.
»Mila«, zischte ich, »da kommt ein Auto. Renn! Versuch, es anzuhalten!«
Ihr Kinn klappte ein wenig herunter. »Aber der Krankenwagen ist schon unterwegs, und ...«
»Tu, was ich sage!« Ich überstrapazierte meine Stimmbänder, die sich wie lose Gummibänder anfühlten und rasselten. »Renn!«

Erst war sie noch unschlüssig, dann kroch sie im Rückwärtsgang aus dem Wagen, und ich hörte, wie sie davonstob. Roberts Stimme, der ihr hinterherbrüllte. Ihre, die sich überschlug. Ich konnte zwar nicht sehen, was geschah, aber ich hörte, wie das Auto anhielt. Die Nägel in die Handflächen krallend, wartete ich ab. Das Atmen tat weh wie Rasierklingen im Hals. Erst jetzt fiel mir auf, dass die Frontscheibe wie ein großes Spinnennetz aus dicken Glasstücken war. Die Scheibe saß noch in der Falz, würde aber, falls Druck darauf ausgeübt würde, in unzähligen Splittern auf meinem Schoß landen. Stimmen! Meine Welt bestand aus zwei Quadratmetern verformten Blechs und Stimmen. Sie kamen näher.
»Ich möchte nicht auf meinem Gewissen haben, dass Ihre Tante zu spät am Flughafen ankommt«, hörte ich Robert sagen. »Fahren Sie ruhig weiter. Der Krankenwagen kann jeden Augenblick hier sein.«
»Ach, das macht doch nichts«, antwortete eine sympathische Männerstimme. »Ich bin sowieso zu früh dran. Außerdem erspart mir das einen dünnen Kaffee und öde Familiengeschichten!«
»Na dann, dann werde ich mal meinen Werkzeugkasten holen.«
Falls der Fahrer erschrocken war über den Trümmerhaufen, den er hier vorfand, ließ er es sich jedenfalls nicht anmerken. Er war bestimmt Sozialarbeiter von Beruf. Gemeinsam mit Mila beugte er sich nun über mich. Der Mann war um die fünfzig, hatte eine Glatze mit graumeliertem Haarkranz. Seine freundlichen braunen Augen sahen mich beruhigend an.
»Guten Tag!«, sagte er, «Ihre Tochter hat mich gebeten zu

helfen, Sie aus diesem Sitz zu befreien, aber Ihr Mann ist anscheinend anderer Meinung. Was möchten Sie denn selbst? Wollen Sie lieber auf den Krankenwagen warten?«
»Nein. Bitte, nehmen Sie die Kopfstütze weg«, flüsterte ich.
»Aber ich kann doch nicht ohne Zustimmung Ihres Mannes ...«
»Versuchen Sie es bitte.«
Er betrachtete die Stütze und untersuchte, ob man den Sitz weiter nach hinten schieben konnte.
»Das müsste eigentlich gehen«, sagte er. »Komisch, dass Ihr Mann das nicht selbst gesehen hat. Sind Sie sicher, dass Sie alle Körperteile bewegen können?«
»Ja. Machen Sie schnell!« Es machte mich halb wahnsinnig. Wie gern hätte ich Mila laut zugerufen, sie müsse achtgeben, was Robert tat. Aber sie folgte mit Argusaugen den Handlungen des Mannes, der den Griff seitlich vom Sitz hinunterdrückte. Ich stieß mich mit den Füßen ab, und der Sitz fuhr wie eine alte Lore auf rostigen Schienen nach hinten.
»Oh! Da hat er sich wohl getäuscht. Das ging doch prima«, sagte der freundliche Helfer lächelnd. »Hat ein bisschen geklemmt, aber dann doch geklappt. Versuchen Sie jetzt mal ganz vorsichtig, ob Sie ...« Plötzlich verstummte er und schaute auf, als er jemanden von hinten über den Rasen auf sich zu rennen hörte. Der Schraubenzieher traf ihn mit voller Wucht genau zwischen die Augen. Sein Mund klappte auf, erstaunt sah er mich an. Ich blickte genau in das Loch in seinem Schädel. Es wurde rot vor meinen Augen. Sein warmes Blut spritzte auf meine Oberschenkel. Mila schrie auf. Der nächste Schlag traf ihn am

Hinterkopf. Mila schrie wieder, schwankte zurück. Seine Finger glitten vom Sitz. Der Mann fiel zu Boden wie ein Sack Kartoffeln.
Ich schrie mir die Lungen aus dem Leib: »Weg, Mila! Renn!«
Robert, mit irrem Blick und dem triefenden Werkzeug in der Hand, wandte sich meiner Tochter zu. Er wollte etwas sagen, Mila wartete aber nicht ab, sondern befolgte meinen Rat. Wie ein abgeschossener Pfeil sauste sie davon. Ganz kurz war er im Zwiespalt, ob er mir jetzt sofort den Schädel einschlagen oder sich das für später aufheben sollte. Schließlich entschied er sich für Letzteres und setzte zur Verfolgung an.
Jetzt war nicht die Zeit, lange herumzufackeln. Jeder Muskel, jede Sehne, jeder Nagel, ja sogar jedes einzelne Haar auf meinem Kopf schrien vor Schmerzen, doch das ignorierte ich und versuchte, mich aus dieser beängstigenden Situation zu befreien. Wie eingetrockneter Leim aus einer Tube presste ich mich aus dem Sitz heraus, stieg über den armen Mann, dessen Augen nichts sehend in den bleigrauen Himmel starrten.
Aus seinem offenen Mund quoll eine Blutblase, als ich mich auf seiner Brust abstützte. Mir war klar, dieses Bild würde auf ewig in meinem Gedächtnis eingebrannt bleiben, sollte ich das hier überleben. Aber ich musste an meine Tochter denken. Ich hörte nichts außer dem Wind und dem Verkehr, der über uns auf der Autobahn fuhr. Lass jemanden vorbeikommen, flehte ich. Mach, dass uns hier jemand sieht! Es gelang mir aufzustehen, trotz meiner unkontrolliert zitternden Beinmuskulatur. Mein Nacken ließ sich nicht bewegen, aber es gelang mir, ein paar Schrit-

te zu gehen. Voll Furcht vor dem, was ich zu sehen bekommen würde, richtete ich mich an dem verbogenen Seitenspiegel auf und blickte mich um. Robert rannte ungefähr zweihundert Meter weiter an einem Graben entlang, der die breite Böschung von einem schmalen Streifen Birkenwald trennte, und spähte umher. Dankbar schloss ich ganz kurz die Augen. Er hatte sie also noch nicht erwischt. Ich wusste, was ich jetzt tun musste: den Wagenheber aus dem Kofferraum holen und die zweihundert Meter, die mich vom Feind trennten, unbemerkt zurücklegen, um ihn auszuschalten.

Ich machte eine rasche Bestandsaufnahme vom Zustand meines Autos, das bis zur Frontscheibe im Gebüsch steckte. Das Heck hatte eine große Delle abbekommen. Ein Wunder, dass Mila da unversehrt herausgekommen war. Roberts Mercedes stand etwas weiter im Gras, die Schnauze konnte ich nicht sehen. Ansonsten machte sein Auto den Eindruck, als könne man problemlos damit weiterfahren. Ein Auge auf Robert gerichtet, der jetzt zwischen den Bäumen hindurchlief, in der Annahme, von mir gehe keine Gefahr aus, rüttelte ich an der eingebeulten Heckklappe des Peugeots, die dermaßen verzogen war, dass sie sich nicht mehr öffnen ließ. Was jetzt? Ratlos ließ ich meinen Blick über die unmittelbare Umgebung schweifen und blieb dabei an einem Gegenstand hängen, der im Gras das erste Fünkchen Morgenlicht widerspiegelte.

Langsam, ohne vor Schmerzen laut aufzuschreien, bückte ich mich und griff danach: Es war ein Engländer! Roberts Engländer. Ich klatschte mit dem Kopf des Werkzeugs ein paar Mal in meine Handfläche, wie um mich selbst anzustacheln. Dann streckte ich mich, mehr schlecht als recht, und machte mich auf in Richtung Birkenwäldchen. Bei jedem Auftreten war mir, als versetzte mir jemand einen Schlag in den Nacken.

Plötzlich hörte ich Robert etwas schreien. Reflexartig verschanzte ich mich hinter seinem Auto. Ein Schatten schoss durch das niedrige Gestrüpp, das den kleinen Birkenwald umgab. Blassblau – Milas Sweatshirt. Sie lief in meine Richtung. Robert machte kehrt und rannte ebenfalls los. Ich kniete neben einer der Hintertüren, duckte mich so weit wie möglich nach unten. Ich wagte nicht, über den Fensterrand hinauszulugen, es könnte mich ja verraten. Mir blieb nur noch zu hoffen, dass Mila sich nicht von ihm einholen ließ und am Mercedes vorbeirennen würde, so dass ich im richtigen Moment zum Schlag mit dem Engländer ausholen konnte. Ich hielt den Gegenstand fest umklammert in meinen verschwitzten Händen. Die Erde vibrierte, weil die Schritte der beiden immer näher kamen. Unter dem Fahrgestell hindurch erhaschte ich einen Blick auf Milas Sportschuhe, dicht gefolgt von den braunen Wildlederexemplaren ihres Belagerers. Mila sauste vorbei. Das war der Moment, mich selbst nach vorn zu katapultieren. Ich stürzte mich auf die braunen Schuhe, kam dabei unsanft in Berührung mit Roberts gut trainiertem Körper. Er landete mit ausgestreckten Beinen auf dem Boden. Ich knallte neben ihm hin, auf den einzigen Körperteil, der mir bisher noch nicht weh getan hatte: meine rechte Schulter. Es regnete dicke Schlammspritzer auf sein maisfarbenes Hemd. Noch im Fallen kehrte er mir sein zur Hälfte blutverschmiertes Gesicht zu. Aus seinen Augen sprach völlige Fassungslosigkeit. Das waren ungefähr die Bilder, die ich noch wahrnahm, bevor ich wie eine Wahnsinnige mit dem Schlüssel auf ihn einzuschlagen begann. Ich traf ihn an den Schultern, im Genick und an den Hüften, schlug auf seine Knie, und als er sich endlich nicht mehr widersetzte und seine Augen sich langsam wegdrehten, machte ich trotzdem weiter. Wenn Mila sich nicht heulend an meinen Arm gehängt hätte, ich hätte so lange auf ihn eingeprügelt, bis der Tod eingetreten wäre.

Epilog

Es war der 24. Dezember. Ich wollte gerade meine Weihnachtseinkäufe erledigen, als es klingelte und Herman Wissink mit einem Strauß Chrysanthemen in der Hand im Türrahmen lehnte.
»Ich hatte mir das schon so lange vorgenommen«, sagte er, »aber ich bin einfach nicht dazu gekommen. Oder besser gesagt, ich hatte Skrupel, weil Sie ja recht hatten.« Er betrachtete das Schildchen neben der Klingel, das mit der orangefarbenen Sonne, auf dem Friso, Heleen und Mila stand.
Ich öffnete ihm mit Schwung die Tür. »Kommen Sie doch herein«, sagte ich, »oder wollen Sie das lieber auf dem Treppenabsatz besprechen?«
Er machte ein Gesicht. »Ähm, nein, aber ich sehe, Sie wollten gerade das Haus verlassen, also will ich Sie nicht weiter ...«
»So leicht kommen Sie mir nicht davon.« Mit Mühe konnte ich ein Lächeln unterdrücken. »Ich muss Weihnachtseinkäufe machen, nicht gerade ein Hobby von mir. Da trinke ich doch lieber einen Kaffee mit Ihnen!«
Wissink entspannte sich sichtlich, drückte mir die Chrysanthemen in die Hand und ließ sich aus seiner Jacke helfen. »Bedeutet das Schild an Ihrer Tür etwa, dass Sie und Ihr Mann wieder zusammen sind?«

Ich zog eine Miene. »Nein, ich muss es endlich mal abhängen. Bin nur noch nicht dazu gekommen.«
Während ich Kaffee aufsetzte, betrachtete er meinen Garten, in dem ich ordentlich aufgeräumt hatte. Wir tauschten ein paar Belanglosigkeiten aus zum Thema Garten, der sowohl eine Freude als auch ein Klotz am Bein sein konnte, bis er seinen ersten Satz wiederholte: »Sie hatten recht! Ich habe die Sache falsch eingeschätzt, und das nehme ich mir verdammt übel.«
»Ja«, antwortete ich, »ich habe es Ihnen auch verdammt übelgenommen, aber inzwischen bin ich darüber hinweg. Von Ihrem Standpunkt aus kann ich mir sehr gut vorstellen, dass Sie dachten, es mit einer hysterischen Mutter zu tun zu haben. Aber Schwamm drüber. Ich bin froh, dass Sie zu mir kommen, um mir das persönlich zu sagen. Besser spät als nie! Sie hätten es ja auch einfach auf sich beruhen lassen können. Übrigens, ich habe selbst noch eine lange Liste von Menschen, bei denen ich mich entschuldigen muss.«
Er machte große Augen. »Ach ja?«
Mit dem Zeigefinger der rechten Hand tippte ich gegen meinen anderen Zeigefinger. »Erstens: bei Helga van der Spoel. Falls Sie je vorhaben sollten, einen Hellseher einzuschalten, kann ich sie wärmstens empfehlen. Zweitens: bei allen Patienten, die ich vernachlässigt habe, darunter mein Nachbar von gegenüber, der viel zu lange auf seine Untersuchungsergebnisse warten musste. Und drittens: bei Jaap van der Vorst, dem ich eine Flasche Whisky versprochen hatte im Tausch gegen Informationen über meine Tochter. Ein Versprechen, dem ich nie nachgekommen bin.«

»Das können Sie doch immer noch tun.«
»Schon, aber ich glaube nicht, dass sein Sohn davon begeistert wäre. Und ich hatte es auch keine Sekunde wirklich vor. Scheint mir nicht gut für seine Gesundheit.«
Herman Wissink ging plötzlich ein Licht auf. »Ach so, der Chirurg, mit dem es so bergab gegangen war. Ich finde trotzdem, dass Sie all diese Fälle nicht mit dem Fehler auf eine Stufe stellen können, den ich gemacht habe.«
»Nein.« Ich schaute ihn mitleidig an. »Ich versuche nur, Sie zu beruhigen.«
Er lachte. »Herman, ich heiße Herman. Darf ich Heleen zu Ihnen sagen?«
Ich nickte.
»Wie geht es denn Mila?«, erkundigte er sich.
»Besser als erhofft. Sie macht gerade das Gymnasium fertig und nimmt langsam wieder ihre alten Hobbys auf: Zeichnen und Musik. Ja, Mila spielt sogar wieder in einer Band.«
»Das ist ja phantastisch!«
»Ja, aber trotzdem beschleicht mich ab und zu das Gefühl, dass sie manches nur deshalb tut, damit ihre Eltern sich keine Sorgen machen. Sie ist noch nicht wieder mit ganzem Herzen bei der Sache.« Ich drehte mich um, starrte auf die kahlen, nackten Überreste des Knöterichs am Zaun. »Und dann spüre ich so viel Wut in mir – und Hilflosigkeit! Milas ganze Jugend ist verpfuscht. Alles ist vergiftet wegen ihm: ihr Vertrauen, ihre erste Liebe. Es ist fast, als würde sie noch immer in einer Art Schockzustand leben. Wahrscheinlich tut sie das auch. Er hat ihrem Freund, in den sie verliebt war, eine Überdosis verabreicht. Ich habe keine Ahnung, wie es ihr damit geht. Eigentlich

habe ich keine Ahnung, wie es ihr mit irgendeiner Sache geht. Und manchmal, wenn ich sie ansehe, hat sie so einen leeren Ausdruck im Gesicht, das hatte sie früher nie. Dann fürchte ich, sie könnte für immer so bleiben.« Ich nahm die Kanne aus der Kaffeemaschine, schenkte zwei Tassen randvoll und reichte ihm eine an.

»Hast du jemals das komplette Heft mit Lindemans Aufzeichnungen gelesen? Zum Stockholm-Syndrom, meine ich?«, fragte er.

Kopfschüttelnd antwortete ich: »Als ich vor diesem Schreibtisch auf dem Boden hockte, habe ich genug gelesen, um für den Rest meines Lebens hinreichend Stoff für Alpträume zu haben. Das Heft wird im Archiv der Justizanstalt als Beweismaterial aufbewahrt, aber es wurde auch eine Kopie angefertigt, für den Fall, dass Mila es eines Tages selbst lesen möchte.«

»Glaubst du, das wird irgendwann passieren?«

Ich zuckte die Schultern. »Wenn es nach mir ginge, sollte sie noch ein paar Jahre damit warten. Aber wer weiß, vielleicht wäre es ja auch ein gutes Zeichen, wenn sie selbst diesen Wunsch hätte. Das könnte bedeuten, dass sie innerlich auf Abstand zu ihm gegangen ist. Aber ich fürchte, sein Buch wird eher erscheinen, als Mila psychisch in der Lage ist, es zu lesen.«

»Wie bitte? Sein Buch?«

»Ja. Die Veröffentlichung dessen, womit alles angefangen hat: *Das Stockholm-Syndrom. Ein Überblick von Robert J. Lindeman.*«

»Das ist doch absurd! Glaubst du, er will tatsächlich damit an die Öffentlichkeit gehen?«

»Ja, das glaube ich.«

»Lindeman hat die Höchststrafe mit anschließender Sicherheitsverwahrung aufgebrummt bekommen, Heleen. Das müsste doch eine gewisse Genugtuung für dich sein, oder?«
Ich bot ihm ein Stück Weihnachtskranz an und lachte verächtlich. »Wenn ich ehrlich sein soll, Herman, fürchte ich, dass ich wenig Vertrauen in unser Rechtssystem habe. Realität wird sein, dass er nach der Hälfte der abgesessenen Zeit wieder auf freien Fuß kommt, mit seinem Buch weltberühmt wird und Roberts traurige Jugend, in der er von seinen Eltern seelisch vernachlässigt wurde, als Erklärung für seine Taten herhalten muss. Warte mal ab. Es ist nur eine Frage der Zeit, bis man ihn als das Opfer ansehen wird statt Mila, Stan und den Mann, der uns zu Hilfe kam, als ich im Auto eingeklemmt war.«
»Aber im Grunde ist er doch auch so was wie ein Opfer«, sagte Wissink behutsam.
Ich sah ihn eindringlich an. »Mag ja sein, Herman, aber man muss schließlich Prioritäten setzen.«
Die Spitze seiner Krawatte lag auf dem Küchentisch. Gedankenverloren wischte er sie zur Seite.
»Eins zu null für dich«, sagte er.
Schweigend leerten wir unsere Tassen.
Herman Wissink sah mich mit väterlichem Blick an. »Machst du eigentlich auch mal was Angenehmes?«
Ich lachte laut auf. »Was Angenehmes?«
Er lächelte unbeholfen. »Nun also, das klingt jetzt vielleicht seltsam, so mitten im Gespräch, aber ich meine es ernst. Das Leben geht weiter. Du musst es allerdings auch zulassen«, ergänzte er mit Nachdruck. »Du solltest dir eine Ablenkung suchen, Heleen.«

»Oh, aber das tue ich doch.«
»Ja? Was denn?«
»Ich arbeite, und zwar ganz schön hart.«

Trotz meiner Abneigung gegen Rentiere, stufenförmige Kerzenständer oder Merry Christmas johlende Christbaumkugeln hatte ich im letzten Moment doch noch beschlossen, Festtagsschmuck ins Haus zu holen. Es war kurz vor Heiligabend, und Mila war verrückt nach sämtlichen Feiertagen im Dezember. In diesem Jahr würden wir sie alle ausgiebig feiern. In der Dekorationsabteilung von V&D suchte ich gerade nach zueinander passenden Kerzenständern, als Friso mich anrief.
»Soll ich heute Abend Krapfen mitbringen?«, erkundigte er sich.
»Ist das nicht eher etwas für nächste Woche?«
»Ich dachte, für heute Abend und für nächste Woche. Man kann nie genug Krapfen im Haus haben.«
Kurz war es still. »Rufst du mich deswegen an?«, fragte ich, ein Set kanariengelber Kerzen aus einem Behälter fischend, »um mit mir über Krapfen zu sprechen?«
»Eh ... nein. Ich wollte dir etwas sagen, wofür später keine Zeit ist, weil dein Vater und meine Eltern dann dabei sind, und Mila selbst, nicht zu vergessen. Es geht um Folgendes: Wendela de Vos hat mich angerufen.«
Ich erstarrte: Wendela de Vos. Schlagartig bekam ich eine Gänsehaut. Es begann zwischen den Schulterblättern und breitete sich dann über alle Gliedmaßen aus.
»Lindemans Ex-Frau.«
»Ich weiß, wer Wendela de Vos ist. Was wollte sie?«
»Sie hat sich nicht getraut, selbst bei dir anzurufen, aber

sie wollte fragen, ob du und ich, also wir, unser Einverständnis zu einem Gespräch mit Mila geben würden. Erfahrungen austauschen. Ich nehme an, ihr schwebt eine Art Gespräch unter Schicksalsgenossinnen vor.«
»Mila und diese Frau sind keine Schicksalsgenossinnen«, knurrte ich.
Er räusperte sich. »Nun ja, das kann man doch schon irgendwie so sagen. Schließlich hat er mit ihr das gleiche Spiel gespielt wie mit unserer Tochter. Völlige Isolation von der Außenwelt, psychischer Druck ...«
Ich stützte mich auf einen Wühltisch voll bunt angemalter Pilze und Tannenzäpfchen.
»Die war einunddreißig, als er sie einsperrte! Es hat nur zwei Wochen gedauert, und gleich darauf hat sie ihn geheiratet. Kein halbes Jahr später hat er die Nase voll von ihr, und sie lassen sich scheiden. So etwas nenne ich nicht Schicksalsgenossin.«
Eine Verkäuferin und zwei Kunden drehten sich gleichzeitig nach mir um und musterten mich aufmerksam.
»Ich kann dich gut hören, Heleen. Du brauchst nicht so zu schreien. Und du musst ja auch nicht jetzt gleich eine Entscheidung fällen. Wir wissen noch nicht einmal, wie Mila selbst darüber denkt. Vielleicht kann es ja auf die eine oder andere Art heilsam sein.«
»Kommt überhaupt nicht in Frage«, sagte ich und schaltete das Gerät aus.
Mein Herz schlug wie wild. Ich hatte Angst, mich auf der Stelle übergeben zu müssen.
Im Geiste hörte ich wieder die Stimme dieser Frau auf dem Anrufbeantworter. »Du weißt ja, ich bin immer bereit für ein kleines Experiment.«

Ohne hinzusehen, warf ich die Kerzen und eine Handvoll Tannenzapfen in meinen Korb und ging damit zur Kasse.

Den Kopf voll düsterer Gedanken stellte ich die Einkaufstaschen ins Auto. Es war wie eine Infektion, eine Krankheit, gegen die man sich nicht schützen konnte. Ich wollte ja so gern glauben, dass der wuchernde Krebs dieser Krankheit, die Loyalität heißt, definitiv und ohne Metastasen entfernt war. Aber mir war vollkommen klar, dass das nicht ohne Widerstände ging. Vielleicht lag noch ein sehr langer Weg vor uns. Wenn irgend möglich, würde ich diesen Weg gern sauber und frei halten von all dem Dreck dieser Welt. Frei von Robert Lindeman, aber auch frei von Wendela de Vos, der es nicht gelungen war, sich von ihrem Dämon zu befreien.
Im Gerichtssaal hatte ich Mitleid mit dieser Frau empfunden, die allen Blicken scheu auswich. Sie war ein Opfer, das schon, aber ich fragte mich insgeheim, wie es ihr gegangen wäre, wenn sie Robert nie begegnet wäre. Irgendwie konnte ich mir kaum vorstellen, dass sie jemals eine stabile Persönlichkeit gewesen war. Man musste ihr das nicht ankreiden, sie hatte gewiss die entsprechenden Erfahrungen in ihrer Jugend gemacht, aber auch ohne Wendela de Vos war alles schon kompliziert genug. Sie tauchte in manchen meiner Alpträume als Roberts Gehilfin auf, die Milas Hände an der Kopfstütze im Wagen festband. Nur dass diesmal die Stütze nach dem Unfall nicht aus der Halterung flog.
Mir war vollkommen klar, dass die unprofessionelle Art, mit der ich meiner Tochter die Hände festgebunden hatte, unsere Rettung gewesen war. Wenn ich mich geschickter

angestellt hätte, hätte Robert gleich zwei wehrlose Opfer gehabt, und es wäre ein Kinderspiel gewesen, uns abzuschlachten. Genau wie er, ohne mit der Wimper zu zucken, den Mann niedergemetzelt hatte, der uns zu Hilfe geeilt war. Bei dem Gedanken daran überlief mich ein Schauer.

Mila war noch nicht wieder zurück, als ich nach Hause kam. Ich packte die Einkäufe aus, stellte den Ofen an, würzte den Truthahn und deckte den Tisch. Anschließend hängte ich ein paar Weihnachtszweige auf, die ich beim Floristen um die Ecke gekauft hatte. Bald würde mein Vater mit so einer grauenhaften Tanne aus seinem Garten ankommen, die er feierlich mitten ins Wohnzimmer stellen würde, mit den verhassten Merry Christmas johlenden Kugeln daran. Ich war schon wieder etwas besser gelaunt. Egal was uns noch bevorstand, heute Abend würden wir alle zusammen sein. Friso und ich würden unser Bestes geben, um eine angenehme Konversation in Gang zu halten, und Mila würde sich in der Aufmerksamkeit ihrer Großeltern baden. Als ich die Tannenzapfen gerade zu den Orangen auf die Obstschale legte, sah ich das Lämpchen neben dem Telefon blinken. Ich drückte auf den Knopf.
»Guten Tag? Ist das der Anrufbeantworter der Familie Theunissen?«, sagte eine höfliche Männerstimme. »Hier spricht das Pieter-Baan-Zentrum in Utrecht. Das ist eine Nachricht für Mila Theunissen. Sie haben gerade Ihr Portemonnaie im Besucherraum liegen lassen, als Sie einen unserer Klienten besucht haben. Ich rufe Sie an, damit Sie wissen, dass Sie Ihre Karten nicht sperren lassen

müssen. Wir hinterlegen das Portemonnaie für Sie an der Rezeption.«

Eine geschlagene Minute starrte ich das Telefon an. Dann drückte ich den Knopf, um die Nachricht noch einmal abzuhören. Der Tannenzapfen bohrte sich in meine Handfläche, als ich ihn zerquetschte. Ich wischte die Bröckchen an meiner Hose ab und löschte die Nachricht. Danach ging ich in den Vorraum und schaute zum Fenster hinaus. Der Schneeregen war inzwischen in richtigen Schnee übergegangen, die Spielgeräte auf der gegenüberliegenden Seite von einer watteweißen Schicht überzogen. In nur wenigen Minuten war aus den düsteren, scharfen Umrissen eine sanfte Märchenwelt geworden.

Wer glaubt, Menschen würden sich wesentlich von Tieren unterscheiden, der irrt. Bis zu diesem Augenblick hielt ich mich trotz allem für einen zivilisierten Pazifisten, der einst, vor langer Zeit, aus Idealismus ein Medizinstudium begonnen hatte. Ich wollte Leben retten, ungeachtet der Person. Auch Barbaren hatten ein Recht auf medizinischen Beistand. Schließlich gab es auch immer eine Erklärung für barbarisches Verhalten. Niemand wurde aus freiem Willen zum Ungeheuer. Herman Wissink hatte schon recht. Auch Ungeheuer waren Opfer. Aber jetzt sah ich alles in einem anderen Licht. Ich konnte mir eine derart naive Lebenseinstellung nicht mehr erlauben. Die Augen auf den rieselnden Schnee gerichtet, war mir klar, was ich zu tun hatte. Es musste sorgfältig vorbereitet werden, damit ich ja keine Spuren hinterließ. Jeder musste davon überzeugt sein, dass der Mann keinen anderen Ausweg mehr gesehen hatte. Im Kopf ging ich den Inhalt meines Medizinschranks durch. Was kam in Frage?

Ich wurde aus meinen Gedanken gerissen, als Mila mit roten Wangen und glänzenden Augen am Fenster vorbeiging. Meine Tochter winkte mir fröhlich zu. Ich hörte ihre Schritte, die auf den Hintereingang zuliefen. Die Tür ging auf und wieder zu. Mila klopfte sich den Schnee von den Schuhen und warf ihre Schultasche unter den Garderobenständer.

»Mama, es schneit! Wir kriegen weiße Weihnachten!« Zum ersten Mal seit langem schlang sie ihre Arme um meinen Hals und küsste mich. »Frohe Weihnachten!«

Ich erwiderte ihre Umarmung, wobei ich den Geruch von Rosmarinöl an ihrem Hals wahrnahm.

»Dir auch frohe Weihnachten, Mila! Wo bist du denn gewesen?«

Sie verdrehte die Augen. »In der Schule, weißt du doch. Den ganzen Tag auf dieser dämlichen, öden Schule. Bedauerst du mich denn kein klitzekleines bisschen?«

Ich lächelte. »Doch«, sagte ich, »ich bedaure dich sogar sehr.«

Eiskalt und ruhig, wie der Schnee, fühlte ich mich. Und das würde so bleiben, bis das Ungeheuer auf Hafturlaub ging.

Herzlichen Dank, ganz herzlichen Dank für Eure Unterstützung und manche kritische Randbemerkung: Rik, Jos, Bas, Lies, Edith, Adelene, Joop, Greet, Henry und natürlich Tom, dessen scharfem Blick ich sehr viel verdanke.

Vena Cork

Bühne des Todes

Psychothriller

Die grünäugige Stella bringt die Männer an der ehrwürdigen Universität Cambridge reihenweise um den Verstand – nicht nur Studenten verfallen ihren Reizen. Doch die junge Frau spielt ein tödliches Spiel: Eines Morgens wird auf der Theaterbühne die Leiche einer Kommilitonin gefunden, die Stella zum Verwechseln ähnlich sieht. Hat der Mörder die Falsche erwischt?

»Vena Cork schreibt echte Pageturner –
und der sarkastische Witz der Erzählerin liest sich
dabei besonders genüsslich …«
The Guardian

Knaur Taschenbuch Verlag

Martine Kamphuis

Ex – Schön, dass du tot bist

Psychothriller

Olivier ist der Mann ihrer Träume. Als er sie ganz plötzlich verlässt, bricht für Jet eine Welt zusammen. Zwar tritt schon bald ein anderer Mann in ihr Leben, doch behält Jet ihren Ex im Visier. Weil sie nicht von ihm loskommt, freundet sie sich unter falschem Namen sogar mit Oliviers ›Neuer‹ an. Doch dann liegt eines Tages seine Leiche vor ihr …

Knaur